Robert Louis Stevenson

L'Île au trésor (1883)

Texte intégral

Traduction de Déodat Serval

LE D

Un r

chez

L'ENQUÊTE

Pirates, corsaires et flibustiers

Notes et dossier
Dominique Lanni
Maître de conférences à l'université de Malte

Collection dirigée par
Bertrand Louët

Hatier

Sommaire

OUVERTURE

Jean Léon Gerome Ferris (1863-1930), le pirate Edward Teach dit Barbe-Noire, capturé. Huile sur toile.

ISBN : 978-2-218-95423-8

L'Île au trésor

Les mots suivis d'un * sont définis dans le Petit lexique littéraire, p. 315.

Qui sont les personnages ?

Les personnages principaux

JIM HAWKINS

Il est le narrateur du récit. Fils des tenanciers de l'auberge de *L'Amiral Benbow*, c'est un garçon gentil et serviable. L'arrivée d'un singulier pirate en possession d'un étrange coffre va bouleverser sa vie. C'est grâce à lui que Jim va se trouver lancé dans une palpitante chasse au trésor.

BILLY BONES

Grand, puissant, balafré, Billy Bones, qui n'a pas d'autre richesse que le coffre qu'il traîne avec lui, s'installe à *L'Amiral Benbow* où il occupe son temps à boire, haranguer et chanter des refrains de marin. Il semble n'avoir peur de rien, excepté de la justice et de l'arrivée d'un inquiétant marin à une jambe.

Les personnages secondaires

BENN GUNN : abandonné sur l'île par Flint et Long John Silver trois ans auparavant, il est bien décidé à prendre sa revanche.
ISRAËL HANDS : ancien cannonier de Flint et vieux marin expérimenté, il est quartier-maître à bord de l'*Hispaniola*.
FLINT : mort à Sowannah Bay, l'ombre de ce pirate à la réputation plus terrifiante que celle de Barbe-Noire plane

LONG JOHN SILVER

Robuste, avenant, hâbleur, c'est le maître-coq de l'expédition. Flanqué de son inséparable perroquet, Capitaine Flint, il exerce un fort ascendant sur l'équipage. Malgré sa jambe de bois et sa béquille, Silver se déplace à la vitesse de l'éclair et bondit comme un chat.

LIVESEY ET TRELAWNEY

Homme au visage tanné, Trelawney a plusieurs grands voyages à son actif. C'est lui qui armera un navire, l'*Hispaniola*, lorsqu'il s'agira de partir à la chasse au trésor. Docteur et magistrat, Livesey est l'un des clients de *L'Amiral Benbow*. Proche de Jim, il sera aussi du voyage.

sur tout le récit. Car c'est lui qui a enfoui en lieu sûr le fabuleux trésor dont tous les protagonistes veulent s'emparer.

SMOLLETT : capitaine de l'*Hispaniola*, homme sévère, il est hostile à l'expédition. Quand la mutinerie gronde, il agit intelligemment en déléguant le pouvoir à Long John. Sur les vingt-six marins de son équipage embarqués à Bristol, seuls cinq reviendront à bon port.

Quelle est l'histoire ?

Les circonstances En « l'an de grâce 17… », à Black Hill Cove, un petit port anglais, frappe à la porte de l'auberge de *L'Amiral Benbow* un étrange personnage, le visage couturé d'une large balafre et traînant un gros coffre de marin, dit « coffre du mort ». Après des mois passés à l'auberge, il y meurt brusquement, foudroyé par une attaque. Dans le coffre, Jim Hawkins découvre une carte menant à la cachette d'un trésor enfoui par le capitaine Flint et sa bande de pirates dans une île déserte. Le docteur Livesey et Trewlaney, le seigneur du village, décident d'affréter un navire et de partir à la recherche du trésor.

L'action

1. À bord de l'*Hispaniola*, Jim quitte Bristol. L'équipage, en partie recruté par Silver, n'inspire pas confiance au capitaine Smollett. Avec raison : ce sont tous des pirates. Jim découvre qu'une mutinerie se prépare.

2. L'île au trésor est en vue. Jim y accoste avec les mutins, qui ne sont pas encore passés à l'action. À terre, il rencontre un naufragé, Ben Gunn, qui lui raconte les circonstances dans lesquelles Flint a enterré son trésor.

Le but

Dans ce roman, Stevenson embarque le lecteur dans une formidable chasse au trésor où revit l'univers de la piraterie, mais aussi dans le récit de formation d'un jeune garçon qui triomphe de tous les dangers.

Georges Roux (1855-1929), gravure pour L'Île au trésor, *Édition Hetzel, 1885.*

3. Canardés par les mutins en allant chercher des nouvelles à terre, Livesey, Trelawney et les marins restés fidèles se réfugient dans un fortin. Rejoints par Jim, ils repoussent une violente attaque des pirates après avoir refusé le marché proposé par Silver.

4. Pour empêcher les pirates de quitter l'île avec le butin, Jim entreprend de faire dériver l'*Hispaniola*. Après s'être rendu maître du navire, il décide de rejoindre le fortin mais tombe entre les mains de Silver et de ses acolytes...

Qui est l'auteur ?

Robert Louis Stevenson.

Robert Louis Stevenson (1850-1894)

● PREMIÈRES ARMES...

Robert Louis Stevenson naît à Édimbourg le 13 novembre 1850. Au cours de son adolescence, il voyage en Allemagne et en Italie, lit des récits d'aventures et compose ses premiers textes. En 1866, son père fait imprimer à compte d'auteur son premier roman : *La Révolte du Pentland*. À l'université, il mène une vie de bohème. En 1873, il choisit de devenir écrivain.

● DES ANNÉES DE BOHÈME AUX SUCCÈS

Tout en rédigeant des textes critiques pour vivre, il reprend sa vie de bohème en France, et noue une liaison avec une femme mariée. Après son mariage, il compose et publie *L'Île au trésor* (1883), puis une série de contes, de drames et de romans, parmi lesquels *La Flèche noire* (1884) et *L'Étrange cas du Dr Jekyll et de M. Hyde* (1887), qui remporte un vif succès.

● DANS LES MERS DU SUD

En 1888, Stevenson et les siens effectuent plusieurs voyages dans le Pacifique : aux îles Marquises, à Tahiti, aux Samoa, où la famille fait construire un chalet. Stevenson publie de là-bas *Un mort encombrant* (1889) et *Le Maître de Ballantrae* (1890). Miné par une vie dissolue, il meurt d'une hémorragie cérébrale le 3 décembre 1894 et est enterré sous le nom que lui ont donné les Samoans : Tusitala, le « conteur d'histoires ».

VIE DE STEVENSON	**1850** Naissance de R. L. Stevenson	**1862-1863** Voyages en Allemagne, en France et en Italie	**1867** Études et vie de bohème	**1873-1874** Débuts littéraires. Installation en France
HISTOIRE	**1837** Début du règne de Victoria	**1854-1855** Guerre de Crimée	**1856** Fin de la guerre de Crimée avec le traité de Paris	**1876** Victoria, impératrice des Indes

Que se passe-t-il à l'époque ?

Sur le plan politique

L'ÈRE VICTORIENNE

Ainsi appelle-t-on le long règne de Victoria, reine de Grande-Bretagne et d'Irlande (1831-1901) et impératrice des Indes (1876-1901). Durant l'ère victorienne, le prestige de la Couronne, discrédité sous les règnes précédents, est restauré et l'accent est mis sur le respect scrupuleux des valeurs morales.

L'APOGÉE DE L'EMPIRE

Grâce aux changements sociaux, économiques et technologiques consécutifs à la Révolution industrielle, et grâce à l'intensification de sa politique d'expansion coloniale, l'Angleterre devient la première puissance du monde. Présente en Asie, en Amérique du Nord, en Océanie, en Afrique, elle est à la tête d'un immense empire, dont les 50e et 60e anniversaires du couronnement de Victoria célèbrent l'unité et la grandeur.

Dans le domaine des lettres

LE ROMAN HISTORIQUE

Se nourrissant des anecdotes de l'Histoire, le roman historique rencontre un immense succès grâce à des auteurs prolifiques comme Victor Hugo ou Alexandre Dumas.

LE ROMAN D'AVENTURES

À la suite de *Robinson Crusoé* de Daniel Defoe (1719), et grâce à des auteurs comme Walter Scott, Alexandre Dumas, Jules Verne et R.L. Stevenson, le roman d'aventures connaît un remarquable essor tout au long du XIXe siècle.

LE ROMAN DE SCIENCE-FICTION

Il se développe grâce à Jules Verne dont les « Voyages extraordinaires » (*Vingt Mille Lieues sous les Mers*, *De la Terre à la Lune*, *Voyage au centre de la Terre*…) ont pour héros des savants et des inventeurs qui explorent la planète et le temps à bord d'étranges machines.

1879	1883	1886	1888-1890	1889	1894
Voyage dans les Cévennes avec un âne	*L'Île au trésor*	*L'Étrange cas du Dr Jeckyll et de Mr Hyde*	Îles Marquises, Tahiti, Hawaï, Samoa	*Le Maître de Ballantrae*	Mort de R. L. Stevenson

1889	1897	1901
Traité de Berlin : partage des Samoa entre l'Allemagne et les États-Unis, la Grande-Bretagne se retirant en échange de droits sur les îles Tonga et Salomon	Jubilé de diamant de la reine Victoria	Mort de Victoria

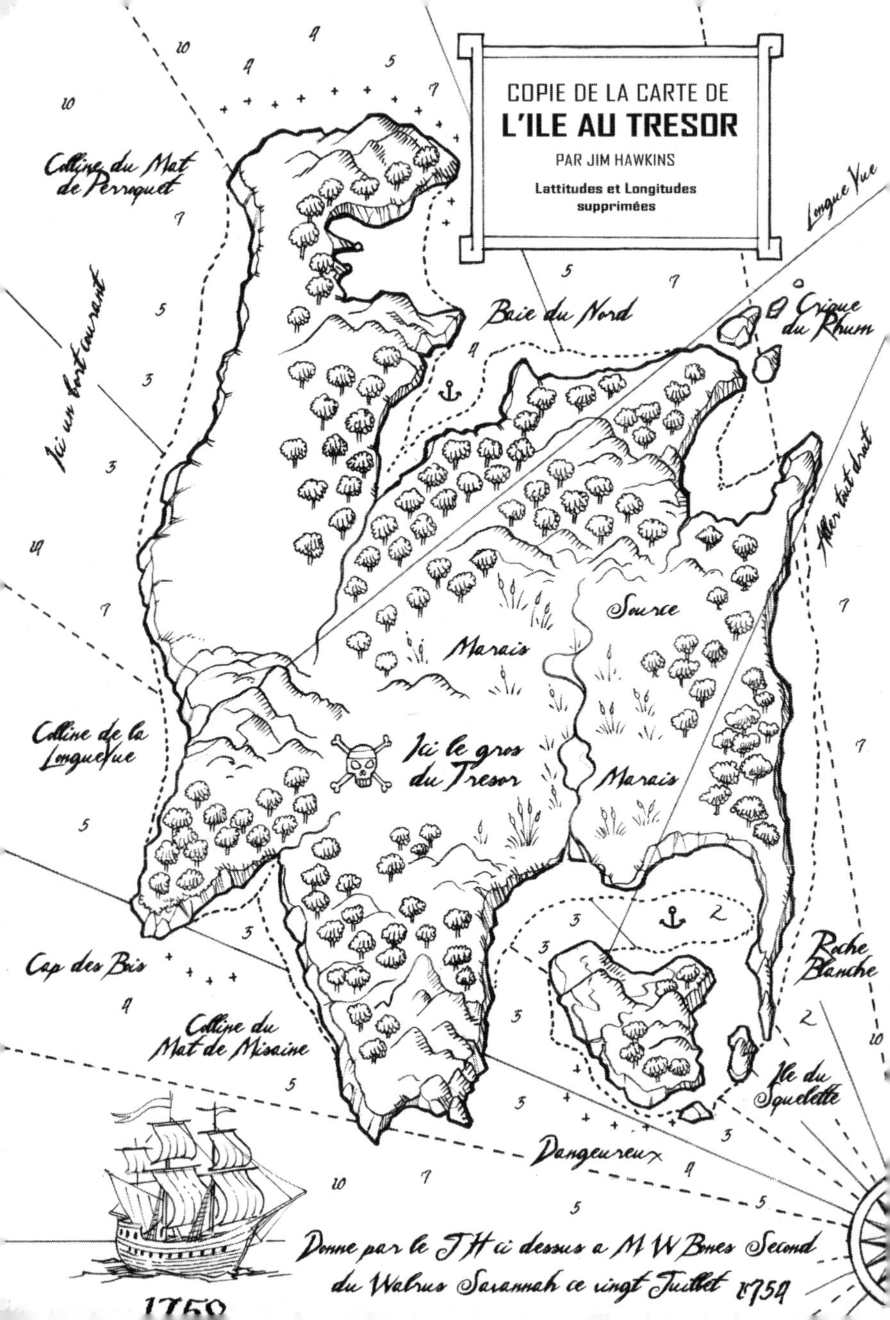
COPIE DE LA CARTE DE
L'ILE AU TRESOR
PAR JIM HAWKINS
Lattitudes et Longitudes supprimées
Colline du Mat de Perroquet
Ici un fort courant
Baie du Nord
Crique du Rhum
Longue Vue
Aller tout droit
Source
Marais
Ici le gros du Tresor
Marais
Colline de la Longue Vue
Cap des Bois
Colline du Mat de Misaine
Roche Blanche
Ile du Squelette
Dangeureux
Donne par le J H ci dessus a M W Bones Second du Walrus Savannah ce vingt Juillet 1754

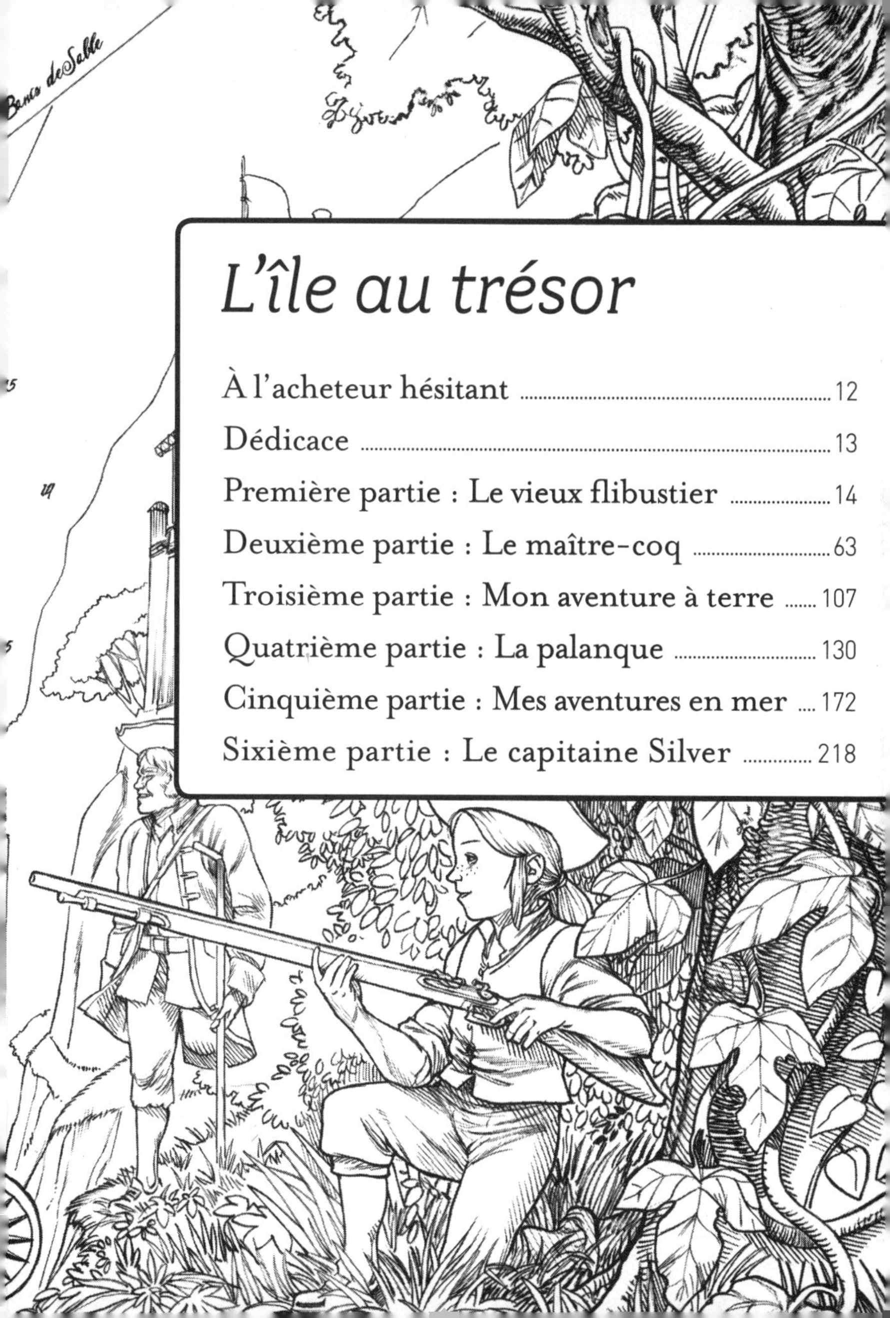

L'île au trésor

À L'ACHETEUR HÉSITANT

Si les histoires de mer sur le mode marin,
Tempête et aventure, et chaleur et froidure,
Si goélettes, îles et abandons,
Et boucaniers et l'Or enfoui,
Et tout le vieux roman, raconté
Exactement à la manière ancienne,
Plaît, comme jadis il me plut,
À la jeunesse plus sage d'aujourd'hui :

– Ainsi soit, et n'hésitez pas ! Sinon,
Si la studieuse jeunesse n'a plus souci
(Ses anciens désirs oubliés)
De Kingston[1], ou de Ballantyne[2]-le-Brave,
Ou de Cooper[3], des forêts et des vagues,
Ainsi soit-il encore ! Et puissé-je
Avec tous mes pirates partager la tombe
Où gisent ces auteurs et leurs créations.

1. **W. H. G. Kingston** (1814-1880) : auteur de romans d'aventures pour la jeunesse et traducteur du *Robinson suisse* (1812) de J. D. Wiss.
2. **R. M. Ballantyne** (1825-1894) : auteur d'une centaine de romans d'aventures.
3. **James Fenimore Cooper** (1789-1851) : auteur, entre autres, du *Dernier des Mohicans* (1826) et du *Corsaire rouge* (1828).

R.L.S.

À

LLOYD OSBOURNE[1]

gentleman américain.

C'est conformément à son goût classique,
que le récit qu'on va lire a été composé.
C'est à lui que, par reconnaissance pour bien des heures délicieuses
et avec les vœux les plus affectueux,
il lui est aujourd'hui dédié par son ami affectueux.

L'AUTEUR ●

1. **Lloyd Osbourne**, pour qui Stevenson commença à composer *L'Île au trésor* en septembre 1881, est le fils de Fanny Osbourne qu'il avait rencontrée en 1876 et épousée en 1880.

● **Dans son avertissement « À l'acheteur hésitant », R. L. Stevenson invite de manière originale le lecteur amateur de romans d'aventures comme il l'a été, à entrer de plain-pied dans son roman. Dans sa dédicace à Lloyd Osbourne, il rend hommage à son premier lecteur.**

Première partie

Le vieux flibustier[1]

Chapitre I

Le vieux loup de mer de *L'Amiral Benbow*

C'est sur les instances[2] de M. le chevalier Trelawney, du docteur Livesey et de tous ces messieurs en général, que je me suis décidé● à mettre par écrit tout ce que je sais concernant l'île au trésor, depuis A jusqu'à Z, sans rien excepter[3] que la position de l'île, et cela uniquement parce qu'il s'y trouve toujours une partie du trésor. Je prends donc la plume en cet an de grâce 17..., et commence mon récit à l'époque où mon père tenait l'auberge de *L'Amiral Benbow*, en ce jour où le vieux marin, au visage basané et balafré d'un coup de sabre, vint prendre gîte sous notre toit.

Je me le rappelle comme si c'était d'hier. Il arriva● d'un pas lourd à la porte de l'auberge, suivi de sa cantine charriée sur une brouette.

1. **Flibustier** : membre d'une association de pirates sévissant dans les Caraïbes.
2. **Instances** : demandes.
3. **Excepter** : cacher.

● **Le narrateur a été le témoin direct des événements dont il va être question ; c'est la raison pour laquelle il emploie la première personne du singulier.**

● **Le passage à la troisième personne du singulier marque l'effacement du narrateur et l'entrée dans le récit des événements.**

C'était un grand gaillard solide, aux cheveux très bruns tordus en une queue poisseuse qui retombait sur le collet d'un habit bleu malpropre ; il avait les mains couturées de cicatrices, les ongles noirs et déchiquetés, et la balafre du coup de sabre, d'un blanc sale et livide, s'étalait en travers de sa joue. Tout en sifflotant, il parcourut la crique du regard, puis de sa vieille voix stridente et chevrotante qu'avaient rythmée et cassée les manœuvres du cabestan[1], il entonna cette antique rengaine[2] de matelot qu'il devait nous chanter si souvent par la suite :

Nous étions quinze sur le coffre du mort...
Yo-ho-ho ! et une bouteille de rhum !

Après quoi, de son bâton, une sorte d'anspect[3], il heurta contre la porte et, à mon père qui s'empressait, commanda brutalement un verre de rhum. Aussitôt servi, il le but posément et le dégusta en connaisseur, sans cesser d'examiner tour à tour les falaises et notre enseigne.

– Voilà une crique commode, dit-il à la fin, et un cabaret agréablement situé. Beaucoup de clientèle, camarade ?

Mon père lui répondit négativement : très peu de clientèle ; si peu que c'en était désolant.

– Eh bien ! alors, reprit-il, je n'ai plus qu'à jeter l'ancre... Hé ! l'ami, cria-t-il à l'homme qui poussait la brouette, accostez ici et aidez à monter mon coffre... Je resterai ici quelque temps,

1. **Cabestan** : treuil.
2. **Rengaine** : refrain.
3. **Anspect** : levier en bois très dur servant à manœuvrer les pièces d'artillerie sur les navires.

continua-t-il. Je ne suis pas difficile : du rhum et des œufs au lard, il ne m'en faut pas plus, et cette pointe là-haut pour regarder passer les bateaux. Comment vous pourriez m'appeler ? Vous pourriez m'appeler capitaine... Ah ! je vois ce qui vous inquiète... Tenez ! (Et il jeta sur le comptoir trois ou quatre pièces d'or.) Vous me direz quand j'aurai tout dépensé, fit-il, l'air hautain comme un capitaine de vaisseau.

Et à la vérité, en dépit de ses piètres effets et de son rude langage, il n'avait pas du tout l'air d'un homme qui a navigué à l'avant : on l'eût pris plutôt pour un second ou pour un capitaine qui ne souffre[1] pas la désobéissance. L'homme à la brouette nous raconta que la malle-poste● l'avait déposé la veille au *Royal George*, et qu'il s'était informé des auberges qu'on trouvait le long de la côte. On lui avait dit du bien de la nôtre, je suppose, et pour son isolement, il l'avait choisie comme gîte. Et ce fut là tout ce que nous apprîmes de notre hôte.

Il était ordinairement très taciturne. Tout le jour il rôdait alentour de la baie, ou sur les falaises, muni d'une lunette d'approche en cuivre ; toute la soirée il restait dans un coin de la salle, auprès du feu, à boire des grogs au rhum très forts. La plupart du temps, il ne répondait pas quand on s'adressait à lui, mais vous regardait brusquement d'un air féroce, en soufflant par le nez telle une corne d'alarme ; ainsi, tout comme ceux qui fréquentaient notre maison, nous apprîmes vite à le laisser tranquille. Chaque

1. **Souffre** : tolère.

● **La malle-poste, voiture tirée par plusieurs chevaux, acheminait les dépêches et le courrier. Elle pouvait aussi transporter des voyageurs.**

jour, quand il rentrait de sa promenade, il s'informait s'il était passé des gens de mer quelconques sur la route. Au début, nous crûmes qu'il nous posait cette question parce que la société de ses pareils lui manquait ; mais à la longue, nous nous aperçûmes qu'il préférait les éviter. Quand un marin s'arrêtait à *L'Amiral Benbow* – comme faisaient parfois ceux qui gagnaient Bristol par la route de la côte –, il l'examinait à travers le rideau de la porte avant de pénétrer dans la salle et, tant que le marin était là, il ne manquait jamais de rester muet comme une carpe. Mais pour moi il n'y avait pas de mystère dans cette conduite, car je participais en quelque sorte à ses craintes. Un jour, me prenant à part, il m'avait promis une pièce de dix sous à chaque premier de mois, si je voulais « veiller au grain » et le prévenir dès l'instant où paraîtrait « un homme de mer à une jambe ». Le plus souvent, lorsque venait le premier du mois et que je réclamais mon salaire au capitaine, il se contentait de souffler par le nez et de me foudroyer du regard ; mais la semaine n'était pas écoulée qu'il se ravisait et me remettait ponctuellement mes dix sous, en me réitérant[1] l'ordre de veiller à « l'homme de mer à une jambe ».

Si ce personnage hantait mes songes, il est inutile de le dire. Par les nuits de tempête où le vent secouait la maison par les quatre coins tandis que le ressac[2] mugissait dans la crique et contre les falaises, il m'apparaissait sous mille formes diverses et avec mille physionomies diaboliques. Tantôt la jambe lui manquait depuis le genou, tantôt dès la hanche ; d'autres fois c'était un monstre qui n'avait jamais possédé qu'une seule jambe, située au milieu

1. **Réitérant** : redonnant.
2. **Ressac** : retour violent des vagues.

de son corps. Le pire de mes cauchemars était de le voir s'élancer par bonds et me poursuivre à travers champs. Et, somme toute, ces abominables imaginations me faisaient payer bien cher mes dix sous mensuels.

Mais, en dépit de la terreur que m'inspirait l'homme de mer à une jambe, j'avais beaucoup moins peur du capitaine en personne que tous les autres qui le connaissaient. Certains soirs, il buvait du grog beaucoup plus qu'il n'en pouvait supporter ; et ces jours-là il s'attardait parfois à chanter ses sinistres et farouches vieilles complaintes de matelot, sans souci de personne. Mais, d'autres fois, il commandait une tournée générale, et obligeait l'assistance intimidée à ouïr des récits ou à reprendre en chœur ses refrains. Souvent j'ai entendu la maison retentir du « *Yo-ho-ho ! et une bouteille de rhum !* », alors que tous ses voisins l'accompagnaient à qui mieux mieux pour éviter ses observations. Car c'était, durant ces accès, l'homme le plus tyrannique du monde : il claquait de la main sur la table pour exiger le silence, il se mettait en fureur à cause d'une question, ou même si l'on n'en posait point, car il jugeait par là que l'on ne suivait pas son récit. Et il n'admettait point que personne quittât l'auberge avant que lui-même, ivre mort, se fût traîné jusqu'à son lit.

Ce qui effrayait surtout le monde, c'étaient ses histoires. Histoires épouvantables, où il n'était question que d'hommes pendus ou jetés à l'eau, de tempêtes en mer, et des îles de la Tortue, et d'affreux exploits aux pays de l'Amérique espagnole. De son propre aveu, il devait avoir vécu parmi les pires sacripants[1] auxquels Dieu permît jamais de naviguer. Et le langage qu'il employait dans ses

1. **Sacripants** : vauriens.

récits scandalisait nos braves paysans presque à l'égal des forfaits qu'il narrait. Mon père ne cessait de dire qu'il causerait la ruine de l'auberge, car les gens refuseraient bientôt de venir s'y faire tyranniser et humilier, pour aller ensuite trembler dans leurs lits ; mais je croirais plus volontiers que son séjour nous était profitable. Sur le moment, les gens avaient peur, mais à la réflexion ils ne s'en plaignaient pas, car c'était une fameuse distraction dans la morne routine villageoise. Il y eut même une coterie[1] de jeunes gens qui affectèrent[2] de l'admirer, l'appelant « un vrai loup de mer », « un authentique vieux flambart », et autres noms semblables, ajoutant que c'étaient les hommes de cette trempe qui font l'Angleterre redoutable sur mer.

Dans un sens, à la vérité, il nous acheminait vers la ruine, car il ne s'en allait toujours pas : des semaines s'écoulèrent, puis des mois, et l'acompte était depuis longtemps épuisé, sans que mon père trouvât jamais le courage de lui réclamer le complément. Lorsqu'il y faisait la moindre allusion, le capitaine soufflait par le nez, avec un bruit tel qu'on eût dit un rugissement, et foudroyait du regard mon pauvre père, qui s'empressait de quitter la salle. Je l'ai vu se tordre les mains après l'une de ces rebuffades[3], et je ne doute pas que le souci et l'effroi où il vivait hâtèrent de beaucoup sa fin malheureuse et anticipée●.

De tout le temps qu'il logea chez nous, à part quelques paires de bas qu'il acheta d'un colporteur, le capitaine ne renouvela en

1. **Coterie** : groupe.
2. **Affectèrent** : firent semblant.
3. **Rebuffade** : mauvais accueil.

● **Le narrateur évoque par anticipation le décès brutal de son père. On va découvrir dans quelles circonstances celui-ci devait trouver la mort et les conséquences que celle-ci a eues sur le destin du narrateur.**

rien sa toilette. L'un des coins de son tricorne[1] s'étant cassé, il le laissa pendre depuis lors, bien que ce lui fût d'une grande gêne par temps venteux. Je revois l'aspect de son habit, qu'il rafistolait lui-même dans sa chambre de l'étage et qui, dès avant la fin, n'était plus que pièces. Jamais il n'écrivit ni ne reçut une lettre, et il ne parlait jamais à personne sauf aux gens du voisinage, et encore presque uniquement lorsqu'il était ivre de rhum. Son grand coffre de marin, nul d'entre nous ne l'avait jamais vu ouvert.

On ne lui résista qu'une seule fois, et ce fut dans les derniers temps, alors que mon pauvre père était déjà gravement atteint de la phtisie[2] qui devait l'emporter. Le docteur Livesey, venu vers la fin de l'après-midi pour visiter son patient, accepta que ma mère lui servît un morceau à manger, puis, en attendant que son cheval fût ramené du hameau – car nous n'avions pas d'écurie au vieux *Benbow* –, il s'en alla fumer une pipe dans la salle. Je l'y suivis, et je me rappelle encore le contraste frappant que faisait le docteur, bien mis et allègre, à la perruque poudrée à blanc, aux yeux noirs et vifs, au maintien distingué, avec les paysans rustauds, et surtout avec notre sale et blême épouvantail de pirate, avachi dans l'ivresse et les coudes sur la table. Soudain, il se mit – je parle du capitaine – à entonner son sempiternel refrain :

Nous étions quinze sur le coffre du mort...
Yo-ho-ho ! et une bouteille de rhum !
La boisson et le diable ont expédié les autres,
Yo-ho-ho ! et une bouteille de rhum !

1. **Tricorne** : chapeau à trois cornes.
2. **Phtisie** : tuberculose.

Au début, j'avais cru que « le coffre du mort » était sa grande cantine de là-haut dans la chambre de devant, et cette imagination s'était amalgamée dans mes cauchemars avec celle de l'homme de mer à une jambe. Mais à cette époque nous avions depuis longtemps cessé de faire aucune attention au refrain ; il n'était nouveau, ce soir-là, que pour le seul docteur Livesey, et je m'aperçus qu'il produisait sur lui un effet rien moins qu'agréable, car le docteur leva un instant les yeux avec une véritable irritation avant de continuer à entretenir le vieux Taylor, le jardinier, d'un nouveau traitement pour ses rhumatismes. Cependant, le capitaine s'excitait peu à peu à sa propre musique, et il finit par claquer de la main sur sa table, d'une manière que nous connaissions tous et qui exigeait le silence. Aussitôt, chacun se tut, sauf le docteur Livesey qui poursuivit comme devant, d'une voix claire et courtoise, en tirant une forte bouffée de sa pipe tous les deux ou trois mots. Le capitaine le dévisagea un instant avec courroux[1], fit claquer de nouveau sa main, puis le toisa d'un air farouche, et enfin lança avec un vil et grossier juron :

– Silence, là-bas dans l'entrepont !

– Est-ce à moi que ce discours s'adresse, monsieur ? fit le docteur.

Et quand le butor[2] lui eut déclaré, avec un nouveau juron, qu'il en était ainsi :

– Je n'ai qu'une chose à vous dire, monsieur, répliqua le docteur, c'est que si vous continuez à boire du rhum de la sorte, le monde sera vite débarrassé d'un très ignoble gredin !

1. **Courroux** : colère.
2. **Butor** : grossier personnage.

La fureur du vieux drôle fut terrible. Il se dressa d'un bond, tira un coutelas de marin qu'il ouvrit, et le balançant sur la main ouverte, s'apprêta à clouer au mur le docteur.

Celui-ci ne broncha point. Il continua de lui parler comme précédemment, par-dessus l'épaule, et du même ton, un peu plus élevé peut-être, pour que toute la salle entendît, mais parfaitement calme et posé :

– Si vous ne remettez à l'instant ce couteau dans votre poche, je vous jure sur mon honneur que vous serez pendu aux prochaines assises●.

Ils se mesurèrent du regard ; mais le capitaine céda bientôt, remisa[1] son arme, et se rassit, en grondant comme un chien battu.

– Et maintenant, monsieur, continua le docteur, sachant désormais qu'il y a un tel personnage dans ma circonscription, vous pouvez compter que j'aurai l'œil sur vous nuit et jour. Je ne suis pas seulement médecin, je suis aussi magistrat ; et s'il m'arrive la moindre plainte contre vous, fût-ce pour un esclandre[2] comme celui de ce soir, je prendrai les mesures efficaces pour vous faire arrêter et expulser du pays. Vous voilà prévenu.

Peu après on amenait à la porte le cheval du docteur Livesey, et celui-ci s'en alla ; mais le capitaine se tint tranquille pour cette soirée-là et nombre de suivantes.

1. **Remisa** : rangea.
2. **Esclandre** : éclat de voix.

● **Les assises sont une assemblée de notables qui se réunit régulièrement pour rendre justice de crimes.**

Chapitre II

Où Chien-Noir fait une brève apparition

Ce fut peu de temps après cette algarade[1] que commença la série des mystérieux événements qui devaient nous délivrer enfin du capitaine, mais non, comme on le verra, des suites de sa présence. Cet hiver-là fut très froid et marqué par des gelées fortes et prolongées ainsi que par de rudes tempêtes ; et, dès son début, nous comprîmes que mon pauvre père avait peu de chances de voir le printemps. Il baissait chaque jour, et comme nous avions, ma mère et moi, tout le travail de l'auberge sur les bras, nous étions trop occupés pour accorder grande attention à notre fâcheux pensionnaire.

C'était par un jour de janvier, de bon matin. Il faisait un froid glacial. Le givre blanchissait toute la crique, le flot clapotait doucement sur les galets, le soleil encore bas illuminait à peine la crête des collines et luisait au loin sur la mer. Le capitaine, levé plus tôt que de coutume, était parti sur la grève, son coutelas ballant sous les larges basques de son vieil habit bleu, sa lunette de cuivre sous le bras, son tricorne rejeté sur la nuque. Je vois encore son haleine flotter derrière lui comme une fumée, tandis qu'il s'éloignait à grands pas. Le dernier son que je perçus de lui, comme il disparaissait derrière le gros rocher, fut un violent reniflement de colère, à faire croire qu'il pensait toujours au docteur Livesey.

Or, ma mère était montée auprès de mon père, et, en attendant le retour du capitaine, je dressais la table pour son

1. **Algarade** : incident.

déjeuner, lorsque la porte de la salle s'ouvrit, et un homme entra, que je n'avais jamais vu. Son teint avait une pâleur de cire ; il lui manquait deux doigts à la main gauche et, bien qu'il fût armé d'un coutelas, il semblait peu combatif. Je ne cessais de guetter les hommes de mer, à une jambe ou à deux, mais je me souviens que celui-là m'embarrassa. Il n'avait rien d'un matelot, et néanmoins il s'exhalait de son aspect comme un relent maritime.

Je lui demandai ce qu'il y avait pour son service, et il me commanda un rhum. Je m'apprêtais à sortir de la salle pour l'aller chercher, lorsque mon client s'assit sur une table et me fit signe d'approcher. Je m'arrêtai sur place, ma serviette à la main.

– Viens ici, fiston, reprit-il. Plus près.

Je m'avançai d'un pas.

– Est-ce que cette table est pour mon camarade Bill ? interrogea-t-il, en ébauchant un clin d'œil.

Je lui répondis que je ne connaissais pas son camarade Bill, et que la table était pour une personne qui logeait chez nous, et que nous appelions le capitaine.

– Au fait, dit-il, je ne vois pas pourquoi ton capitaine ne serait pas mon camarade Bill. Il a une balafre sur la joue, mon camarade Bill, et des manières tout à fait gracieuses, en particulier lorsqu'il a bu. Mettons, pour voir, que ton capitaine a une balafre sur la joue, et mettons, si tu le veux bien, que c'est sur la joue droite. Hein ! qu'est-ce que je te disais ! Et maintenant, je répète : mon camarade Bill est-il dans la maison ?

Je lui répondis qu'il était parti en promenade.

– Par où, fiston ? Par où est-il allé ?

Je désignai le rocher, et affirmai que le capitaine ne tarderait sans doute pas à rentrer ; puis, quand j'eus répondu à quelques autres questions :

– Oh ! dit-il, ça lui fera autant de plaisir de me voir que de boire un coup, à mon camarade Bill.

Il prononça ces mots d'un air dénué de toute bienveillance. Mais après tout ce n'était pas mon affaire, et d'ailleurs je ne savais quel parti prendre. L'étranger demeurait posté tout contre la porte de l'auberge, et surveillait le tournant comme un chat qui guette une souris.

À un moment, je me hasardai sur la route, mais il me rappela aussitôt, et comme je n'obéissais pas assez vite à son gré, sa face cireuse prit une expression menaçante, et avec un blasphème[1] qui me fit sursauter, il m'ordonna de revenir. Dès que je lui eus obéi, il revint à ses allures premières, mi-caressantes, mi-railleuses, me tapota l'épaule, me déclara que j'étais un brave garçon, et que je lui inspirais la plus vive sympathie.

– J'ai moi-même un fils, ajouta-t-il, qui te ressemble comme deux gouttes d'eau, et il fait toute la joie de mon cœur. Mais le grand point pour les enfants est l'obéissance, fiston... l'obéissance. Or, si tu avais navigué avec Bill, tu n'aurais pas attendu que je te rappelle deux fois... certes non. Ce n'était pas l'habitude de Bill, ni de ceux qui naviguaient avec lui. Mais voilà, en vérité, mon camarade Bill, avec sa lunette d'approche sous le bras, Dieu le bénisse, ma foi ! Tu vas te reculer avec moi dans la salle, fiston, et te mettre derrière la porte : nous allons faire à Bill une petite surprise... Que Dieu le bénisse ! je le répète !

1. **Blasphème** : parole insultante à l'égard de la religion.

Ce disant, l'inconnu m'attira dans la salle et me plaça derrière lui dans un coin où la porte ouverte nous cachait tous les deux. J'étais fort ennuyé et inquiet, comme bien on pense, et mes craintes s'augmentaient encore de voir l'étranger, lui aussi, visiblement effrayé. Il dégagea la poignée de son coutelas, et en fit jouer la lame dans sa gaine ; et tout le temps que dura notre attente, il ne cessa de ravaler sa salive, comme s'il avait eu, comme on dit, un crapaud dans la gorge.

À la fin, le capitaine entra, fit claquer la porte derrière lui sans regarder ni à droite ni à gauche, et traversant la pièce, alla droit vers la table où l'attendait son déjeuner.

– Bill ! lança l'étranger, d'une voix qu'il s'efforçait, me parut-il, de rendre forte et assurée.

Le capitaine pivota sur ses talons, et nous fit face : tout hâle avait disparu de son visage, qui était blême jusqu'au bout du nez ; on eût dit, à son air, qu'il venait de voir apparaître un fantôme, ou le diable, ou pis encore, s'il se peut ; et j'avoue que je le pris en pitié, à le voir tout à coup si vieilli et si défait.

– Allons, Bill, tu me reconnais ; tu reconnais un vieux camarade de bord, pas vrai, Bill ?

Le capitaine eut un soupir spasmodique[1] :

– Chien-Noir ! fit-il.

– Et qui serait-ce d'autre ? reprit l'étranger avec plus d'assurance. Chien-Noir plus que jamais, venu voir son vieux camarade de bord, Bill, à l'auberge de *L'Amiral Benbow*... Ah ! Bill, Bill, nous en avons vu des choses, tous les deux, depuis que j'ai perdu ces deux doigts, ajouta-t-il, en élevant sa main mutilée.

1. **Spasmodique** : convulsif.

– Eh bien, voyons, fit le capitaine, vous m'avez retrouvé : me voici. Parlez donc. Qu'y a-t-il ?

– C'est bien toi, Bill, répliqua Chien-Noir. Il n'y a pas d'erreur, Billy. Je vais me faire servir un verre de rhum par ce cher enfant-ci, qui m'inspire tant de sympathie, et nous allons nous asseoir, s'il te plaît, et causer franc comme deux vieux copains.

Quand je revins avec le rhum, ils étaient déjà installés de chaque côté de la table servie pour le déjeuner du capitaine : Chien-Noir était auprès de la porte, et assis de biais comme pour surveiller d'un œil son vieux copain, et de l'autre, à mon idée, sa ligne de retraite.

Il m'enjoignit de sortir en laissant la porte grande ouverte.

– On ne me la fait pas avec les trous de serrure, fiston, ajouta-t-il.

Je les laissai donc ensemble et me réfugiai dans l'estaminet[1].

J'eus beau prêter l'oreille, comme de juste il se passa un bon moment où je ne saisis rien de leur bavardage, car ils parlaient à voix basse ; mais peu à peu ils élevèrent le ton, et je discernai quelques mots, principalement des jurons, lancés par le capitaine.

– Non, non, non, et mille fois non ! et en voilà assez ! cria-t-il une fois.

Et une autre :

– Si cela finit par la potence, tous seront pendus, je vous dis !

Et tout à coup il y eut une effroyable explosion de blasphèmes : chaises et table culbutèrent à la fois ; un cliquetis d'acier retentit, puis un hurlement de douleur, et une seconde plus tard je vis

1. **Estaminet** : salle dans laquelle se réunissent les buveurs.

Chien-Noir fuir éperdu, serré de près par le capitaine, tous deux coutelas au poing, et le premier saignant abondamment de l'épaule gauche. Arrivé à la porte, le capitaine assena au fuyard un dernier coup formidable qui lui aurait sûrement fendu le crâne, si ce coup n'eût été arrêté par notre massive enseigne de *L'Amiral Benbow*. On voit encore aujourd'hui la brèche sur la partie inférieure du tableau.

Ce coup mit fin au combat. Aussitôt sur la route, Chien-Noir, en dépit de sa blessure, prit ses jambes à son cou, et avec une agilité merveilleuse, disparut en une demi-minute derrière la crête de la colline. Pour le capitaine, il restait à béer[1] devant l'enseigne, comme sidéré. Après quoi, il se passa la main sur les yeux à plusieurs reprises, et finalement rentra dans la maison.

– Jim, me dit-il, du rhum !

Et comme il parlait, il tituba légèrement et s'appuya d'une main contre le mur.

– Êtes-vous blessé ? m'écriai-je.

– Du rhum ! répéta-t-il. Il faut que je m'en aille d'ici. Du rhum ! du rhum !

Je courus lui en chercher ; mais, tout bouleversé par ce qui venait d'arriver, je cassai un verre et faussai le robinet, si bien que j'étais toujours occupé de mon côté lorsque j'entendis dans la salle le bruit d'une lourde chute. Je me précipitai et vis le capitaine étalé de tout son long sur le carreau. À la même minute, ma mère, alarmée par les cris et la bagarre, descendait quatre à quatre pour venir à mon aide. À nous deux, nous lui relevâmes la tête. Il respirait

1. **Béer** : ouvrir la bouche en regardant quelque chose sous le coup de l'étonnement.

bruyamment et avec peine, mais il avait les yeux fermés et le visage d'une teinte hideuse.

– Mon Dieu, mon Dieu ! s'écria ma mère, quel malheur pour notre maison ! Et ton pauvre père qui est malade !

Cependant nous n'avions aucune idée de ce qu'il convenait de faire pour secourir le capitaine, et nous restions persuadés qu'il avait reçu un coup mortel dans sa lutte avec l'étranger. À tout hasard, je pris le verre de rhum et tentai de lui en introduire un peu dans le gosier ; mais il avait les dents étroitement serrées et les mâchoires contractées comme un étau. Ce fut pour nous une vraie délivrance de voir la porte s'ouvrir et livrer passage au docteur Livesey, venu pour visiter mon père.

– Oh ! docteur ! criâmes-nous, que faire ? Où est-il blessé ?

– Lui, blessé ? Taratata ! fit le docteur. Pas plus blessé que vous ni moi. Cet homme vient d'avoir une attaque d'apoplexie[1], comme je le lui avais prédit. Allons, madame Hawkins, remontez vite auprès de votre mari, et autant que possible ne lui parlez de rien. De mon côté, je dois faire de mon mieux pour sauver la vie trois fois indigne de ce misérable, et pour cela Jim ici présent va m'apporter une cuvette.

Quand je rentrai avec la cuvette, le docteur avait déjà retroussé la manche du capitaine et mis à nu son gros bras musculeux. Il était couvert de tatouages : « Bon vent » et « Billy Bones s'en fiche » se lisaient fort nettement sur l'avant-bras ; et plus haut vers l'épaule on voyait le dessin d'une potence avec son pendu – dessin exécuté à mon sens avec beaucoup de verve.

1. **Apoplexie** : paralysie plus ou moins complète, provoquée par une attaque cérébrale.

– Prophétique ! fit le docteur, en touchant du doigt ce croquis. Et maintenant, maître Billy Bones, si c'est bien là votre nom, nous allons voir un peu la couleur de votre sang... Jim, avez-vous peur du sang ?

– Non, monsieur.

– Bon. Alors, tenez la cuvette.

Et là-dessus il prit sa lancette[1] et ouvrit la veine.

Il fallut tirer beaucoup de sang au capitaine avant qu'il soulevât les paupières et promenât autour de lui un regard vague. D'abord il fronça le sourcil en reconnaissant le médecin ; puis son regard s'arrêta sur moi, et il sembla rassuré. Mais soudain il changea de couleur et s'efforça de se lever, en criant :

– Où est Chien-Noir ?

– Il n'y a de chien noir ici que dans votre imagination, répliqua le docteur. Vous avez bu du rhum ; vous avez eu une attaque, tout comme je vous le prédisais, et je viens, fort à regret, de vous arracher à la tombe où vous piquiez une tête. Et maintenant, maître Bones...

– Ce n'est pas mon nom, interrompit-il.

– Peu importe ! C'est celui d'un flibustier● de ma connaissance, et je vous appelle ainsi pour abréger. Ce que j'ai à vous dire, le voici : un verre de rhum ne vous tuera pas, mais si vous en prenez un, vous en prendrez un second et un troisième, et je gagerais[2] ma perruque que, si vous ne cessez pas net, vous

1. **Lancette** : petit instrument chirurgical.
2. **Je gagerais** : je parierais.

● **Le mot flibustier désigne d'abord un pirate sévissant dans la mer des Caraïbes. On l'emploie aussi comme synonyme de « brigand », comme c'est le cas ici.**

mourrez... entendez-vous bien ?... vous mourrez, et vous irez à votre vraie place, comme il est dit dans la Bible. Allons, voyons, faites un effort. Je vous aiderai à vous mettre au lit, pour cette fois.

À nous deux, et non sans peine, nous arrivâmes à le porter en haut et à le déposer sur son lit. Sa tête retomba sur l'oreiller, comme s'il allait s'évanouir.

– Maintenant, dit le docteur, rappelez-vous bien ce que je vous déclare en conscience : le rhum pour vous est un arrêt de mort.

Et là-dessus il me prit par le bras et m'entraîna vers la chambre de mon père.

– Ce ne sera rien, me dit-il, sitôt la porte refermée. Je lui ai tiré assez de sang pour qu'il se tienne un moment tranquille. Le mieux pour vous et pour lui serait qu'il restât au lit une huitaine ; mais une nouvelle attaque l'emporterait.

Chapitre III

La tache noire

Vers midi, chargé de boissons rafraîchissantes et de médicaments, je pénétrai chez le capitaine. Il se trouvait à peu près dans le même état, quoique un peu ranimé, et il me parut à la fois faible et agité.

– Jim, me dit-il, tu es le seul ici qui vaille quelque chose. Tu le sais, j'ai toujours été bon pour toi : pas un mois ne s'est passé où tu n'aies reçu tes dix sous. Et maintenant, camarade, tu vois comme je suis aplati et abandonné de tous. Dis, Jim, tu vas m'apporter un petit verre de rhum, tout de suite, n'est-ce pas, camarade ?

– Le docteur... commençai-je.

Mais il éclata en malédictions contre le docteur, d'une voix lasse quoique passionnée.

– Les docteurs sont tous des sagouins[1], fit-il ; et celui-là, hein, qu'est-ce qu'il y connaît, aux gens de mer ? J'ai été dans des endroits chauds comme braise, où les copains tombaient l'un après l'autre, de la fièvre jaune, où les sacrés tremblements de terre faisaient onduler le sol comme une mer !... Qu'est-ce qu'il y connaît, ton docteur, à des pays comme ça ?... et je ne vivais que de rhum, je te dis. C'était ma boisson et ma nourriture, nous étions comme mari et femme. Si je n'ai pas tout de suite mon rhum, je ne suis plus qu'une pauvre vieille carcasse échouée, et mon sang retombera sur toi, Jim, et sur ce sagouin de docteur. (Il se remit à sacrer[2].) Vois, Jim, comme mes doigts s'agitent, continua-t-il d'un ton plaintif. Je ne peux pas les arrêter, je t'assure. Je n'ai pas bu une goutte de toute cette maudite journée. Ce docteur est un idiot, je te dis. Si je ne bois pas un coup de rhum, Jim, je vais avoir des visions : j'en ai déjà. Je vois le vieux Flint dans ce coin-là, derrière toi ; je le vois aussi net qu'en peinture. Et si j'attrape des visions, comme ma vie a été orageuse, ce sera épouvantable. Ton docteur lui-même a dit qu'un verre ne me ferait pas de mal. Jim, je te paierai une guinée d'or pour une topette[3].

Son agitation croissait toujours, et cela m'inquiétait pour mon père, qui, étant au plus bas ce jour-là, avait besoin de repos. D'ailleurs, si la tentative de corruption m'offensait un peu, j'étais rassuré par les paroles du docteur que me rappelait le capitaine.

1. **Sagouins** : ici, synonyme de « charlatans ».
2. **Sacrer** : jurer.
3. **Topette** : petite bouteille (ici, de rhum).

– Je ne veux pas de votre argent, lui dis-je, sauf celui que vous devez à mon père. Vous aurez un verre, pas plus.

Quand je le lui apportai, il le saisit avidement et l'absorba d'un trait.

– Ah ! oui, fit-il, ça va un peu mieux, pour sûr. Et maintenant, camarade, ce docteur a-t-il dit combien de temps je resterais cloué ici sur cette vieille paillasse ?

– Au moins une huitaine.

– Tonnerre ! Une huitaine ! Ce n'est pas possible ! D'ici là ils m'auront flanqué la tache noire. En ce moment même, ces ganaches[1] sont en train de prendre le vent sur moi : des fainéants incapables de conserver ce qu'ils ont reçu, et qui veulent flibuster[2] la part d'autrui. Est-ce là une conduite digne d'un marin, je te le demande ? Mais je suis économe dans l'âme, moi. Jamais je n'ai gaspillé, ni perdu mon bon argent, et je leur ferai encore la nique[3]. Je n'ai pas peur d'eux. Je vais larguer un ris, camarade, et les distancer à nouveau●.

Tout en parlant ainsi, il s'était levé de sa couche, à grand-peine, en se tenant à mon épaule, qu'il serrait quasi à me faire crier, et mouvant ses jambes comme des masses inertes. La véhémence de ses paroles, quant à leur signification, contrastait amèrement avec la faiblesse de la voix qui les proférait. Une fois assis au bord du lit, il s'immobilisa.

– Ce docteur m'a tué, balbutia-t-il. Mes oreilles tintent. Recouche-moi.

● **Billy Bones, le capitaine, accuse ses anciens compagnons d'avoir dilapidé leur part d'un butin et de vouloir s'emparer de la sienne. Mais il n'est pas décidé à se laisser déposséder.**

1. **Ganaches** : incapables.
2. **Flibuster** : dérober.
3. **Je leur ferai encore la nique** : je réussirai encore à les tromper.

Je n'eus pas le temps de l'assister, il retomba dans sa position première et resta silencieux une minute.

– Jim, dit-il enfin, tu as vu ce marin de tantôt ?

– Chien-Noir ?

– Oui ! Chien-Noir !... C'en est un mauvais, mais ceux qui l'ont envoyé sont pires. Voilà. Si je ne parviens pas à m'en aller, et qu'ils me flanquent la tache noire, rappelle-toi qu'ils en veulent à mon vieux coffre de mer. Tu montes à cheval... tu sais monter, hein ? Bon. Donc, tu montes à cheval, et tu vas chez... eh bien oui, tant pis pour eux !... chez ce sempiternel sagouin de docteur, lui dire de rassembler tout son monde... Magistrats et le reste... et il leur mettra le grappin dessus à *L'Amiral Benbow*... tout l'équipage du vieux Flint, petits et grands, tout ce qu'il en reste. J'étais premier officier, moi, premier officier du vieux Flint, et je suis le seul qui connaisse l'endroit. Il m'a livré le secret à Savannah●, sur son lit de mort, à peu près comme je pourrais faire à présent, vois-tu. Mais il ne te faut les livrer que s'ils me flanquent la tache noire, ou si tu vois encore ce Chien-Noir, ou bien un homme de mer à une jambe, Jim... celui-là surtout.

– Mais qu'est-ce que cette tache noire, capitaine ?

– C'est un avertissement, camarade. Je t'expliquerai, s'ils en viennent là. Mais continue à ouvrir l'œil, Jim, et je partagerai avec toi à égalité, parole d'honneur !

Il divagua encore un peu, d'une voix qui s'affaiblissait ; mais je lui donnai sa potion ; il la prit, docile comme un enfant, et fit la

● **Savannah est la capitale de l'État américain de Géorgie. C'est aussi un port situé sur la côte atlantique des États-Unis.**

remarque que « si jamais un marin avait eu besoin de drogues, c'était bien lui » ; après quoi il tomba dans un sommeil profond comme une syncope, où je le laissai.

Qu'aurais-je fait si tout s'était normalement passé ? Je l'ignore. Il est probable que j'aurais tout raconté au docteur, car je craignais terriblement que le capitaine se repentît de ses aveux et se débarrassât de moi. Mais il advint que mon pauvre père mourut cette nuit-là, fort à l'improviste, ce qui me fit négliger tout autre souci. Notre légitime désolation, les visites des voisins, les apprêts[1] des funérailles et tout le travail de l'auberge à soutenir entre-temps, m'accaparèrent[2] si bien que j'eus à peine le loisir de songer au capitaine, et moins encore d'avoir peur de lui.

Il descendit le lendemain matin, à vrai dire, et prit ses repas comme d'habitude ; il mangea peu, mais but du rhum, je le crains, plus qu'à l'ordinaire, car il se servit lui-même au comptoir, l'air farouche et soufflant par le nez, sans que personne osât s'y opposer. Le soir qui précéda l'enterrement, il était plus ivre que jamais, et cela scandalisait, dans cette maison en deuil, de l'ouïr[3] chanter son sinistre vieux refrain de mer. Mais, en dépit de sa faiblesse, il nous inspirait à tous une crainte mortelle, et le docteur, appelé subitement auprès d'un malade qui habitait à plusieurs milles[4], resta éloigné de chez nous après le décès de mon père. Je viens de dire que le capitaine était faible ; en réalité, il paraissait s'affaiblir au lieu de reprendre des forces. Il grimpait et descendait l'escalier, allait et venait de la salle à l'estaminet et réciproquement,

1. **Apprêts** : préparatifs.
2. **M'accaparèrent** : m'occupèrent.
3. **Ouïr** : entendre.
4. **Mille** : mesure de distance utilisée en Amérique du Nord, et valant 1 852 mètres.

et parfois mettait le nez au-dehors pour humer l'air salin, mais il marchait en se tenant aux murs, et respirait vite et avec force, comme on fait en escaladant une montagne. Pas une fois il ne me parla en particulier, et je suis persuadé qu'il avait quasi oublié ses confidences. Mais son humeur était plus instable, et en dépit de sa faiblesse corporelle, plus agressive que jamais. Lorsqu'il avait bu, il prenait la manie inquiétante de tirer son coutelas et de garder la lame à sa portée sur sa table. Mais tout compte fait, il se souciait moins des gens et avait l'air plongé dans ses pensées et à demi absent. Une fois, par exemple, à notre grande surprise, il entonna un air nouveau, une sorte de rustique chanson d'amour qu'il avait dû connaître tout jeune avant de naviguer.

Ainsi allèrent les choses jusqu'au lendemain de l'enterrement. Vers les trois heures, par un après-midi âpre, de brume glacée, je m'étais mis sur le seuil une minute, songeant tristement à mon père, lorsque je vis sur la route un individu qui s'approchait avec lenteur. Il était à coup sûr aveugle, car il tapotait devant lui avec son bâton et portait sur les yeux et le nez une grande visière verte ; il était courbé par les ans ou par la fatigue, et son vaste caban de marin, tout loqueteux, le faisait paraître vraiment difforme. De ma vie je n'ai vu plus sinistre personnage. Un peu avant l'auberge, il fit halte et, élevant la voix sur un ton de mélopée[1] bizarre, interpella le vide devant lui :

– Un ami compatissant voudrait-il indiquer à un pauvre aveugle... qui a perdu le don précieux de la vue en défendant son cher pays natal, l'Angleterre, et le roi George, que Dieu bénisse... où et en quel lieu de ce pays il peut bien se trouver présentement ?

1. **Mélopée** : mélodie monotone.

– Vous êtes à *L'Amiral Benbow*, crique du Mont-Noir, mon brave homme, lui répondis-je.

– J'entends une voix, reprit-il, une voix jeune. Voudriez-vous me donner la main, mon aimable jeune ami, et me faire entrer ?

Je lui tendis la main, et le hideux aveugle aux paroles mielleuses l'agrippa sur-le-champ comme dans des tenailles. Tout effrayé, je voulus me dégager, mais l'aveugle, d'un simple effort, m'attira tout contre lui :

– Maintenant, petit, mène-moi auprès du capitaine.

– Monsieur, répliquai-je, sur ma parole je vous jure que je n'ose pas.

– Ah ! ricana-t-il, c'est comme ça ! Mène-moi tout de suite à l'intérieur, ou sinon je te casse le bras.

Et tout en parlant il me le tordit, si fort que je poussai un cri.

– Monsieur, repris-je, c'est pour vous ce que j'en dis. Le capitaine n'est pas comme d'habitude. Il a toujours le coutelas tiré. Un autre monsieur...

– Allons, voyons, marche ! interrompit-il.

Jamais je n'ouïs voix plus froidement cruelle et odieuse que celle de cet aveugle. Elle m'intimida plus que la douleur, et je me mis aussitôt en devoir de lui obéir. Je franchis le seuil et me dirigeai droit vers la salle où se tenait, abruti de rhum, notre vieux forban[1] malade. L'aveugle, me serrant dans sa poigne de fer, m'attachait à lui et s'appuyait sur moi presque à me faire succomber.

– Mène-moi directement à lui, et dès que je serai en sa présence, crie : « Bill ! voici un ami pour vous. » Si tu ne fais pas ça, moi je te ferai ceci...

1. **Forban** : à l'origine, pirate travaillant pour son propre compte. Ici, le terme désigne un homme sans scrupules.

Et il m'infligea une saccade dont je pensai m'évanouir. Dans cette alternative, mon absolue terreur du mendiant aveugle me fit oublier ma peur du capitaine ; j'ouvris la porte de la salle et criai d'une voix tremblante la phrase qui m'était dictée.

Le pauvre capitaine leva les yeux. En un clin d'œil son ivresse disparut, et il resta béant, dégrisé. Son visage exprimait, plus que l'effroi, un horrible dégoût. Il alla pour se lever, mais je crois qu'il n'en aurait plus eu la force.

– Non, Bill, dit le mendiant, reste assis là. Je n'y vois point, mais j'entends remuer un doigt. Les affaires sont les affaires. Tends-moi ta main gauche. Petit, prends sa main gauche par le poignet et approche-la de ma droite.

Nous lui obéîmes tous deux exactement, et je le vis faire passer quelque chose du creux de la main qui tenait son bâton, entre les doigts du capitaine, qui se refermèrent dessus instantanément.

– Voilà qui est fait, dit l'aveugle.

À ces mots, il me lâcha soudain et, avec une dextérité[1] et une prestesse incroyables, il déguerpit de la salle et gagna la route. Figé sur place, j'entendis décroître au loin le tapotement de son bâton.

Il nous fallut plusieurs minutes, au capitaine et à moi, pour recouvrer nos esprits. À la fin, et presque simultanément, je laissai aller son poignet que je tenais toujours et il retira la main pour jeter un bref coup d'œil dans sa paume.

– À dix heures ! s'écria-t-il. Cela me donne six heures. Nous pouvons encore les filouter[2].

1. **Dextérité** : habileté.
2. **Les filouter** : les berner, les tromper.

Georges Roux (1855-1929), gravure pour L'Île au trésor, *Édition Hetzel, 1885.*

Il se leva d'un bond. Mais au même instant, pris de vertige, il porta la main à sa gorge, vacilla une minute, puis, avec un râle étrange, s'abattit de son haut, la face contre terre.

Je courus à lui, tout en appelant ma mère. Mais notre empressement fut vain. Frappé d'apoplexie foudroyante, le capitaine avait succombé. Chose singulière à dire, bien que sur la fin il éveillât ma pitié, jamais certes je ne l'avais aimé ; pourtant, dès que je le vis mort, j'éclatai en sanglots. C'était le second décès que je voyais, et le chagrin dû au premier était encore tout frais dans mon cœur.

Chapitre IV

Le coffre de mer

Sans perdre un instant, je racontai alors à ma mère tout ce que je savais, comme j'aurais peut-être dû le faire depuis longtemps. Nous vîmes d'emblée le péril et la difficulté de notre situation. L'argent du capitaine (s'il en avait) nous était bien dû en partie ; mais quelle apparence y avait-il que les complices de notre homme, et surtout les deux échantillons que j'en connaissais, Chien-Noir et le mendiant aveugle, fussent disposés à lâcher leur butin pour régler les dettes du défunt ? Or, si je suivais les instructions du capitaine et allais aussitôt prévenir le docteur Livesey, je laissais ma mère seule et sans défense : je n'y pouvais donc songer. D'ailleurs, nous nous sentions tous deux incapables de rester beaucoup plus longtemps dans la maison. Les charbons qui s'éboulaient dans le fourneau de la cuisine, et jusqu'au tic-tac de l'horloge, nous pénétraient de crainte. Le voisinage s'emplissait pour nous de bruits de pas imaginaires ; et placé entre le cadavre du capitaine gisant sur le carreau de la salle, et la pensée de l'infâme mendiant aveugle rôdant aux environs et prêt à reparaître, il y avait des moments où, comme on dit, je tremblais dans mes culottes, de terreur. Il nous fallait prendre une décision immédiate. Finalement, l'idée nous vint de partir tous les deux chercher du secours au hameau voisin. Aussitôt dit, aussitôt fait. Sans même nous couvrir la tête, nous nous élançâmes dans le soir tombant et le brouillard glacé.

Le hameau n'était qu'à quelque cent toises[1], mais caché à la vue, de l'autre côté de la crique voisine ; et, ce qui me rassurait beaucoup, il se trouvait dans la direction opposée à celle par où l'aveugle avait fait son apparition et par où il s'en était apparemment retourné. Le trajet nous prit peu de minutes, et cependant nous nous arrêtâmes plusieurs fois pour prêter l'oreille. Mais on n'entendait aucun bruit suspect : rien que le léger clapotis du ressac et le croassement des corbeaux dans le bois.

Les chandelles s'allumaient quand nous atteignîmes le hameau, et jamais je n'oublierai mon soulagement à voir leur jaune clarté aux portes et aux fenêtres. Mais ce fut là, tout compte fait, le meilleur de l'assistance que nous obtînmes de ce côté. Car, soit dit à la honte de ces gens, personne ne consentit[2] à nous accompagner jusqu'à *L'Amiral Benbow*. Plus nous leur disions nos ennuis, plus ils se cramponnaient – hommes, femmes et enfants – à l'abri de leurs maisons. Le nom du capitaine Flint, inconnu de moi, mais familier à beaucoup d'entre eux, répandait la terreur. Des hommes qui avaient travaillé aux champs, plus loin que *L'Amiral Benbow*,

1. **Toise** : mesure de longueur valant à peu près deux mètres.
2. **Ne consentit** : n'accepta.

se souvenaient aussi d'avoir vu sur la route plusieurs étrangers dont ils s'étaient écartés, les prenant pour des contrebandiers[1], et l'un ou l'autre avait vu un petit chasse-marée[2] à l'abri dans ce que nous appelions la cale de Kitt. C'est pourquoi il suffisait d'être une relation du capitaine pour leur causer une frayeur mortelle. Tant et si bien que, si nous en trouvâmes plusieurs disposés à se rendre à cheval jusque chez le docteur Livesey, qui habitait dans une autre direction, pas un ne voulut nous aider à défendre l'auberge.

La lâcheté, dit-on, est contagieuse ; mais la discussion, au contraire, donne du courage. Aussi, quand chacun eut parlé, ma mère leur dit leur fait à tous. Elle ne voulait pas, déclara-t-elle, perdre de l'argent qui appartenait à son fils orphelin. Elle conclut :

– Si aucun d'entre vous n'ose venir, Jim et moi nous oserons. Nous allons retourner d'où nous sommes venus, et sans vous dire merci, tas de gros gaillards pires que des poules mouillées. Nous ouvrirons ce coffre, dût-il nous en coûter la vie. Et je vous emprunte ce sac, madame Crossley, pour emporter notre dû.

Comme de juste, je me déclarai prêt à accompagner ma mère, et, comme de juste aussi, tous se récrièrent devant notre témérité ; mais même alors, pas un homme ne s'offrit à nous escorter. Tout ce qu'ils firent, ce fut de me donner un pistolet chargé, pour le cas où l'on nous attaquerait, et de nous promettre qu'ils tiendraient des chevaux tout sellés, pour le cas où l'on nous poursuivrait lors de notre retour. Enfin il était prévu qu'un garçon galoperait jusque chez le docteur afin d'obtenir le secours de la force armée.

1. **Contrebandiers** : personnes vivant de divers trafics illicites.
2. **Chasse-marée** : petit navire à deux mâts.

La mère de Jim dit à chacun ce qu'elle pense de leur manque de courage.

Mon cœur battait fort quand, par la nuit glacée, nous nous engageâmes dans cette périlleuse aventure. La pleine lune, rougeâtre et déjà haute, transparaissait vers la limite supérieure du brouillard. Notre hâte s'en accrut, car il ferait évidemment aussi clair qu'en plein jour avant que nous pussions quitter la maison, et notre départ serait exposé à tous les yeux. Nous nous faufilâmes au long des haies, prompts et silencieux, sans rien voir ni entendre qui augmentât nos inquiétudes. Enfin, à notre grand soulagement, la porte de *L'Amiral Benbow* se referma sur nous.

Je poussai bien vite le verrou, et nous restâmes une minute dans le noir, tout pantelants[1], seuls sous ce toit avec le cadavre du capitaine. Puis ma mère prit une chandelle dans l'estaminet, et, nous tenant par la main, nous pénétrâmes dans la salle. Le corps gisait toujours dans la même position, les yeux béants et un bras étendu.

– Baisse le store, Jim, chuchota ma mère ; s'ils arrivaient ils nous verraient du dehors… Là… Et maintenant, il nous faut trouver la clef sur ce cadavre : je voudrais bien savoir qui de nous va y toucher !

Et elle eut une sorte de sanglot.

Je m'agenouillai à côté du mort. Près de sa main, sur le parquet, je vis un petit rond de papier noirci sur une face. C'était évidemment la tache noire. Je pris le papier et le retournai. Au verso, correctement tracé d'une main ferme, je lus ce court message : « Tu as jusqu'à dix heures du soir. »

– Mère, dis-je, il avait jusqu'à dix heures !

1. **Pantelants** : tremblants.

À cet instant précis, notre vieille horloge se mit à sonner. Ce fracas inattendu nous fit une peur affreuse ; mais tout allait bien : il n'était que six heures.

– Allons, Jim, reprit ma mère, cette clef.

J'explorai les poches, l'une après l'autre. Quelque menue monnaie, un dé, du fil et de grosses aiguilles, un rouleau de tabac mordu par le bout, le couteau à manche courbe, une boussole portative et un briquet, formaient tout leur contenu. Je commençai à désespérer.

– Elle est peut-être à son cou, hasarda ma mère.

Surmontant une vive répugnance, j'arrachai au col la chemise du cadavre, et la clef nous apparut, enfilée à un bout de corde goudronnée, que je tranchai à l'aide de son propre couteau. Ce succès nous remplit d'espoir, et nous grimpâmes en toute hâte à la petite chambre où le capitaine avait couché si longtemps, et d'où sa malle n'avait pas bougé depuis le jour de son arrivée.

C'était, d'apparence, un coffre de marin comme tous les autres, aux angles détériorés par les heurts d'un service prolongé. Sur le couvercle se lisait l'initiale « B », imprimée au fer chaud.

– Passe-moi la clef, me dit ma mère.

Bien que la serrure fût très dure, elle l'ouvrit en un clin d'œil et souleva le couvercle.

Un fort relent de tabac et de goudron s'échappa du coffre, mais on n'y voyait rien, au premier abord, qu'un très bon habit complet, soigneusement brossé et plié. Il n'avait jamais servi, au dire de ma mère. Dessous, le pêle-mêle commençait : un quart de cercle, un gobelet de fer-blanc, plusieurs rouleaux de tabac, deux paires de très beaux pistolets, un lingot d'argent, une vieille montre espagnole et quelques autres bibelots de peu de valeur, presque tous d'origine étrangère, un compas de mathématiques à branches de cuivre et cinq ou six curieux coquillages des Indes occidentales. Je me suis demandé souvent, par la suite, pourquoi il transportait avec lui ces coquillages, dans sa vie errante de criminel pourchassé.

Jusqu'ici, le lingot d'argent et les bibelots avaient seuls quelque prix, mais cela ne faisait pas notre affaire. Par-dessous, il y avait un vieux suroît[1] blanchi aux embruns de bien des môles[2]. Ma mère le retira impatiemment, et le dernier contenu de la malle nous apparut : un paquet enveloppé de toile cirée, qui semblait renfermer des papiers, et un sac de toile qui émit sous nos doigts le tintement de l'or.

– Je ferai voir à ces bandits que je suis une honnête femme, dit ma mère. Je prendrai mon dû, et pas un liard[3] de plus. Donne-moi le sac de Mme Crossley.

Et elle se mit en devoir de faire passer, du sac de matelot dans celui que je tenais, le montant de la dette du capitaine.

La tâche était longue et ardue, car il y avait là, entassées au hasard, des pièces de tous pays et de tous modules : doublons, louis d'or, guinées, pièces de huit● et d'autres que j'ignore. Les guinées, du reste, se trouvaient en minorité, et celles-là seules permettaient à ma mère de s'y retrouver dans son compte.

Soudain, comme nous étions presque à moitié de l'opération, je posai ma main sur son bras. Dans l'air silencieux et glacé je

1. **Suroît** : vareuse que portent les marins pour se protéger des intempéries.
2. **Blanchi aux embruns de bien des môles** : qui avait enduré bon nombre de tempêtes.
3. **Liard** : petite monnaie de bronze.

● **Le doublon est une monnaie d'origine espagnole ; le louis, une monnaie française ; la guinée, une monnaie anglaise et la pièce de huit ou piastre, une petite monnaie d'origine espagnole.**

venais de percevoir un bruit qui fit cesser mon cœur de battre : c'était le tapotement du bâton de l'aveugle sur la route gelée. Le bruit se rapprochait. Nous retenions notre souffle. Un coup violent heurta la porte de l'auberge ; nous entendîmes qu'on tournait la poignée, et le verrou cliqueta sous les efforts du misérable. Puis il y eut un long intervalle de silence, dedans comme dehors. À la fin le tapotement reprit et, à notre joie indicible, s'affaiblit peu à peu dans le lointain et s'évanouit tout à fait.

– Mère, dis-je, prends le tout et allons-nous en.

J'étais certain, en effet, que la porte verrouillée avait paru suspecte, et que cela nous attirerait bientôt tout le guêpier aux oreilles. Pourtant je me félicitais de l'avoir verrouillée, et cela à un point difficilement croyable pour qui n'a jamais rencontré ce vieil aveugle terrifiant.

Mais, en dépit de sa frayeur, ma mère se refusait à prendre rien au-delà de son dû, et ne voulait absolument pas se contenter de moins. Il n'était pas encore sept heures, disait-elle, et de loin ; elle connaissait son droit et voulait en user. Elle discutait encore avec moi, lorsqu'un bref et léger coup de sifflet retentit au loin sur la hauteur. C'en fut assez, et plus qu'assez, pour elle et pour moi.

– J'emporte toujours ce que j'ai, fit-elle en se relevant.

– Et j'emporte ceci pour arrondir le compte, ajoutais-je, empoignant le paquet de toile cirée.

Un instant de plus, et laissant la lumière auprès du coffre vide, nous descendions l'escalier à tâtons ; un autre encore, et, la porte ouverte, notre exode[1] commençait. Il n'était que temps

1. **Exode** : fuite.

de déguerpir. Le brouillard se dissipait rapidement ; déjà la lune brillait, tout à fait dégagée, sur les hauteurs voisines, et c'était uniquement au creux du ravin et devant la porte de l'auberge, qu'un mince voile de brume flottait encore, pour cacher les premiers pas de notre fuite. Bien avant la mi-chemin du hameau, très peu au-delà du pied de la hauteur, nous arriverions en plein clair de lune. Et ce n'était pas tout, car déjà nous percevions le bruit de pas nombreux qui accouraient. Nous tournâmes la tête dans leur direction : une lumière balancée de droite et de gauche, et qui se rapprochait rapidement, nous montra que l'un des arrivants portait une lanterne.

– Mon petit, me dit soudain ma mère, prends l'argent et fuis. Je vais m'évanouir.

C'était, je le compris, la fin irrémissible[1] pour tous deux. Combien je maudissais la lâcheté de nos voisins ! Combien j'en voulais à ma pauvre mère pour son honnêteté et son avidité, pour sa témérité passée et sa faiblesse présente !

Par bonheur, nous étions précisément au petit pont, et je guidai ses pas chancelants jusqu'au talus de la berge, où elle poussa un soupir et retomba sur mon épaule. Je ne sais comment j'en eus la force, et je crains bien d'avoir agi brutalement, mais je réussis à la traîner le long de la berge et jusqu'à l'entrée de la voûte. La pousser plus loin me fut impossible, car le pont était trop bas, et ce fut à plat ventre et non sans peine que je m'introduisis dessous. Il nous fallut donc rester là, ma mère presque entièrement visible, et tous deux à portée d'ouïe de l'auberge.

1. **Irrémissible** : inévitable.

Chapitre V

La fin de l'aveugle

Ma curiosité, du reste, l'emporta sur ma peur. Je me sentis incapable de rester dans ma cachette, et, rampant à reculons, regagnai la berge. De là, dissimulé derrière une touffe de genêt, j'avais vue sur la route jusque devant notre porte. À peine étais-je installé, que mes ennemis arrivèrent au nombre de sept ou huit, en une course rapide et désordonnée. L'homme à la lanterne les précédait de quelques pas. Trois couraient de front, se tenant par la main, et au milieu de ce trio je devinai, malgré le brouillard, le mendiant aveugle. Un instant plus tard, sa voix me prouvait que je ne me trompais pas.

– Enfoncez la porte ! cria-t-il.

– On y va, monsieur ! répondirent deux ou trois des sacripants qui s'élancèrent vers *L'Amiral Benbow*, suivis du porteur de lanterne.

Je les vis alors faire halte et les entendis converser à mi-voix, comme s'ils étaient surpris de trouver la porte ouverte. Mais la halte fut brève, car l'aveugle se remit à lancer des ordres. Il élevait et grossissait le ton, brûlant d'impatience et de rage.

– Entrez ! entrez donc ! cria-t-il, en les injuriant pour leur lenteur.

Quatre ou cinq d'entre eux obéirent, tandis que deux autres restaient sur la route avec le redoutable mendiant. Il y eut un silence, puis un cri de surprise, et une exclamation jaillit de l'intérieur :

– Bill est mort !

Mais l'aveugle maudit à nouveau leur lenteur. Il hurla :

– Que l'un de vous le fouille, tas de fainéants, et que les autres montent chercher le coffre !

Je les entendis se ruer dans notre vieil escalier, avec une violence à ébranler toute la maison. Presque aussitôt de nouveaux cris d'étonnement s'élevèrent ; la fenêtre de la chambre du capitaine s'ouvrit avec fracas dans un cliquetis de carreaux cassés, et un homme apparut dans le clair de lune, la tête penchée, et d'en haut interpella l'aveugle sur la route :

– Pew, cria-t-il, on nous a devancés ! Quelqu'un a retourné le coffre de fond en comble.

– Est-ce que la chose y est ? rugit Pew.

– Oui, l'argent y est !

Mais l'aveugle envoya l'argent au diable.

– Le paquet de Flint●, je veux dire !

– Nous ne le trouvons nulle part, répliqua l'individu.

– Hé ! ceux d'en bas, est-il sur Bill ? cria de nouveau l'aveugle.

Là-dessus, un autre personnage, probablement celui qui était resté en bas à fouiller le cadavre du capitaine, parut sur le seuil de l'auberge :

– Bill a déjà été fouillé : ses poches sont vides.

– Ce sont ces gens de l'auberge, c'est ce gamin... Que ne lui ai-je arraché les yeux ! cria l'aveugle. Ils étaient ici il n'y a qu'un instant : la porte était verrouillée quand j'ai essayé d'entrer. Cherchez partout, garçons, et trouvez-les-moi.

– C'est juste, à preuve qu'ils ont laissé leur camoufle[1] ici, cria l'homme de la fenêtre.

1. **Camoufle** : chandelle, bougie.

● **Il s'agit du paquet en toile cirée dont s'est emparé Jim.**

– Grouillez donc ! Chambardez[1] la maison, mais trouvez-les-moi ! réitéra Pew, en battant la route de sa canne.

Alors, du haut en bas de notre vieille auberge, il se fit un grand tohu-bohu de lourdes semelles courant çà et là, de meubles renversés et de portes enfoncées, à réveiller tous les échos du voisinage ; puis nos individus reparurent l'un après l'autre sur la route, déclarant que nous étions introuvables. Mais à cet instant le même sifflet qui nous avait inquiétés, ma mère et moi, alors que nous étions à compter l'argent du défunt capitaine, retentit dans la nuit, répété par deux fois. J'avais cru d'abord que c'était là un signal de l'aveugle pour lancer ses troupes à l'assaut ; mais je compris cette fois que le son provenait de la hauteur vers le hameau, et, à en juger par son effet sur les flibustiers, il les avertissait de l'approche du péril.

– C'est encore Dirk, dit l'un. Deux coups, les gars ! Il s'agit de décaniller[2] !

– De décaniller, capon[3] ! s'écria Pew. Dirk n'a jamais été qu'un lâche imbécile, ne vous occupez pas de lui... Ils doivent être tout près. Impossible qu'ils soient loin. Vous les avez à portée de la main. Grouillez et cherchez après, tas de salauds ! Le diable ait mon âme ! Ah ! si j'y voyais !

Cette harangue[4] ne resta pas sans effet ; deux des coquins se mirent à chercher çà et là parmi le saccage, mais plutôt à contrecœur et sans cesser de penser à la menace de danger. Les autres restèrent sur la route, irrésolus.

1. **Chambardez** : retournez.
2. **Décaniller** : fuir.
3. **Capon** : peureux.
4. **Harangue** : discours.

– Vous avez sous la main des mille et des cents, tas d'idiots, et vous hésitez ! Vous serez riches comme des rois si vous trouvez l'objet. Vous savez qu'il est ici, et vous tirez au flanc ! Pas un de vous n'eût osé affronter Bill, et je l'ai affronté, moi un aveugle ! Et je perdrais ma chance à cause de vous ! Je ne serais qu'un pauvre abject, mendiant un verre de rhum, alors que je pourrais rouler carrosse ! Si vous aviez seulement le courage d'un cancrelat qui ronge un biscuit, vous les auriez déjà empoignés.

– Au diable, Pew ! grommela l'un. Nous tenons les doublons[1] !

– Ils auront caché ce sacré machin, dit un autre. Prends les georges[2], Pew, et ne reste pas ici à beugler.

C'était le cas de le dire, tant la colère de Pew s'exaltait devant ces objections. À la fin, la rage le domina tout à fait ; il se mit à taper dans le tas au hasard, et son bâton résonna sur plusieurs crânes. De leur côté, les malandrins[3], sans pouvoir réussir à s'emparer de l'arme et à la lui arracher, agonisaient[4] leur tyran d'injures et d'atroces menaces.

Cette rixe[5] fut notre salut. Elle durait toujours, lorsqu'un autre bruit se fit entendre, qui provenait de la hauteur du côté du hameau – un bruit de chevaux lancés au galop. Presque en même temps, l'éclair et la détonation d'un coup de pistolet jaillirent d'une haie. C'était là, évidemment, le signal du sauve-qui-peut, car les flibustiers prirent la fuite aussitôt et coururent chacun de son côté, si bien qu'en une demi-minute ils avaient tous disparu, sauf Pew. L'avaient-ils abandonné dans l'émoi de leur panique ou bien pour se venger de ses injures

1. **Doublon** : ancienne monnaie d'or espagnole.
2. **Georges** : pièces de monnaie à l'effigie du roi George.
3. **Malandrins** : bandits.
4. **Agonisaient** : couvraient.
5. **Rixe** : bagarre.

et de ses coups ? Je l'ignore. Le fait est qu'il demeura seul, affolé, tapotant au hasard sur la route, cherchant et appelant ses camarades. Finalement il prit la mauvaise direction et courut vers le hameau. Il me dépassa de quelques pas, tout en appelant :

– Johnny, Chien-Noir, Dirk (et d'autres noms), vous n'allez pas abandonner votre vieux Pew, camarades... pas votre vieux Pew !

À cet instant, la cavalcade débouchait sur la hauteur, et l'on vit au clair de la lune quatre ou cinq cavaliers dévaler la pente au triple galop.

Pew comprit son erreur. Avec un grand cri, il se détourna et courut droit au fossé, dans lequel il s'abattit. Il se remit sur pied en une seconde et s'élança de nouveau, totalement affolé, en plein sous les sabots du cheval le plus proche.

Le cavalier tenta de l'éviter, mais ce fut en vain. Avec un hurlement qui résonna dans la nuit, Pew tomba, et les quatre fers le heurtèrent et le martelèrent au passage. Il roula de côté, puis s'affaissa mollement, la face contre terre, et ne bougea plus.

Je bondis, en hélant[1] les cavaliers. Ils s'étaient arrêtés au plus vite, horrifiés de l'accident. Je les reconnus bientôt. L'un, qui suivait les autres à distance, était ce gars du hameau qui avait couru chez le docteur Livesey ; les autres étaient des officiers de la douane qu'il avait rencontrés sur son chemin et qu'il avait eu le bon esprit de ramener aussitôt. Les bruits concernant le chasse-marée de la cale de Kitt étaient parvenus aux oreilles de l'inspecteur Dance, et l'avaient amené ce soir-là de notre côté. C'est à ce hasard que ma mère et moi nous dûmes d'échapper au trépas[2].

1. **Hélant** : appelant.
2. **Trépas** : mort.

Pew était mort, et bien mort. Quant à ma mère, une fois transportée au hameau, quelques gouttes d'eau froide et des sels eurent vite fait de la ranimer. Cependant, l'inspecteur galopait à toute vitesse jusqu'à la cale de Kitt ; mais ses hommes durent mettre pied à terre et descendre le ravin à tâtons, en menant leurs chevaux et parfois les soutenant, le tout dans la crainte d'une surprise. Aussi, quand ils atteignirent la cale, le chasse-marée avait déjà pris la mer. Comme il était encore tout proche, l'inspecteur le héla. Une voix lui répondit qu'il devait se garer du clair de lune, s'il ne voulait recevoir du plomb. En même temps, une balle siffla, lui éraflant le bras. Peu après, le chasse-marée doubla la pointe et disparut. M. Dance resta là, selon son expression, « comme un poisson hors de l'eau », et il dut se contenter de dépêcher un homme à B... pour avertir le cotre[1] de la douane. Il ajouta : « C'est d'ailleurs bien inutile. Ils ont filé pour de bon, et la chose est réglée. À part cela, je me félicite d'avoir marché sur les cors de Maître Pew. » Car à ce moment il avait ouï mon récit.

Je m'en retournai avec lui à *L'Amiral Benbow*. On ne peut imaginer l'état de saccage où se trouvait la maison. Dans leur chasse frénétique, ces gredins avaient jeté bas jusqu'à l'horloge, et bien qu'ils n'eussent rien emporté que la bourse du capitaine et la monnaie du comptoir, je vis d'un coup d'œil que nous étions ruinés. M. Dance, lui, ne comprenait rien au spectacle.

– Ils ont trouvé l'argent, dites-vous, Hawkins ? Alors, que diantre cherchaient-ils ? D'autre argent, je suppose...

1. **Cotre** : navire de petite taille, à un seul mât.

– Non, monsieur, je ne le pense pas, répliquai-je. Au fait, monsieur, je crois avoir l'objet dans ma poche, et, à vrai dire, j'aimerais le mettre en sûreté.

– Bien entendu, mon petit, c'est trop juste. Je vais le prendre, si vous voulez.

– Je songeais que peut-être le docteur Livesey… commençai-je.

– Parfaitement juste, approuva-t-il. Parfaitement. C'est un galant homme et un magistrat. Et maintenant que j'y pense, je ferais bien d'aller de ce côté, moi aussi, pour rendre compte, à lui ou au chevalier. Maître Pew est mort, après tout ; non pas que je le regrette, mais il est mort, voyez-vous, et les gens ne demanderaient pas mieux que de se servir de cela contre un officier des douanes de Sa Majesté. Or donc, Hawkins, si vous voulez, je vous emmène.

Je le remerciai cordialement de son offre, et nous regagnâmes le hameau, où se trouvaient les chevaux. Le temps d'aviser ma mère, et toute la troupe était en selle.

– Dogger, dit M. Dance à l'un de ses compagnons, vous avez un bon cheval ; prenez ce garçon en croupe.

Dès que je fus installé, me tenant au ceinturon de Dogger, l'inspecteur donna le signal du départ, et l'on se mit en route au grand trot vers la demeure du docteur Livesey.

Chapitre VI

Les papiers du capitaine

Nous allâmes bon train jusqu'à la porte du docteur Livesey, où l'on fit halte. La façade de la maison était plongée dans l'obscurité.

M. Dance m'ordonna de sauter à bas et d'aller frapper, et Dogger me prêta son étrier pour descendre. La porte s'ouvrit aussitôt et une servante parut.

– Est-ce que le docteur Livesey est chez lui ? demandai-je.

Elle me répondit négativement. Il était rentré dans l'après-midi, mais était ressorti pour dîner au château et passer la soirée avec le chevalier.

– Eh bien, garçons, allons-y, dit M. Dance. Cette fois, comme la distance était brève, je restai à pied et courus auprès de Dogger, en me tenant à la courroie de son étrier. On passa la grille et on remonta l'avenue aux arbres dépouillés, entre de vastes et vénérables jardins dont le château, tout blanc sous le clair de lune, fermait la perspective.

Arrivé là M. Dance mit pied à terre, et fut au premier mot introduit dans la maison, où je l'accompagnai.

Nous suivîmes le valet au long d'un corridor tapissé de nattes[1], et pénétrâmes enfin dans une bibliothèque spacieuse aux multiples rayons chargés de livres et surmontés de bustes, où le chevalier et le docteur Livesey fumaient leur pipe, assis aux deux côtés d'un feu ronflant.

Je n'avais jamais vu le chevalier d'aussi près. C'était un homme de haute taille, dépassant six pieds[2], et de carrure proportionnée, à la mine fière et brusque, au visage tanné, couperosé et ridé par ses longues pérégrinations. Ses sourcils très noirs et très mobiles lui donnaient un air non pas méchant à vrai dire, mais plutôt vif et hautain.

1. **Nattes** : tapis faits de brins végétaux.
2. **Pied** : ancienne mesure de longueur valant 0,3248 mètre.

– Entrez, monsieur Dance, dit-il avec une majesté familière.

– Bonsoir, Dance, fit le docteur avec un signe de tête. Et bonsoir aussi, ami Jim. Quel bon vent vous amène ?

L'inspecteur, dans une attitude militaire, débita son histoire comme une leçon ; et il fallait voir les deux messieurs avancer la tête et s'entreregarder, si surpris et attentifs qu'ils en oubliaient de fumer. Lorsque le narrateur leur conta le retour de ma mère à l'auberge, le docteur Livesey se donna une claque sur la cuisse, et le chevalier cria : « Bravo ! » en cassant sa longue pipe contre la grille du foyer. Bien avant la fin du récit, M. Trelawney (tel était, on s'en souviendra, le nom du chevalier) s'était levé de sa chaise et arpentait la pièce. Le docteur, comme pour mieux entendre, avait retiré sa perruque poudrée, ce qui lui donnait, avec son crâne aux cheveux noirs et tondus ras, l'aspect le plus singulier.

Son récit terminé, M. Dance se tut.

– Monsieur Dance, lui dit le chevalier, vous êtes un très digne compagnon. Pour le fait d'avoir passé sur le corps de ce sinistre et infâme gredin, c'est à mon sens une œuvre pie[1], monsieur, comme c'en est une d'écraser un cafard. Notre petit Hawkins est un brave, à ce que je vois. Hawkins, voulez-vous sonner ? M. Dance boira bien un verre de bière.

– Ainsi donc, Jim, interrogea le docteur, vous avez l'objet qu'ils cherchaient, n'est-ce pas ?

– Le voici, monsieur.

Et je lui remis le paquet de toile cirée.

1. **Une œuvre pie :** une œuvre pieuse. Le chevalier veut dire par là que Dance a accompli une bonne action.

Le docteur l'examina en tous sens. Visiblement les doigts lui démangeaient de l'ouvrir ; mais il s'en abstint, et le glissa tranquillement dans la poche de son habit.

– Chevalier, dit-il, quand Dance aura bu sa bière il va, comme de juste, reprendre le service de Sa Majesté ; mais j'ai l'intention de garder Jim Hawkins : il passera la nuit chez moi. En attendant, il faut qu'il soupe, et avec votre permission, je propose de lui faire monter un peu de pâté froid.

– Bien volontiers, Livesey, répliqua le chevalier ; mais Hawkins a mérité mieux que du pâté froid.

En conséquence, un copieux ragoût de pigeon me fut servi sur une petite table, et je mangeai avec appétit, car j'avais une faim de loup. M. Dance, comblé de nouvelles félicitations, se retira enfin.

– Et maintenant, chevalier... dit le docteur.

– Et maintenant, Livesey... dit le chevalier, juste en même temps.

– Chacun son tour ! pas tous à la fois ! plaisanta le docteur Livesey. Vous avez entendu parler de ce Flint, je suppose ?

– Si j'ai entendu parler de lui ! s'exclama le chevalier. Vous osez le demander ! C'était le plus atroce forban qui eût jamais navigué. Comparé à Flint, Barbe-Bleue● n'était qu'un enfant. Les Espagnols avaient de lui une peur si excessive que, je vous le déclare, monsieur, il m'arrivait parfois d'être fier qu'il fût anglais. J'ai vu de mes yeux paraître ses huniers[1], au large de l'île Trinité[2], et le

1. **Huniers** : voiles carrées du mât de hune, situées au-dessus des basses voiles.
2. **Île Trinité** : une des îles des petites Antilles, conquise par les Anglais en 1797.

● **Personnage de l'un des plus célèbres *Contes* de Charles Perrault, Barbe-Bleue incarne la cruauté pour avoir accroché au mur de l'une des pièces de son château les dépouilles de ses épouses.**

lâche fils d'ivrognesse qui commandait notre navire s'est enfui… oui, monsieur, s'est enfui et réfugié dans Port-d'Espagne[1].

– Eh bien, moi aussi j'ai entendu parler de lui, en Angleterre, reprit le docteur. Mais ce n'est pas la question. Dites-moi : possédait-il de l'argent ?

– S'il possédait de l'argent ! Mais n'avez-vous donc pas écouté l'histoire ? Que cherchaient ces canailles, sinon de l'argent ? De quoi s'inquiètent-ils, sinon d'argent ? Pourquoi risqueraient-ils leurs peaux infâmes, sinon pour de l'argent ?

– C'est ce que nous allons voir, repartit le docteur. Mais vous prenez feu d'une façon déconcertante, et avec vos exclamations, je n'arrive pas à placer un mot. Laissez-moi vous interroger. En admettant que j'aie ici dans ma poche un indice capable de nous guider vers le lieu où Flint a enterré son trésor, croyez-vous que ce trésor serait considérable ?

– S'il serait considérable, monsieur ! Il le serait tellement que, si nous possédions l'indice dont vous parlez, je nolise[2] un bâtiment dans le port de Bristol●, je vous emmène avec Hawkins, et j'aurai ce trésor, dût sa recherche me prendre un an.

– Parfait ! Alors donc, si Jim y consent, nous ouvrirons le paquet.

Et il le déposa devant lui sur la table.

Le paquet était cousu, ce qui força le docteur à prendre dans sa trousse ses ciseaux chirurgicaux pour faire sauter les points et dégager son contenu, à savoir : un cahier et un pli scellé.

– Voyons d'abord le cahier, dit le docteur.

1. **Port-d'Espagne** : capitale de la Trinité.
2. **Je nolise** : j'affrète.

● **Bristol, ville du sud-ouest de l'Angleterre, était un port important au XVIIIe siècle.**

Celui-ci m'avait appelé auprès de lui, mon repas terminé, pour me faire participer au plaisir des recherches. Nous nous penchâmes donc, le chevalier et moi, par-dessus son épaule tandis qu'il ouvrait le document. On ne voyait sur sa première page que quelques spécimens d'écriture, comme on en trace la plume à la main, par désœuvrement ou pour s'exercer. J'y retrouvai le texte du tatouage : « Billy Bones s'en fiche » ; et aussi : « M. W. Bones, premier officier », « Il l'a eu au large de Palm Key », et d'autres bribes, principalement des mots isolés et dépourvus de signification. Je me demandai qui l'avait « eu », et ce qu'il avait « eu ». Un coup de poignard dans le dos, apparemment.

– Cela ne nous apprend pas grand-chose, dit le docteur Livesey, en tournant le feuillet.

Les dix ou douze pages suivantes étaient remplies par une singulière liste de recettes. Une date figurait à un bout de la ligne, et à l'autre bout la mention d'une somme d'argent, comme dans tous les livres de comptabilité ; mais entre les deux mentions il n'y avait, en guise de texte explicatif, que des croix, en nombre variable. Ainsi, le 12 juin 1745, une somme de soixante-dix livres était nettement portée au crédit de quelqu'un, et six croix remplaçaient la désignation du motif. Par endroits un nom de lieu s'y ajoutait, comme : « Au large de Caracas », ou bien une simple citation de latitude et longitude●, par exemple : “62° 17' 20» – 19° 2' 40”. »

Les relevés s'étendaient sur une vingtaine d'années ; les chiffres des recettes successives s'accroissaient à mesure que le temps s'écoulait,

● **La latitude désigne la distance séparant un point du globe de l'équateur et la longitude désigne la distance d'un lieu avec le méridien de Greenwich. La latitude et la longitude permettent de localiser précisément un point sur le globe.**

et à la fin, après cinq ou six additions fautives, on avait fait le total général, avec ces mots en regard : « Pour Bones, sa pelote[1]. »

– Je n'y comprends rien : cela n'a ni queue ni tête, dit le docteur.

– C'est pourtant clair comme le jour, s'écria le chevalier. Nous avons ici le livre de comptes de ce noir scélérat. Ces croix représentent des vaisseaux coulés ou des villes pillées. Les sommes sont la part du bandit, et pour éviter toute équivoque, il ajoutait au besoin quelque chose de plus précis. Tenez : « Au large de Caracas... » Il s'agit d'un infortuné navire, capturé dans ces parages. Dieu ait pitié des pauvres gens qui le montaient... ils sont réduits en corail depuis longtemps !

– Exact ! s'écria le docteur. Voilà ce que c'est d'être un voyageur ! Exact ! Et tenez, plus il monte en grade, plus les sommes s'élèvent.

En dehors de cela, le cahier ne contenait plus guère que les positions de quelques lieux, notées sur les pages libres de la fin, et une table d'équivalences pour les monnaies françaises, anglaises et espagnoles.

– Quel homme soigneux ! s'écria le docteur. Ce n'est pas lui qu'on aurait roulé !

– Et maintenant, reprit le chevalier, à l'autre !

Le papier avait été scellé en divers endroits avec un dé en guise de cachet[2] ; le dé même, qui sait, trouvé par moi dans la poche du capitaine. Le docteur brisa avec précaution les sceaux de l'enveloppe, et il s'en échappa la carte d'une île, où figuraient latitude et longitude, profondeurs, noms des montagnes, baies et passes, bref, tous les détails nécessaires à un navigateur pour trouver

1. **Sa pelote** : ses économies.
2. **Cachet** : impression réalisée sur de la cire avec un objet en métal gravé, pour fermer une lettre.

sur ses côtes un mouillage[1] sûr. D'environ neuf milles de long sur cinq de large, et figurant à peu près un lourd dragon dressé, elle offrait deux havres[2] bien abrités, et, vers son centre, un mont dénommé la Longue-Vue. Il y avait quelques annotations d'une date postérieure, en particulier trois croix à l'encre rouge, dont deux sur la partie nord de l'île, et une au sud-ouest, plus, à côté de cette dernière, de la même encre rouge et d'une petite écriture soignée sans nul rapport avec les caractères hésitants du capitaine, ces mots : « Ici le principal du trésor. »

Au verso, la même main avait tracé ces instructions complémentaires :

Grand arbre, contrefort de la Longue-Vue ; point de direction N.-N.-E. quart N.

Île du Squelette, E.-S.-E. quart E.

Dix pieds.

Les lingots d'argent sont dans la cache nord. Elle se trouve dans la direction du mamelon[3] est, à dix brasses au sud du rocher noir qui lui fait face.

On trouvera sans peine les armes, dans la dune de sable, à l'extrémité N. du cap de la baie nord, direction E. quart N.

J. F.

Rien d'autre ; mais tout laconique qu'il était, et pour moi incompréhensible, ce document remplit de joie le chevalier et le docteur Livesey.

1. **Mouillage** : plan d'eau dans lequel on peut jeter l'ancre.
2. **Havre** : port naturel de petites dimensions.
3. **Mamelon** : colline.

– Livesey, dit le chevalier, vous allez nous lâcher tout de suite votre stupide clientèle. Demain je pars pour Bristol. En trois semaines... que dis-je, trois semaines ! quinze jours, huit jours... nous aurons, monsieur, le meilleur bateau d'Angleterre et la fleur des équipages. Hawkins nous accompagnera comme garçon de cabine. Vous ferez un excellent garçon de cabine, Hawkins. Vous, Livesey, vous êtes le médecin du bord. Moi, je suis l'amiral. Nous emmènerons Redruth, Joyce et Hunter. Nous aurons de bons vents, une traversée rapide, pas la moindre difficulté à trouver l'endroit, et de l'argent à gogo... à remuer à la pelle... à faire des ricochets avec, pour le restant de nos jours.

– Trelawney, répliqua le docteur, j'irai avec vous, et je vous garantis que Jim en fera autant et ne rechignera pas à la besogne. Il n'y a qu'un seul homme qui m'inspire des craintes.

– Qui donc, monsieur ? Nommez-moi ce coquin.

– C'est vous, riposta le docteur, car vous ne savez pas vous taire. Nous ne sommes pas les seuls à connaître l'existence de ce document. Ces individus qui ont attaqué l'auberge cette nuit, des gredins audacieux et sans scrupules, et leurs compagnons restés à bord du chasse-marée, et d'autres encore, je suppose, pas bien loin d'ici, du premier au dernier sont décidés à tout pour obtenir cet argent. Aucun de nous ne doit demeurer seul jusqu'au moment de l'appareillage[1]. En attendant, Jim et moi nous restons ensemble, et vous emmenez Joyce et Hunter pour aller à Bristol. Mais avant et par-dessus tout, pas un mot ne doit transpirer de notre découverte.

– Livesey, vous êtes la raison même. Je serai muet comme la tombe.

1. **L'appareillage** : le départ.

Deuxième partie

Le maître-coq

Chapitre VII

Je me rends à Bristol

Les préparatifs de notre appareillage furent plus longs que ne l'avait prévu le chevalier, et pas un de nos projets primitifs[1] – pas même celui du docteur Livesey, de me garder avec lui – ne se réalisa selon nos intentions. Le docteur fut obligé d'aller à Londres pour trouver un médecin à qui confier sa clientèle, le chevalier était fort occupé à Bristol, et je restais au château, sous la surveillance du vieux Redruth, le garde-chasse. J'étais quasi-prisonnier, mais la mer hantait mes songes, avec les plus séduisantes perspectives d'aventures en des îles inconnues. Des heures entières, je rêvais à la carte, dont je me rappelais nettement tous les détails. Assis au coin du feu dans la chambre de l'intendant, j'abordais cette île, en imagination, par tous les côtés possibles ; je l'explorais dans toute sa superficie ; j'escaladais à mille reprises la montagne dite Longue-Vue, et découvrais de son sommet des paysages aussi merveilleux que divers. Tantôt l'île était peuplée de sauvages qu'il nous fallait combattre, tantôt pleine d'animaux féroces qui nous pourchassaient ; mais aucune de mes aventures imaginaires ne

1. **Primitifs** : initiaux.

fut aussi étrange et dramatique que devait l'être pour nous la réalité.

Plusieurs semaines s'écoulèrent de la sorte. Un beau jour arriva une lettre adressée au docteur Livesey, avec cette mention : « À son défaut, Tom Redruth ou le jeune Hawkins en prendront connaissance. » Suivant cet avis, nous lûmes – ou plutôt je lus, car le garde-chasse n'était guère familiarisé qu'avec l'imprimé – les importantes nouvelles qui suivent :

Auberge de *La Vieille Ancre*,
Bristol, ce 1er mars 17...

« Mon cher Livesey,

Ignorant si vous êtes de retour au château ou encore à Londres, je vous écris de part et d'autre en double expédition.

J'ai acheté et équipé le navire. Il est à l'ancre, prêt à appareiller. Vous ne pouvez imaginer goélette[1] plus exquise... un enfant la manœuvrerait... deux cents tonneaux[2] ; nom : *Hispaniola*.

Je l'ai eue par l'intermédiaire de mon vieil ami Blandly, qui s'est conduit là comme le plus étonnant des bons bougres. Ce merveilleux gars s'est dévoué littéralement à mon service, et je dois dire que tout le monde dans Bristol en a fait autant, dès qu'on a eu vent du port vers lequel nous cinglons... c'est-à-dire le trésor. »

– Redruth, dis-je, interrompant ma lecture, voilà qui ne plaira guère au docteur Livesey. M. le chevalier a parlé, pour finir.

1. **Goélette** : navire léger à deux mâts.
2. **Tonneau** : unité de volume employée pour déterminer la capacité des navires. Un tonneau équivaut à environ 2,80 m³.

– Hé mais ! n'en a-t-il pas bien le droit ? grommela le garde-chasse. Ce serait un peu fort que M. le chevalier doive se taire à cause du docteur Livesey, il me semble.

Sur quoi je renonçai à tout commentaire, et lus sans plus m'interrompre :

« C'est lui, Blandly, qui dénicha l'*Hispaniola*, et il manœuvra si admirablement qu'il réussit à l'avoir pour un morceau de pain. Il y a dans Bristol une catégorie de gens excessivement prévenus contre Blandly. Ils vont jusqu'à déclarer que cette honnête créature ferait n'importe quoi pour de l'argent, que l'*Hispaniola* lui appartenait et qu'il me l'a vendue ridiculement cher... calomnies[1] trop évidentes. Nul, d'ailleurs, n'ose contester les mérites du navire.

Jusque-là, pas une anicroche[2]. Les ouvriers, gréeurs[3] et autres, étaient, il est vrai, d'une lenteur assommante ; mais le temps y a porté remède. Mon vrai souci concernait l'équipage.

Je voulais une bonne vingtaine d'hommes en cas de rencontre avec des indigènes, des forbans ou ces maudits Français, et j'avais eu une peine du diable à en recruter une pauvre demi-douzaine, lorsqu'un coup de chance des plus remarquables me mit en présence de l'homme qu'il me fallait.

Je liai conversation avec lui par un pur hasard, comme je me trouvais sur le quai. J'appris que c'était un vieux marin qui tenait un cabaret, et connaissait tous les navigateurs de Bristol. Il en devenait malade, de rester à terre, et n'attendait qu'un bon

1. **Calomnies** : mensonges.
2. **Anicroche** : problème.
3. **Gréeur** : artisan chargé de fabriquer, de réparer et de régler les mâts.

engagement de maître-coq[1] pour reprendre la mer. C'était, me conta-t-il, pour aspirer un peu l'air salin qu'il s'était traîné jusque-là ce matin.

Je fus excessivement touché (vous l'auriez été vous-même) et, par pure compassion, je l'enrôlai sur-le-champ comme maître-coq du navire. Il s'appelle Long John Silver et il lui manque une jambe ; mais c'est à mes yeux un mérite, car il l'a perdue en défendant son pays sous les ordres de l'immortel Hawke[2]. Et il n'a pas de pension, Livesey ! Songez en quelle abominable époque nous vivons !

Eh bien, monsieur, je croyais avoir simplement trouvé un cuisinier, mais c'est tout un équipage que j'avais rencontré. À nous deux, Silver et moi, nous recrutâmes en peu de jours une troupe des plus solides vieux loups de mer qu'on puisse imaginer… pas jolis, jolis, mais, à en juger par leur mine, des gars d'un courage à toute épreuve. Je vous garantis que nous pourrions résister à une frégate.

Même, Long John se débarrassa de deux hommes sur les six ou sept que j'avais déjà retenus. Il me démontra sans peine que c'étaient là de ces marins d'eau douce qu'il nous fallait précisément craindre dans une sérieuse occurrence[3].

Je suis d'une humeur et d'une santé admirables ; je mange comme un ogre, je dors comme une souche, et malgré cela je n'aurai pas un moment de répit avant de voir mes vieux mathurins[4] virer au cabestan[5]. Au large ! Qu'importe le trésor !

1. **Maître-coq** : cuisinier à bord d'un navire.
2. **Hawke (1705-1781)** : amiral britannique, célèbre pour avoir détruit la flotte française au large de Quiberon en 1759.
3. **Dans une sérieuse occurrence** : en cas de coup dur.
4. **Mathurins** : matelots (en argot des marins).
5. **Virer au cabestan** : mourir.

C'est la splendeur de la mer qui m'a tourné la tête. Ainsi donc, Livesey, faites diligence, et venez sans perdre une heure si vous êtes mon ami.

Que le jeune Hawkins aille tout de suite voir sa mère, sous la garde de Redruth, et puis que tous deux gagnent Bristol au plus vite.

John Trelawney.

Post-scriptum. – J'oubliais. Blandly (entre parenthèses, si nous ne sommes pas rentrés à la fin d'août, il doit envoyer un bateau à notre recherche), Blandly, dis-je, nous a trouvé un chef navigateur excellent... un type dur, ce que je regrette, mais sous tous autres rapports une vraie perle. Long John Silver a déniché comme second un homme très capable, un nommé Arrow. J'ai un maître d'équipage qui sait jouer du sifflet ; ainsi, Livesey, tout ira comme sur un vaisseau de guerre à bord de notre excellente *Hispaniola*.

Encore un détail. Silver est un personnage d'importance ; je sais de source certaine qu'il a un compte en banque et qu'il n'a jamais dépassé son crédit ; il laisse son cabaret aux soins de sa femme, et celle-ci étant une négresse, deux vieux célibataires comme vous et moi sont autorisés à croire que c'est à cause de sa femme et non seulement pour sa santé qu'il désire à nouveau courir le monde.

J. T.

P.-P.-S. – Hawkins peut passer vingt-quatre heures chez sa mère.

J. T. »

On peut imaginer l'enthousiasme où me jeta cette lettre. Je ne me connaissais plus de joie ; je voyais avec un mépris souverain le vieux Tom Redruth, qui ne savait que geindre et récriminer. Tous les gardes-chasse en second, sans exception, auraient volontiers pris sa place ; mais tel n'était pas le bon plaisir du chevalier, lequel bon plaisir faisait la loi parmi eux. Même, nul autre que le vieux Redruth ne se fût hasardé à murmurer.

Le lendemain matin, nous fîmes la route à pied, lui et moi, jusqu'à *L'Amiral Benbow*, où je trouvai ma mère bien portante et gaie. Le capitaine, qui nous avait tant et si longtemps persécutés, s'en était allé là où les méchants ne peuvent plus nuire. Le chevalier avait tout fait réparer dans l'auberge, et repeindre l'enseigne et le débit, où il avait ajouté quelques meubles… entre autres un bon fauteuil pour ma mère à son comptoir. Il lui avait aussi trouvé un gamin comme apprenti, si bien qu'elle ne resterait pas seule durant mon absence.

C'est à la vue de ce garçon que je commençai à comprendre ma situation. Jusque-là j'avais pensé uniquement aux aventures qui m'attendaient, et non à la demeure que je quittais ; aussi, en voyant ce gauche[1] étranger destiné à tenir ma place auprès de ma mère, j'eus ma première crise de larmes. J'ai bien peur d'avoir fait une vie de chien à ce garçon, car, étant neuf au travail, il m'offrit mille occasions de le réprimander et de l'humilier, et je ne manquai pas d'en profiter.

La nuit passa, et le lendemain, après dîner, Redruth et moi nous remîmes en route. Je dis adieu à ma mère, à la crique où j'avais vécu depuis ma naissance, et au cher vieil *Amiral Benbow*… un peu moins cher toutefois depuis qu'il était repeint. L'une de mes dernières pensées fut pour le capitaine, qui avait si souvent rôdé

1. **Gauche** : maladroit.

sur la grève avec son tricorne, sa balafre et sa vieille lunette de cuivre. Un instant plus tard, nous prenions le tournant, et ma demeure disparaissait à mes yeux.

Vers le soir, la malle-poste nous prit au *Royal George*, sur la lande. J'y fus encaqué[1] entre Redruth et un gros vieux monsieur, mais en dépit de notre course rapide et du froid de la nuit, je ne tardai point à m'assoupir, et dormis comme une souche par monts et par vaux et de relais en relais. Une bourrade dans les côtes me réveilla enfin, et je m'aperçus en ouvrant les yeux qu'il faisait grand jour et que nous étions arrêtés en face d'un grand bâtiment, dans une rue de ville.

– Où sommes-nous ? demandai-je.

– À Bristol, répondit Tom. Descendez.

M. Trelawney avait pris pension à une auberge située au bout des bassins, pour mieux surveiller le travail à bord de la goélette. Il nous fallut marcher jusque-là, et j'eus le grand plaisir de longer les quais où s'alignaient une multitude de bateaux de toutes tailles, formes et nationalités. Sur l'un, des matelots accompagnaient leur besogne en chantant ; sur un autre, il y avait des hommes en l'air, très haut, suspendus à des cordages minces en apparence comme des fils d'araignée. Bien que j'eusse passé toute ma vie sur la côte, il me semblait n'avoir jamais connu la mer jusqu'à présent. L'odeur du goudron et du sel était pour moi une nouveauté. Je vis des figures de proue[2] étonnantes, qui avaient toutes parcouru les océans lointains. Je vis aussi beaucoup de vieux marins avec

1. **Encaqué** : entassé.
2. **Proue** : partie avant d'un navire, souvent ornée d'une statue.

des anneaux aux oreilles, des favoris bouclés, des catogans[1] goudronneux, et à la démarche lourde et importante. J'aurais eu moins de plaisir à voir autant de rois et d'archevêques.

Et j'allais moi aussi naviguer ; naviguer sur une goélette, avec un maître d'équipage qui jouerait du sifflet, et des marins à catogans, qui chanteraient ; naviguer vers une île inconnue, à la recherche de trésors enfouis !

J'étais encore plongé dans ce songe, lorsque nous nous trouvâmes soudain en face d'une grande auberge, et nous en vîmes sortir M. le chevalier Trelawney, vêtu comme un officier de marine, en habit gros bleu, qui vint à notre rencontre d'un air épanoui et imitant à la perfection l'allure d'un marin.

– Vous voici, s'écria-t-il, et le docteur est arrivé de Londres hier soir. Bravo ! l'équipage est au complet.

– Oh ! monsieur, m'exclamai-je, quand partons-nous ?

– Quand nous partons ?... Nous partons demain !

Chapitre VIII

À l'enseigne de *La Longue-Vue*

Après m'avoir laissé déjeuner, le chevalier me remit un billet adressé à John Silver, à l'enseigne de *La Longue-Vue*. Pour la trouver, il me suffisait de longer les bassins et de faire attention ; je verrais une petite taverne ayant pour enseigne un grand télescope

1. **Favoris** : touffes de poils sur la joue, de chaque côté du visage ; **catogan** : coiffure où les cheveux sont retenus sur la nuque par un nœud.

de cuivre. C'était là. Je me mis en route, ravi de cette occasion de mieux voir navires et matelots, et me faufilant parmi une foule épaisse de gens, de camions et de ballots – car l'affairement battait son plein sur le quai –, je trouvai la taverne en question.

C'était un petit débit d'allure assez prospère. L'enseigne était peinte de frais, on voyait aux fenêtres de jolis rideaux rouges, et le carreau était proprement sablé. Situé entre deux rues, il avait sur chacune d'elles une porte ouverte, ce qui donnait assez de jour dans la salle grande et basse, malgré des nuages de fumée de tabac.

La plupart des clients étaient des navigateurs, et ils parlaient si fort que je m'arrêtai sur le seuil, intimidé.

Durant mon hésitation, un homme surgit d'une pièce intérieure, et un coup d'œil suffit à me persuader que c'était Long John. Il avait la jambe gauche coupée au niveau de la hanche, et il portait sous l'aisselle gauche une béquille, dont il usait avec une merveilleuse prestesse, en sautillant dessus comme un oiseau Il était très grand et robuste, avec une figure aussi grosse qu'un jambon – une vilaine figure blême, mais spirituelle et souriante. Il semblait même fort en gaieté, sifflait tout en circulant parmi les tables et distribuait des plaisanteries ou des tapes sur l'épaule à ses clients favoris.

À vrai dire, dès la première nouvelle de Long John contenue dans la lettre du chevalier Trelawney, j'avais appréhendé[1] que ce ne fût lui le matelot à une jambe que j'avais si longtemps guetté au vieux *Benbow*. Mais un regard suffit à me renseigner sur l'homme que j'avais devant moi. Connaissant le capitaine, Chien-Noir et Pew

1. **Appréhendé** : redouté.

l'aveugle, je croyais savoir ce qu'était un flibustier : un individu tout autre, à mon sens, que ce tavernier[1] de bonne mine et d'humeur affable.

Je repris courage aussitôt, franchis le seuil et marchai droit à notre homme, qui, étayé[2] sur sa béquille, causait avec un consommateur.

– Monsieur Silver, n'est-ce pas, monsieur ? fis-je, en lui tendant le pli.

– Oui, mon garçon, c'est bien moi, répliqua-t-il. Et toi-même, qui es-tu ?

Mais, en voyant la lettre du chevalier, il réprima un haut-le-corps.

– Ah ! reprit-il, en élevant la voix, je comprends, tu es notre nouveau garçon de cabine. Charmé de faire ta connaissance.

Et il m'étreignit la main dans sa vaste poigne.

Tout aussitôt, à l'autre bout de la salle, un consommateur se leva brusquement et prit la porte. Il en était proche, et un instant lui suffit à gagner la rue. Mais sa hâte avait attiré mon attention, et je le reconnus d'un coup d'œil. C'était l'homme au visage de cire et privé de deux doigts qui était venu le premier à *L'Amiral Benbow*.

– Ah ! m'écriai-je, arrêtez-le ! C'est Chien-Noir !

– Je ne donnerais pas deux liards pour savoir qui c'est, proclama Silver ; mais il part sans payer. Harry, cours après et ramène-le.

Harry, qui était tout voisin de la porte, bondit à la poursuite du fugitif.

1. **Tavernier** : tenancier d'une *taverne*, lieu réputé pour servir de repaire aux individus en quête de mauvais coups.
2. **Étayé** : appuyé.

– Quand ce serait l'amiral Hawke en personne, il paiera son écot[1] ! reprit Silver.

Puis, lâchant ma main :

– Qui disais-tu que c'était ? Noir quoi ?

– Chien-Noir, monsieur, répondis-je. M. Trelawney a dû vous parler des flibustiers ? C'en est un.

– Hein ? Dans ma maison ! Ben, cours prêter main-forte à Harry. Lui, un de ces sagouins ?... Morgan, c'est vous qui buviez avec lui ? Venez ici.

Le nommé Morgan – un vieux matelot à cheveux gris et au teint d'acajou[2] – s'avança tout piteux[3], en roulant sa chique.

– Dites, Morgan, interrogea très sévèrement Long John, vous n'avez jamais rencontré ce Chien-Noir auparavant, hein ?

– Non, monsieur, répondit Morgan, avec un salut.

– Vous ne saviez pas son nom, dites ?

– Non, monsieur.

– Par tous les diables, Tom Morgan, cela vaut mieux pour vous ! s'exclama le patron. Si vous aviez été en rapport avec des gens comme ça, vous n'auriez plus jamais remis le pied chez moi, je vous le garantis. Et qu'est-ce qu'il vous racontait ?

– Je ne sais pas au juste, monsieur.

– Crédié ! C'est donc une tête de mouton que vous avez sur les épaules ? Vous ne savez pas au juste ! Vous ne saviez peut-être pas que vous parliez à quelqu'un, hein ? Allons, vite, de quoi jasait-il ?... de voyages, de capitaines, de bateaux ? Accouchez ! qu'est-ce que c'était ?

1. **Son écot** : sa note.
2. **Au teint d'acajou** : hâlé.
3. **Piteux** : misérable.

– Nous parlions de carénage[1], répondit Morgan.

– De carénage, vraiment ? C'est un sujet très édifiant[2], il n'y a pas de doute. Allez vous rasseoir, marin d'eau douce.

Et tandis que Morgan regagnait sa place, Silver me dit tout bas, sur un ton confidentiel, très flatteur à mon avis :

– C'est un très brave homme, ce Tom Morgan, quoique bête. Mais, voyons, continua-t-il tout haut... Chien-Noir ? Non, je ne connais pas ce nom-là. Et pourtant, j'ai comme une idée... oui, j'ai déjà vu le sagouin. Il venait parfois ici accompagné d'un mendiant aveugle, oui, parfois.

– Vous pouvez en être sûr, dis-je. Et j'ai connu aussi cet aveugle. Il se nommait Pew.

– C'est ça, s'écria Silver, maintenant très excité. Pew ! pas de doute, c'était bien son nom. Et quelle tête de canaille il avait ! Si nous attrapons ce Chien-Noir, c'est le capitaine Trelawney qui sera heureux de l'apprendre ! Ben est bon à la course ; peu de marins courent comme lui. Il doit le rattraper haut la main, par tous les diables !... Il parlait de carénage, pas vrai ? Je vais te le caréner, moi !

Tout en lançant ces phrases, il béquillait de long en large parmi la taverne, claquant de la main sur les tables, et affectant une telle chaleur qu'il eût convaincu un juge de cour d'assises ou un limier de la police. Mes soupçons s'étaient réveillés en trouvant Chien-Noir à *La Longue-Vue*, et j'observais attentivement le maître coq. Mais il était trop fort, trop prompt et trop rusé pour moi●. Quand

1. **Carénage** : réparation d'un navire à la suite d'une avarie.
2. **Édifiant** : exemplaire.

● **Le narrateur a des doutes en ce qui concerne le maître-coq mais il est encore incapable de préciser ce qui l'intrigue dans l'attitude de ce personnage.**

les deux hommes rentrèrent tout hors d'haleine, avouant qu'ils avaient perdu la piste dans la foule, et qu'on les avait pris pour des voleurs et houspillés, je me serais porté garant de l'innocence de Long John.

– Dis donc, Hawkins, fit-il, voilà une chose fichtrement désagréable pour un homme comme moi, hein ! Le capitaine Trelawney, que va-t-il penser ? Voici que j'ai ce maudit fils de Hollandais installé dans ma maison, à boire mon rhum ; voici que tu arrives et me dis son fait, et voici, crénom ! que je le laisse nous jouer la fille de l'air, sous mes yeux ! Dis, Hawkins, tu me justifieras[1] auprès du capitaine ? Tu es un gamin, pas vrai, mais tu es sage comme une image. Je l'ai vu dès ton entrée. Eh bien, réponds, que pouvais-je faire, moi, clopinant sur cette vieille bûche ? Quand j'étais maître-marinier de première classe, je l'aurais rejoint haut la main et empoigné en deux temps trois mouvements ; mais à cette heure...

Soudain, il s'interrompit, et resta bouche bée, comme s'il se rappelait quelque chose.

– L'écot ! lança-t-il. Trois tournées de rhum ! Mort de mes os, j'avais oublié l'écot !

Et s'affalant sur un escabeau, il se mit à rire, littéralement aux larmes. Je ne pus m'empêcher de l'imiter, et les éclats réitérés de nos rires associés firent retentir la taverne.

– Vrai ! il faut que je sois un fameux veau marin ! fit-il à la fin en s'essuyant le visage. Nous faisons bien la paire, Hawkins, car on pourrait, ma foi, me cataloguer moussaillon. Mais maintenant, allons, pare à virer. Ce n'est pas tout ça. Le devoir avant tout,

1. **Tu me justifieras** : tu diras la même chose que moi.

camarade. Je mets mon vieux tricorne et file avec toi chez le capitaine Trelawney, lui conter l'affaire. Car, note bien, jeune Hawkins, c'est grave, cette histoire, et j'oserai dire que ni toi ni moi n'en sortons guère à notre avantage. Non, ni toi non plus, dis ; nous n'avons pas été fins, pas plus l'un que l'autre. Mais, mort de mes os, c'est une bonne blague, celle de l'écot !

Et il se remit à rire, de si bon cœur que, tout en ne voyant pas la plaisanterie comme lui, je fus à nouveau contraint de partager son hilarité.

Durant notre courte promenade au long des quais, mon compagnon m'intéressa fort en me parlant des navires que nous passions en revue, de leurs différents types, de leur tonnage, de leur nationalité ; il m'expliquait la besogne qui s'y faisait : on déchargeait la cargaison de l'un, on embarquait celle de l'autre ; un troisième allait appareiller ; et à tout propos il me sortait de petites anecdotes sur les navires ou les marins et me serinait[1] des expressions nautiques pour me le faire bien entrer dans la tête. Je le voyais de plus en plus, ce serait là pour moi un compagnon de bord inestimable.

En arrivant à l'auberge, nous trouvâmes le chevalier et le docteur Livesey attablés devant une pinte de bière et des rôties[2] ; ils s'apprêtaient à aller faire une tournée d'inspection sur la goélette. Long John raconta l'histoire depuis A jusqu'à Z, avec beaucoup de verve et la plus exacte franchise.

– C'est bien ça, n'est-ce pas, Hawkins ? disait-il de temps à autre.

1. **Me serinait** : me répétait sans arrêt les mêmes choses pour que je les apprenne.
2. **Rôties** : tranches de pain grillées.

Et chaque fois je ne pouvais que confirmer son récit.

Les deux messieurs regrettèrent que Chien-Noir eût échappé ; mais nous convînmes tous qu'il n'y avait rien à faire, et après avoir reçu des félicitations, Long John reprit sa béquille et se retira.

– Tout le monde à bord pour cet après-midi à quatre heures ! lui cria de loin le chevalier.

– Bien, monsieur, répondit le coq, du corridor.

– Ma foi, chevalier, dit le docteur Livesey, je n'ai en général pas grande confiance dans vos trouvailles, mais j'avouerai quand même que ce John Silver me botte[1].

– C'est un parfait brave homme, déclara le chevalier.

– Et maintenant, conclut le docteur, Jim va venir à bord avec nous, n'est-ce pas ?

– Bien entendu. Mettez votre chapeau, Hawkins, et allons visiter le navire.

Chapitre IX

La poudre et les armes

Comme l'*Hispaniola* n'était pas à quai, il nous fallut, pour nous y rendre, passer sous les figures de proue et devant les arrières de plusieurs autres navires dont les amarres tantôt raclaient la quille[2] de notre canot et tantôt se balançaient au-dessus de nos têtes. À la fin, cependant, nous accostâmes et prîmes pied à bord. Nous fûmes reçus et salués par le second, M. Arrow, un vieux marin basané, à boucles d'oreilles et qui louchait.

1. **Me botte** : me plaît.
2. **Quille** : pièce sur laquelle repose l'ossature d'un navire.

Le chevalier semblait au mieux avec lui. Je m'aperçus vite que M. Trelawney s'entendait moins bien avec le capitaine.

Ce dernier était un homme à l'air sévère, qu'on eût dit mécontent de toute chose à bord. Et il ne tarda pas à nous en dire la raison, car à peine étions-nous descendus dans la cabine, qu'un matelot nous y rejoignit et annonça :

– Le capitaine Smollett, monsieur, qui demande à vous parler.

– Je suis toujours aux ordres du capitaine, répondit le chevalier. Introduisez-le.

Le capitaine, qui suivait de près son messager, entra aussitôt et ferma la porte derrière lui.

– Eh bien, capitaine Smollett, quelle nouvelle ? Tout va bien, j'espère ; tout est en bon ordre de navigation ?

– Eh bien, monsieur, répondit le capitaine, mieux vaut, je crois, parler franc, même au risque de vous déplaire. Je n'aime pas cette croisière, je n'aime pas l'équipage et je n'aime pas mon second. Voilà qui est clair et net.

– Et peut-être, monsieur, n'aimez-vous pas le navire ? interrogea le chevalier, très irrité à ce que je pus voir.

– Quant à lui, monsieur, je ne puis rien en dire avant de l'avoir vu à l'œuvre. Il m'a l'air d'un fin bâtiment ; c'est tout ce que j'en sais.

– Peut-être encore, monsieur, n'aimez-vous pas non plus votre armateur[1] ?

Mais le docteur Livesey intervint :

– Un instant ! un instant ! Des questions de ce genre ne sont bonnes qu'à provoquer des malentendus. Le capitaine en a trop

1. **Armateur** : personne qui fait équiper un navire et qui, de ce fait, rend possible une expédition.

dit, ou trop peu, et je dois dire que j'exige une explication de ses paroles. Vous n'aimez pas, dites-vous, cette croisière. Pourquoi ?

– Je me suis engagé, monsieur, suivant le système dit des instructions scellées[1], à mener le navire où m'ordonnera ce monsieur. C'est parfait. Tout va bien jusque-là. Mais je constate que chacun des simples matelots en sait plus que moi. Trouvez-vous cela bien, voyons, dites ?

– Non, fit le docteur Livesey, ce n'est pas bien, je l'admets.

– Ensuite j'apprends que nous allons à la recherche d'un trésor... c'est mon équipage qui me l'apprend, remarquez. Or, les trésors, c'est de la besogne délicate ; je n'aime pas du tout les voyages au trésor ; et je les aime encore moins quand ils sont secrets et que (sauf votre respect, monsieur Trelawney) le secret a été raconté au perroquet.

– Quel perroquet ? demanda le chevalier. Celui de Silver ?

– Façon de parler. Quand il a été divulgué, je veux dire. Je crois bien qu'aucun de vous deux, messieurs, ne sait ce qui l'attend ; mais je vais vous dire ce que j'en pense : c'est une question de vie ou de mort, et où il faut jouer serré.

– Voilà qui est bien clair et, je dois le dire, assez juste, répliqua le docteur Livesey. Nous acceptons le risque ; mais nous ne sommes pas aussi naïfs que vous croyez... En second lieu, dites-vous, vous n'aimez pas l'équipage. N'avons-nous pas de bons marins ?

– Je ne les aime pas, monsieur, repartit le capitaine Smollett. Et puisque vous en parlez, j'estime qu'on aurait dû me laisser choisir mon équipage moi-même.

1. **Scellées** : secrètes.

– Possible, reprit le docteur, mon ami eût peut-être dû vous consulter ; mais s'il l'a négligé, c'est sans mauvaise intention. Et vous n'aimez pas non plus M. Arrow ?

– Non, monsieur, je ne l'aime pas. Je le crois bon marin ; mais il est trop familier avec l'équipage pour faire un bon officier. Un second doit rester sur son quant-à-soi et ne pas trinquer avec les hommes de l'avant.

– Voulez-vous dire qu'il s'enivre ? lança le chevalier.

– Non, monsieur : simplement qu'il est trop familier.

– Et maintenant, le résumé de tout cela, capitaine ? émit le docteur. Exposez votre désir.

– Messieurs, êtes-vous résolus à poursuivre cette croisière ?

– Dur comme fer, affirma le chevalier.

– Très bien, reprit le capitaine. Alors, puisque vous m'avez écouté fort patiemment vous dire des choses que je ne puis prouver, écoutez quelques mots de plus. On est en train de loger la poudre et les armes dans la cale avant. Or, vous avez sous la cabine une place excellente : pourquoi pas là ?... premier point. Puis, vous emmenez avec vous quatre de vos gens, et il paraît que plusieurs d'entre eux vont coucher à l'avant. Pourquoi ne pas leur donner ces couchettes-là, à côté de la cabine ?... second point.

– C'est tout ? demanda M. Trelawney.

– Encore ceci : on n'a déjà que trop bavardé.

– Beaucoup trop, acquiesça le docteur.

– Je vais vous répéter ce que j'ai entendu moi-même, poursuivit le capitaine Smollett. On dit que vous avez une carte de l'île, qu'il y a sur cette carte trois croix pour désigner l'emplacement du trésor, et que cette île est située par... Et il énonça la longitude et la latitude exactes.

– Je n'ai jamais dit cela, se récria le chevalier, jamais, à personne !

– Les matelots le savent pourtant, monsieur, riposta le capitaine.

– Livesey, s'écria le chevalier, ce ne peut être que vous ou Hawkins.

– Peu importe de savoir qui, répliqua le docteur.

Pas plus que le capitaine, je le voyais bien, il ne tenait grand compte des protestations de M. Trelawney. Moi non plus, du reste, car le chevalier était un bavard incorrigible ; mais en l'espèce je crois qu'il disait vrai, et que personne n'avait révélé la position de l'île.

– Eh bien, messieurs, reprit le capitaine, je ne sais pas qui de vous détient cette carte ; mais je pose en principe qu'on me le laissera ignorer, aussi bien qu'à M. Arrow. Sinon je me verrais forcé de vous présenter ma démission.

– Je vois, dit le docteur. Il faut, à votre avis, nous tenir sur la défensive, et faire de la partie arrière du navire une citadelle[1] équipée avec les serviteurs personnels de mon ami et pourvue de toutes les armes et munitions du bord. En d'autres termes, vous redoutez une mutinerie[2].

– Monsieur, riposta le capitaine Smollett, sans vouloir vous chercher noise[3], je vous conteste le droit de m'attribuer indûment[4] ces paroles. Nul capitaine, monsieur, ne serait excusable même d'appareiller, s'il avait un motif suffisant de les prononcer. Quant à M. Arrow, il est, je le crois, foncièrement honnête ; quelques-uns des hommes aussi ; tous peut-être, je ne sais. Mais je suis responsable de la sécurité du navire et de l'existence de tous ceux

1. **Citadelle** : place fortifiée.
2. **Mutinerie** : révolte de l'équipage contre ses supérieurs.
3. **Chercher noise** : chercher des ennuis.
4. **Indûment** : injustement.

qu'il porte. Je vois que les choses ne vont pas tout à fait droit, à mon idée. Et je désire que vous preniez certaines précautions, ou que vous me laissiez démissionner. Voilà tout.

– Capitaine Smollett, commença le docteur avec un sourire, connaissez-vous la fable de la montagne qui accouche d'une souris ? Vous m'excuserez, j'espère, mais vous m'en faites souvenir. Quand vous êtes entré ici, j'aurais gagé ma perruque que vous attendiez de nous autre chose que cela.

– Docteur, vous voyez clair. Quand je suis entré ici, je m'attendais à recevoir mon congé. Je ne pensais pas que M. Trelawney m'écouterait au-delà du premier mot.

– Et je n'en écouterai pas davantage, s'écria le chevalier. Sans Livesey, je vous aurais envoyé au diable. N'importe, grâce à lui, je vous ai écouté. J'agirai selon votre désir ; mais j'ai de vous la plus triste opinion.

– Comme il vous plaira, monsieur, dit le capitaine. Vous reconnaîtrez que je fais mon devoir.

Et là-dessus il prit congé de nous.

– Trelawney, émit le docteur, contrairement à toutes mes idées, je crois que vous avez réussi à nous amener à bord deux honnêtes gens : cet homme-là et John Silver.

– Silver, soit ; mais quant à ce fumiste[1] insupportable, sachez que j'estime sa conduite indigne d'un homme, d'un marin et plus encore d'un Anglais.

– Bien, dit le docteur, nous verrons.

Quand nous montâmes sur le pont, les hommes étaient déjà occupés au transfert des armes et de la poudre, et travaillaient en cadence, sous la direction du capitaine et de M. Arrow.

1. **Ce fumiste** : ce farceur, cet homme sur qui on ne peut pas compter.

J'approuvai tout à fait le nouvel arrangement qui modifiait tout sur la goélette. Nous avions à l'arrière six cabines, prises sur la partie postérieure de la grande cale, et cette série de chambrettes ne communiquait avec le gaillard d'avant[1] que par une étroite coursive[2] à bâbord[3], donnant sur la cuisine. Suivant les dispositions primitives, le capitaine, M. Arrow, Hunter, Joyce, le docteur et le chevalier, devaient occuper ces six pièces. À présent, deux étaient destinées à Redruth et à moi, tandis que M. Arrow et le capitaine logeraient sur le pont, dans le capot qu'on avait élargi des deux côtés, en sorte qu'il méritait presque le nom de dunette[4]. C'était toujours, bien entendu, fort bas de plafond, mais il y avait place pour suspendre deux hamacs, et le second lui-même parut satisfait de cet arrangement. Il se méfiait peut-être aussi de l'équipage ; mais ce n'est là qu'une supposition, car, comme on va le voir, il n'eut guère le loisir de nous donner son avis.

Nous étions en pleine activité, transportant munitions et couchettes, quand un ou deux retardataires, accompagnés de Long John, arrivèrent dans un canot du port.

Le cuisinier, agile comme un singe, escalada le bord, et vit aussitôt de quoi il s'agissait. Il s'écria :

– Holà, camarades ! qu'est-ce que vous faites ?

– Nous déménageons la poudre, répondit l'un.

– Mais, par tous les diables ! lança Long John, si on fait ça, on va manquer la marée du matin !

1. **Gaillard d'avant** : partie surélevée à l'avant du pont supérieur d'un navire.
2. **Coursive** : couloir étroit dans le sens de la longueur d'un navire.
3. **Bâbord** : partie gauche d'un navire.
4. **Dunette** : partie arrière du navire, aménagée de manière à accueillir les officiers et les passagers.

– Mes ordres, dit sèchement le capitaine. Vous pouvez aller à vos fourneaux, mon garçon. L'équipage va réclamer son souper.

– Bien, monsieur, répondit le coq[1] en saluant.

Et il se dirigea vers sa cuisine.

– Voilà un brave homme, capitaine, dit le docteur.

– C'en a tout l'air, monsieur… répliqua le capitaine. Doucement avec ça, les hommes, doucement, continua-t-il, en s'adressant aux gars qui maniaient la poudre.

Puis soudain, me surprenant à examiner la caronade[2] que portait le bateau par son milieu, une longue pièce de neuf, en bronze :

– Dites donc, le mousse, cria-t-il, filez-moi de là. Allez demander au cuisinier qu'il vous donne de l'ouvrage.

Je m'esquivai au plus vite, mais je l'entendis qui disait au docteur, très haut :

– Je ne veux pas de privilégiés sur mon navire.

Je vous garantis que j'étais bien de l'avis du chevalier, et que je détestais cordialement le capitaine.

Chapitre X

Le voyage

Toute la nuit se passa dans un grand affairement, à mettre les choses en place, et à recevoir des canots remplis d'amis du chevalier, et entre autres M. Blandly, qui vinrent lui souhaiter bon voyage et prompt retour. Il n'y eut jamais de nuit, à *L'Amiral*

1. **Le coq** : le maître-coq.
2. **Caronade** : ancien canon court.

Benbow, où je travaillai moitié autant, et lorsque, un peu avant le jour, le sifflet du maître d'équipage retentit et que l'équipage se disposa[1] aux barres de cabestan, j'étais exténué. Mais même deux fois plus las, je n'aurais pas quitté le pont.

Tout y était trop nouveau pour ma curiosité : les brefs commandements, le son aigu du sifflet, les hommes courant à leurs postes dans la faible clarté des falots[2] du bord.

– Allons, Cochon-Rôti, donne-nous un refrain, lança quelqu'un.

– Celui de jadis, cria un autre.

– Bien, camarades, répondit Long John, qui se tenait auprès d'eux, reposant sur sa béquille.

Et aussitôt il attaqua l'air et les paroles que je connaissais trop :

Nous étions quinze sur le coffre du mort…
Et tout l'équipage reprit en chœur :
Yo-ho-ho ! et une bouteille de rhum !

et au troisième *ho !* tous poussèrent avec ensemble sur les barres de cabestan.

Malgré la minute palpitante, je fus reporté sur l'instant à *L'Amiral Benbow*, et je crus entendre se mêler au chœur la voix du capitaine. Mais coup sur coup l'ancre sortit de l'eau, ruisselante, et s'accrocha aux bossoirs[3] ; puis les voiles prirent le vent, la terre et les navires

1. **Se disposa** : prit place.
2. **Falots** : torches.
3. **Bossoirs** : grosses pièces à la proue d'un navire servant à la manœuvre de l'ancre.

défilèrent à droite et à gauche. Avant que je me fusse couché pour prendre une heure de repos, le voyage de l'*Hispaniola* était commencé, et elle voguait vers l'île au trésor.

Je ne relaterai pas en détail ce voyage. Il fut des plus favorisés. Le navire se montra excellent, les gens de l'équipage étaient de bons matelots, et le capitaine connaissait à fond son métier. Toutefois, avant d'atteindre l'île au trésor, il se produisit deux ou trois incidents que je dois rapporter.

Pour commencer, M. Arrow se révéla pire encore que ne le craignait le capitaine. Il n'avait pas d'autorité sur les hommes, et avec lui on ne se gênait pas. Mais ce n'était pas le plus grave ; car, après deux ou trois jours de navigation, il ne monta plus sur le pont qu'avec des yeux troubles, des joues enflammées, une langue balbutiante ; bref, avec tous les symptômes de l'ivresse. À plusieurs reprises, il fut mis aux arrêts. Parfois il tombait et se blessait, ou bien il passait toute la journée étendu dans son hamac de la dunette ; d'autres fois, pour un jour ou deux, il était presque de sang-froid et remplissait à peu près ses fonctions.

Cependant, nous n'arrivions pas à découvrir d'où il tenait son alcool. C'était l'énigme du bord. Malgré toutes nos recherches, nous ne pûmes la résoudre. L'interrogeait-on directement, il vous riait au nez quand il était ivre, et s'il était de sang-froid, il jurait ses grands dieux qu'il ne prenait jamais autre chose que de l'eau.

Non seulement il était mauvais officier et d'un fâcheux exemple pour les hommes, mais de ce train il allait directement à la mort. On fut peu surpris, et guère plus chagriné, quand par une nuit noire, où la mer était forte et le vent debout, il disparut définitivement.

– Un homme à la mer ! prononça le capitaine. Ma foi, messieurs, cela nous épargne l'ennui de le mettre aux fers.

Mais cela nous laissait dépourvus de second ; il fallut donc donner de l'avancement à l'un des hommes. Job Anderson, le maître d'équipage, était à bord le plus qualifié, et tout en gardant son ancien titre, il joua le rôle de second. M. Trelawney avait navigué, et ses connaissances nous servirent beaucoup, car il lui arrivait de prendre lui aussi son quart[1], par temps maniable. Et le quartier-maître[2], Israël Hands, était un vieux marin d'expérience, prudent et avisé, en qui on pouvait avoir pleine confiance en cas de nécessité.

C'était le grand confident de Long John Silver ; et puisque je viens de le nommer, je parlerai de notre maître-coq, Cochon-Rôti, comme l'appelait l'équipage.

À bord, pour avoir les deux mains le plus libres possible, il portait sa béquille suspendue à une courroie passée autour du cou. C'était plaisir de le voir caler contre une cloison le pied de cette béquille et, arc-bouté dessus, suivant toutes les oscillations du navire, faire sa cuisine comme sur le plancher des vaches[3]. Il était encore plus curieux de le voir circuler sur le pont au plus fort d'une bourrasque. Pour l'aider à franchir les intervalles trop larges, on avait disposé quelques bouts de ligne, qu'on appelait les boucles d'oreilles de Long John ; et il se transportait d'un lieu à l'autre, soit en usant de sa béquille, soit en la traînant par la courroie, aussi vite que n'importe qui. Mais ceux des hommes qui avaient jadis navigué avec lui s'apitoyaient de le voir en être réduit là.

1. **Prendre son quart** : prendre son service.
2. **Quartier-maître** : officier chargé du groupe. C'est le grade le moins élevé à bord d'un navire.
3. **Plancher des vaches** : la terre ferme.

– Ce n'est pas un homme ordinaire, Cochon-Rôti, me disait le quartier-maître. Il a reçu de l'instruction dans sa jeunesse, et quand ça lui chante il parle comme un livre. Et d'une bravoure !... un lion n'est rien comparé à Long John ! Je l'ai vu, seul et sans armes, empoigner quatre adversaires et fracasser leurs têtes les unes contre les autres !

Tout l'équipage l'aimait, et voire lui obéissait. Il avait la manière de leur parler à tous et de rendre service à chacun. Envers moi, il était d'une obligeance inlassable, et toujours heureux de m'accueillir dans sa cuisine, qu'il tenait propre comme un sou neuf, et où l'on voyait des casseroles reluisantes pendues au mur, et dans un coin une cage avec son perroquet.

– Allons, Hawkins, me disait-il, viens faire la causette avec John. Tu es le bienvenu entre tous, mon fils. Assieds-toi pour entendre les nouvelles. Voici capitaine Flint (j'appelle mon perroquet ainsi, en souvenir du fameux flibustier), voici capitaine Flint qui prédit la réussite à notre voyage. Pas vrai, capitaine ?

Et le perroquet de prononcer avec volubilité : « Pièces de huit ! pièces de huit ! pièces de huit ! » jusqu'au moment où John couvrait la cage de son mouchoir.

– Vois-tu, Hawkins, me disait-il, cet oiseau est peut-être âgé de deux cents ans. Ils vivent parfois plus que cela, et le diable seul a vu plus de crimes que lui. Il a navigué avec England, le grand capitaine England, le pirate. Il a été à Madagascar, au Malabar, à Surinam, à Providence, à Portobello. Il assistait au repêchage des galions[1] de la Plata. C'est là qu'il apprit : « Pièces de huit » ; et rien

1. **Galion** : grand navire armé destiné à l'acheminement des métaux précieux et voyageant généralement sous escorte.

d'étonnant, il y en avait trois cent cinquante mille, Hawkins ! Il se trouvait à l'abordage du *Vice-roi des Indes*, au large de Goa, oui, lui-même. À le voir on croirait un innocent ; mais tu as flairé la poudre, hein, capitaine ?

– Garde à vous ! pare à virer ! glapissait le perroquet.

– Ah ! c'est un fin matois[1], disait le coq en lui donnant du sucre tiré de sa poche. (Et l'oiseau becquetait aux barreaux et lançait une bordée de blasphèmes d'une abomination à faire frémir.) C'est ainsi, mon gars ! ajoutait John, tel qui touche à la poix s'embarbouille. Témoin ce pauvre vieil innocent d'oiseau, qui jure feu et flammes, et n'en sait rien, bien sûr. Il jurerait tout pareil, si j'ose dire, devant un curé.

Et John portait la main à son front avec une gravité particulière que je jugeais des plus édifiantes[2].

Cependant, le chevalier et le capitaine Smollett se tenaient toujours sur une défensive réciproque. Le chevalier n'y allait pas par quatre chemins : il détestait le capitaine. Le capitaine, de son côté, ne parlait que pour répondre aux questions, et encore, de façon nette, brève et sèche, sans un mot de trop. Il reconnaissait, une fois mis au pied du mur, qu'il s'était apparemment trompé sur le compte des hommes, que certains étaient actifs à souhait, et que tous s'étaient fort bien comportés jusqu'ici. Quant au navire, il avait conçu pour lui un goût extrême.

– Il navigue au plus près, mieux qu'on n'est en droit de l'attendre de sa propre épouse, monsieur… Mais, ajoutait-il, tout ce que je puis dire est que nous ne sommes pas encore rentrés chez nous, et que je n'aime pas cette croisière.

1. **Un fin matois** : un rusé.
2. **Édifiantes** : surprenantes.

Le chevalier, là-dessus, se détournait et arpentait le tillac[1] d'un bout à l'autre, le menton relevé.

– Cet homme m'exaspère, disait-il ; pour un rien j'éclaterais.

Nous rencontrâmes un peu de gros temps, et l'*Hispaniola* n'en montra que mieux ses qualités. Tout le monde à bord paraissait enchanté, et il n'en pouvait guère aller autrement, car jamais équipage ne fut plus gâté, je crois, depuis que Noé mit son arche à la mer●. Le double grog circulait sous le moindre prétexte ; on servait de la tarte aux prunes en dehors des fêtes, par exemple si le chevalier apprenait que c'était l'anniversaire de quelqu'un de l'équipage ; et il y avait en permanence sur le pont une barrique de pommes où puisait qui voulait.

– Ces manières-là, disait le capitaine au docteur Livesey, n'ont jamais profité à personne, que je sache. Gâtez les matelots, vous en faites des diables. Voilà ma conviction.

Mais la barrique de pommes nous profita, comme on va le lire, car sans elle rien ne nous eût avertis, et nous périssions tous par trahison●.

Voici comment la chose arriva.

Nous avions remonté les alizés[2] pour aller chercher le vent de l'île que nous voulions atteindre – je ne suis pas autorisé à être plus précis – et nous courions vers elle, en faisant bonne veille jour et nuit. C'était à peu près le dernier jour de notre voyage d'aller. Dans

1. **Tillac** : pont supérieur d'un navire.
2. **Alizés** : vents réguliers soufflant toute l'année de l'est dans l'océan Atlantique.

● **Le narrateur compare le voyage effectué par l'*Hispaniola* à celui de Noé et de son arche pour échapper au déluge.**

● **Le narrateur pointe ici l'importance que va prendre cette barrique de pommes dans la suite de l'histoire.**

la nuit, ou au plus tard le lendemain dans la matinée, l'île au trésor serait en vue. Nous avions le cap au S.-S.-O., avec une brise bien établie par le travers et une mer belle. L'*Hispaniola* se balançait régulièrement, et son beaupré[1] soulevait par intervalles une gerbe d'embruns. Toutes les voiles portaient, hautes et basses ; et comme la première partie de notre expédition tirait à sa fin, chacun manifestait la plus vaillante humeur. Le soleil venait de se coucher. J'avais terminé ma besogne, et je regagnais mon hamac, lorsque je m'avisai de manger une pomme. Je courus sur le pont. Les gens de quart[2] étaient tous à l'avant, à guetter l'apparition de l'île. L'homme de barre[3] surveillait le lof[4] de la voilure et sifflait tranquillement un air. À part ce son, on n'entendait que le bruissement des flots contre le taille-mer[5] et les flancs du navire.

J'entrai tout entier dans la barrique de pommes, qui était presque vide, et m'y accroupis dans le noir. Le bruit des vagues et le bercement du navire étaient sur le point de m'assoupir, lorsqu'un homme s'assit bruyamment tout contre. La barrique oscilla sous le choc de son dos, et je m'apprêtais à sauter dehors, quand l'homme se mit à parler. Je reconnus la voix de Silver, et il n'avait pas prononcé dix mots, que je ne me serais plus montré pour tout au monde. Je restai là, tremblant et aux écoutes, dévoré de peur et de curiosité : par ces dix mots je devenais désormais responsable de l'existence de tous les honnêtes gens du bord.

1. **Beaupré** : mât placé horizontalement à la proue d'un navire.
2. **De quart** : de service.
3. **L'homme de barre** : le pilote.
4. **Lof** : côté du navire frappé par le vent.
5. **Taille-mer** : partie avant d'un navire qui fend l'eau.

Chapitre XI

Ce que j'entendis dans la barrique de pommes

– Non pas, dit Silver. Flint était capitaine ; moi, quartier-maître, à cause de ma jambe de bois. J'ai perdu ma jambe dans la même bordée qui a coûté la vue à ce vieux Pew. Celui qui m'amputa était docteur en chirurgie… avec tous ses grades universitaires… du latin à revendre et je ne sais quoi encore ; mais n'empêche qu'il fut pendu comme un chien et sécha au soleil avec les autres, à Corso Castle. C'étaient des hommes de Roberts, ceux-là, et tout leur malheur vint de ce qu'ils avaient changé les noms de leurs navires… la *Royal Fortune*, et cætera. Or, quand un navire est baptisé d'une façon, je dis qu'il doit rester de même. C'est ainsi qu'on a fait avec la *Cassandra*, qui nous ramena tous sains et saufs du Malabar, après qu'England eut capturé le *Vice-roi des Indes* ; de même pour le vieux *Walrus*, le navire de Flint, que j'ai vu ruisselant de carnage et chargé d'or à couler.

– Ah ! s'écria une autre voix (celle du plus jeune marin du bord, évidemment plein d'admiration), c'était la fleur du troupeau, que Flint !

– Davis aussi était un gaillard, sous tous rapports, reprit Silver. Mais je n'ai jamais navigué avec lui : d'abord avec England, puis avec Flint, voilà tout ; et cette fois-ci pour mon propre compte, en quelque sorte. Du temps d'England, j'ai mis de côté neuf cents livres, et deux mille après Flint. Ce n'est pas mal pour un homme de l'avant. Le tout déposé en banque. Gagner n'est rien ; c'est conserver qui importe, croyez-moi. Que sont devenus tous les hommes d'England, à présent ? Je l'ignore. Et ceux de Flint ? Hé ! hé ! la plupart ici à bord, et bien aises d'avoir de la tarte... avant cela, ils mendiaient, pour certains. Le vieux Pew, après avoir perdu la vue, n'eut pas honte de dépenser douze cents livres en un an, comme un grand seigneur. Où est-il maintenant ? Eh bien, maintenant il est mort, et à fond de cale ; mais les deux années précédentes, misère ! il crevait la faim. Il mendiait, il volait, il égorgeait, et avec ça il crevait la faim, par tous les diables !

– Ça ne vaut vraiment pas le coup, en somme, dit le jeune matelot.

– Pour les imbéciles, non, ça ne vaut pas le coup, ni ça ni autre chose ! s'écria Silver. Mais tiens, écoute : tu es jeune, c'est vrai, mais tu es sage comme une image. J'ai vu cela du premier coup d'œil, et je te parle comme à un homme.

On peut se figurer ce que j'éprouvai en entendant cet infâme vieux fourbe employer avec un autre les mêmes termes flatteurs dont il avait usé avec moi. Si j'en avais eu le pouvoir, je l'aurais volontiers tué à travers la barrique. Cependant, il poursuivit, sans guère soupçonner que je l'écoutais :

– Tel est le sort des gentilshommes de fortune. Ils ont la vie dure et risquent la corde, mais ils mangent et boivent comme des coqs en pâte, et quand vient la fin d'une croisière, ce sont des centaines de livres qu'ils ont en poche, au lieu de centaines de liards. Alors, presque tous se mettent à boire et à se donner du bon temps, et on reprend la mer avec sa chemise sur le dos. Mais moi, ce n'est pas mon genre. Je place tout, un peu ici, un peu là, et nulle part de trop, crainte des soupçons. J'ai cinquante ans, remarque ; une fois de retour de cette croisière, je m'établis rentier pour de bon●. Et ce n'est pas trop tôt, diras-tu. Oui, mais j'ai vécu à l'aise dans l'intervalle ; jamais je ne me suis rien refusé, j'ai dormi sur la plume et mangé du bon, tout le temps, sauf en mer. Et comment ai-je commencé ? À l'avant, comme toi.

– Soit, dit l'autre ; mais tout l'argent que tu avais est perdu maintenant, pas vrai ? Tu n'oseras plus te montrer dans Bristol après ce coup-ci.

– Ah bah ! où penses-tu donc qu'il est ? demanda Silver, ironique.

– À Bristol, dans les banques et ailleurs, répondit son compagnon.

– Il y était, il y était encore quand nous avons levé l'ancre. Mais ma vieille bourgeoise a le tout, à présent. *La Longue-Vue* est vendue, bail, clientèle et mobilier, et la brave fille est partie m'attendre. Je te dirais bien où, car j'ai confiance en toi, mais cela ferait de la jalousie parmi les copains.

– Et tu te fies à ta bourgeoise ?

● **En effet, une fois le trésor retrouvé, Long John Silver projette d'abandonner la piraterie.**

– Les gentilshommes de fortune se fient généralement peu les uns aux autres, et ils ont raison, sois-en sûr. Mais j'ai ma méthode à moi. Quand un camarade me joue un pied de cochon[1] – quelqu'un qui me connaît, je veux dire – il ne reste pas longtemps dans le même monde que le vieux John. Certains avaient peur de Pew, d'autres de Flint ; mais Flint lui-même avait peur de moi. Il avait peur, malgré son arrogance. Ah ! ce n'était pas un équipage commode, que celui de Flint ; le diable lui-même aurait hésité à s'embarquer avec eux. Eh bien, tiens, je te le dis, je ne suis pas vantard, mais quand j'étais quartier-maître, ils n'avaient rien de l'agneau, les vieux flibustiers de Flint. Oh ! tu peux être sûr de ton affaire sur le navire du vieux John.

– Eh bien, maintenant je peux te l'avouer, reprit le gars, la combinaison ne me plaisait pas à la moitié du quart ; mais maintenant que j'ai causé avec toi, John, j'en suis. Tope-là !

– Tu es un brave garçon, et fin, avec ça, répliqua Silver, en lui secouant la main si chaleureusement que la barrique en trembla. Je n'ai jamais vu personne mieux désigné pour faire un gentilhomme de fortune.

Je commençais à saisir le sens de leurs expressions. Un « gentilhomme de fortune », pour eux, ce n'était ni plus ni moins qu'un vulgaire pirate, et le dialogue que je venais de surprendre parachevait la corruption de l'un des matelots restés honnêtes – peut-être le dernier qui fût à bord. Mais sur ce point je devais être bientôt fixé. Silver lança un léger coup de sifflet, et un troisième individu survint, qui s'assit auprès des deux autres.

– Dick marche, lui dit Silver.

1. **Un pied de cochon** : un mauvais tour.

– Oh ! je savais bien que Dick marcherait, prononça la voix du quartier-maître, Israël Hands. Ce n'est pas un imbécile que Dick… (Il roula sa chique et cracha.) Mais dis, Cochon-Rôti, je voudrais bien savoir combien de temps nous allons rester à bouliner[1] comme un bateau à provisions ? Crénom ! j'en ai plein le dos du capitaine Smollett. Il y a assez longtemps qu'il m'embête. Tonnerre ! Je veux aller dans la cabine, moi aussi. Je veux leurs cornichons, et leurs vins, et le reste.

– Israël, dit Silver, tu n'as pas beaucoup de jugeotte, et ce n'est pas du nouveau. Mais tu es capable d'écouter, je pense ; du moins, tes oreilles sont assez grandes. Or, voici ce que je dis : vous coucherez à l'avant, et vous aurez la vie dure, et vous filerez doux, et vous resterez sobres, jusqu'à ce que je donne l'ordre d'agir ; et tu peux m'en croire, mon gars.

– Eh ! est-ce que je te dis le contraire ? grommela le quartier-maître. Je demande seulement : pour quand est-ce ? Voilà tout ce que je dis.

– Pour quand ? par tous les diables ! s'écria Silver. Eh bien donc, si tu veux le savoir, je vais te le dire, pour quand. Pour le plus tard qu'il me sera possible, voilà ! Nous avons un navigateur de première classe, le capitaine Smollett, qui dirige pour nous ce sacré navire. Il y a ce chevalier et ce docteur qui ont une carte et le reste… Je ne sais pas où elle est, cette carte, moi. Toi non plus, n'est-ce pas ? Alors donc, je veux que ce chevalier et ce docteur trouvent la marchandise et nous aident à l'embarquer, par tous les diables ! Alors nous verrons. Si j'étais sûr de vous tous, doubles fils de Hollandais, j'attendrais pour faire le coup que le capitaine Smollett nous ait ramenés à moitié chemin.

1. **Bouliner** : recevoir le vent de côté.

– Mais quoi, nous sommes tous des navigateurs ici à bord, je pense, répliqua le jeune Dick.

– Dis plutôt que nous sommes tous des matelots de gaillard d'avant, trancha Silver. Nous pouvons tenir une route donnée, mais qui saura l'établir ? Vous en seriez bien empêchés, tous tant que vous êtes, vous les gentilshommes de fortune. Si on me laissait faire, j'attendrais que le capitaine Smollett nous ait ramenés jusque dans les alizés, au moins ; comme ça, ni sacrés faux calculs, ni rationnement à une cuillerée d'eau par jour. Mais je vous connais. J'en finirai avec eux sur l'île même, sitôt la marchandise à bord, et c'est un vrai malheur. Mais vous n'êtes jamais contents qu'après avoir bu. Mort de mes os ! ça dégoûte de naviguer avec des types comme vous !

– Tout doux, Long John, protesta Israël. Qui donc te contredit ?

– Hein, songez combien de grands navires j'ai vu amariner comme prises[1], et combien de vaillants gars sécher au soleil sur le quai des Potences● ! et tout ça pour avoir été aussi pressés, pressés, pressés. Vous m'entendez ? J'ai vu quelques petites choses, en mer, moi. Si vous vouliez simplement tenir votre route, et au plus près du vent, bientôt vous rouleriez carrosse[2], oui ! Mais à d'autres ! Je vous connais. Soit ! vous aurez votre lampée de rhum demain, et allez vous faire pendre !

– Tu prêches comme un curé, John, c'est connu, rétorqua Israël ; mais d'autres ont su manœuvrer et gouverner aussi bien que toi. Ils admettaient la plaisanterie, eux. En tout cas, ils étaient moins hautains et moins cassants. Ils acceptaient les observations en gais compagnons, tous ceux-là.

1. **Amariner comme prises** : être capturés.
2. **Vous rouleriez carrosse** : vous seriez riches.

● **Les potences étaient souvent dressées sur les quais pour bien montrer le sort réservé aux pirates.**

– Ouais ! reprit Silver. Et où sont-ils maintenant ? Pew était de ce calibre, et il a fini mendiant. Flint aussi, et il est mort, tué par le rhum, à Savannah. Ah ! c'étaient des types à la coule[1], eux ! Seulement, où sont-ils ?

– Mais, intervint Dick, quand nous les aurons à notre merci, qu'est-ce que nous ferons d'eux, pour finir ?

– Voilà un garçon qui me botte ! s'écria le cuisinier, avec admiration. Ça s'appelle être pratique. Eh bien, votre avis ? Les abandonner à terre ? C'eût été la manière d'England. Ou bien les égorger comme porcs ? C'est ce qu'auraient fait Flint ou Billy Bones.

– Billy était homme à ça, convint Israël. Les morts ne mordent pas, qu'il disait. Bah, il est mort lui-même, à présent ; il est renseigné là-dessus tout au long ; et si jamais rude marin entra au port, ce fut Billy.

– Tu dis bien, reprit Silver. Rude et prompt. Remarquez : je suis un homme doux... je suis tout à fait galant homme, pas vrai ? mais cette fois, c'est sérieux. Les affaires avant tout, camarades. Je vote : la mort. Quand je serai au Parlement et roulant dans mon carrosse, je ne veux pas qu'un de ces « avocats de mer » de la cabine s'amène au pays, à l'improviste, comme le diable à la prière. Mon principe est d'attendre, mais l'occasion venue, d'y aller ferme !

– John, s'écria le quartier-maître, tu es un homme.

– Tu le diras, Israël, quand tu auras vu... Je ne réclame qu'une chose : Trelawney. De ces mains-ci, je lui dévisserai du corps sa tête de veau... Dick, en gentil garçon, lève-toi et donne-moi une pomme, pour m'humecter un peu le gosier.

1. **À la coule** : rusés, astucieux.

Imaginez ma terreur. J'aurais sauté dehors et pris la fuite, si j'en avais trouvé la force ; mais le cœur me manquait, aussi bien que les muscles. Au bruit, je compris que Dick se levait ; mais quelqu'un l'arrêta.

Et j'entendis la voix de Hands :

– Bah ! laisse donc ce fond de tonneau, John. Buvons un coup de rhum, ça vaudra mieux !

– Dick, acquiesça Silver, je me fie à toi. Il y a une mesure sur le baril. Voici la clef : tu empliras une topette et tu nous l'apporteras.

Ce devait être ainsi, j'y songeai malgré ma terreur, que M. Arrow se procurait les spiritueux qui l'avaient tué.

Dick parti, Israël profita de son absence pour parler à l'oreille du coq. Je ne pus saisir que peu de mots, mais parmi eux, ceux-ci, qui étaient d'importance :

« Pas un seul des autres ne se joindra à nous. » Donc, il y avait encore des hommes fidèles à bord.

Dick revenu, la topette passa de main en main. Tous trois burent. L'un dit :

– À notre réussite !

L'autre :

– À la santé du vieux Flint.

Et Silver prononça, sur un ton de mélopée :

– Je bois à nous, et tenez le plus près, beaucoup de butin et beaucoup de galette...

À ce moment, une vague clarté m'atteignit au fond de ma barrique. Je levai les yeux, et vis que la lune s'était levée, argentant la hune d'artimon et brillant sur la blancheur de la misaine[1]. Presque en même temps, la vigie lança ce cri :

– Terre !

1. **Misaine** : voile basse de l'avant du navire.

Chapitre XII

Conseil de guerre

Des pas précipités se ruèrent sur le pont : l'on sortait en toute hâte de la cabine et du gaillard d'avant. Me glissant à la seconde hors de ma barrique, je me faufilai par-derrière la misaine, fis un crochet vers la poupe, et débouchai sur le pont supérieur, juste à temps pour rejoindre Hunter et le docteur Livesey qui couraient vers le bossoir au vent.

Tout l'équipage s'y trouvait déjà rassemblé. Le brouillard qui nous entourait s'était levé peu après l'apparition de la lune. Là-bas, dans le sud-ouest, on voyait deux montagnes basses, distantes de deux milles environ ; derrière l'une d'elles en apparaissait une troisième, plus élevée, dont le sommet était encore engagé dans la brume. Toutes trois semblaient abruptes et de forme conique.

Je vis tout cela comme dans un rêve, car je n'étais pas encore remis de ma peur atroce de quelques minutes plus tôt. Puis j'entendis la voix du capitaine Smollett qui lançait des ordres. L'*Hispaniola* fut orientée de deux quarts plus près du vent, et mit le cap de façon à éviter l'île par son côté est.

– Et maintenant, garçons, dit le capitaine quand la voilure fut bordée, quelqu'un de vous a-t-il jamais vu cette terre-là ?

– Moi, monsieur, répondit Silver. Nous y avons fait de l'eau avec un navire marchand sur lequel j'étais cuisinier.

– Le mouillage est au sud, derrière un îlot, je suppose ? interrogea le capitaine.

– Oui, monsieur ; on l'appelle l'îlot du Squelette. Cette île était autrefois un refuge de pirates, et nous avions à bord un matelot qui en savait tous les noms. Cette montagne au nord, ils l'appelaient le mont de Misaine ; il y a trois sommets alignés du nord au sud, monsieur : misaine, grand mât et artimon. Mais le grand mât – c'est-à-dire le plus haut, avec un nuage dessus – ils l'appelaient d'ordinaire la Longue-Vue, à cause d'une vigie qu'ils y postaient lorsqu'ils venaient se réparer au mouillage ; car c'est là qu'ils réparaient leurs navires, monsieur, sauf votre respect.

– J'ai ici une carte, dit le capitaine Smollett. Voyez si c'est bien l'endroit.

Les yeux de Long John flamboyèrent quand il prit la carte ; mais à l'aspect neuf du papier, je compris qu'il serait déçu. Ce n'était pas la carte trouvée dans le coffre de Billy Bones, mais une copie exacte, complète en tous points – noms, altitudes et profondeurs –, à la seule exception des croix rouges et des notes manuscrites. Si vif que fût son désappointement, Silver eut la force de le dissimuler.

– Oui, monsieur, dit-il, c'est bien l'endroit, pour sûr, et très joliment dessiné. Qui peut avoir fait cela, je me le demande. Les pirates étaient trop ignorants, je suppose... Oui, voici : « Mouillage du capitaine Kidd●. » Juste le nom que lui donnait mon camarade de bord. Il y a un fort courant qui longe la côte sud, puis remonte vers le nord sur la côte ouest. Vous avez bien fait, monsieur, de courir au plus près et de vous tenir au vent de l'île. Du moins si votre intention est d'atterrir pour vous caréner, il n'y a pas de meilleur endroit dans ces parages.

● **Kidd (1645-1701), marin écossais chargé de chasser les pirates sévissant dans l'océan Indien, devint pirate lui-même et finit pendu. Son trésor, qui ne fut jamais retrouvé, inspira Edgar Poe et Daniel Defoe.**

– Merci, lui dit le capitaine Smollett. Je vous demanderai plus tard de nous donner un coup de main. Vous pouvez aller.

J'étais surpris du cynisme avec lequel John avouait sa connaissance de l'île, et ce ne fut pas sans quelque appréhension que je le vis s'approcher de moi. Évidemment il ne savait pas que, dissimulé dans ma barrique de pommes, j'avais surpris son conciliabule[1], mais j'avais à ce moment conçu une telle horreur de sa cruauté, de sa duplicité et de sa tyrannie, que j'eus peine à réprimer un frisson quand il posa la main sur mon bras.

– Hé ! hé ! me dit-il, c'est un gentil endroit, cette île… un gentil endroit pour un garçon qui veut aller à terre. Tu te baigneras, tu grimperas aux arbres, tu feras la chasse aux chèvres, et tu gambaderas sur ces montagnes comme une chèvre toi aussi. Vrai ! cela me rajeunit. J'allais en oublier ma jambe de bois. C'est une chose agréable, sois-en sûr, que d'être jeune et d'avoir ses dix orteils… Quand l'envie te prendra de faire une petite exploration, tu n'auras qu'à prévenir le vieux John, et il te préparera un en-cas, à emporter avec toi.

Et m'ayant tapé sur l'épaule de la façon la plus affectueuse, il s'en alla clopinant et disparut dans le poste.

Le capitaine Smollett, le chevalier et le docteur Livesey s'entretenaient sur le tillac, et pour impatient que je fusse de leur conter mon histoire, je n'osais les interrompre ouvertement. J'en étais toujours à chercher un prétexte plausible, quand le docteur Livesey m'appela auprès de lui. Il avait laissé sa pipe en bas, et, fumeur enragé, il voulait m'envoyer la quérir[2] ; mais dès que je

1. **Conciliabule** : entretien.
2. **Quérir** : chercher.

fus assez près de lui pour parler sans risque d'être entendu, je lâchai tout à trac :

– Docteur, laissez-moi dire. Emmenez le capitaine et le chevalier en bas, dans la cabine, et trouvez un prétexte pour m'y faire mander[1]. J'ai de terribles nouvelles à vous apprendre.

Le docteur changea un peu de visage, mais un instant lui suffit pour se dominer.

– Merci, Jim, dit-il très haut, comme s'il m'eût posé une question. C'est tout ce que je voulais savoir.

Sur quoi il tourna les talons et rejoignit ses deux interlocuteurs. Ils conversèrent un instant, et, bien qu'aucun d'eux n'eût tressailli, ni même élevé la voix, il était clair que le docteur Livesey leur avait transmis ma requête, car au bout d'une minute j'entendis le capitaine donner à Job Anderson l'ordre de rassembler tout le monde sur le pont.

– Mes gars, prononça le capitaine Smollett, j'ai un mot à vous dire. Cette terre que vous voyez est le but de notre voyage. M. Trelawney, qui est un gentilhomme très généreux, comme nous le savons tous, vient de me poser quelques questions sur vous, et comme j'ai pu lui affirmer que tout le monde à bord a fait son devoir, du premier au dernier, et à ma pleine satisfaction, eh bien ! lui et moi, avec le docteur, nous allons descendre dans la cabine pour boire à votre santé et à votre succès à vous, tandis qu'on vous servira le grog dehors et que vous boirez à notre santé et à notre succès à nous. Je vous le déclare, cela me paraît noble et généreux. Et si vous êtes du même avis, vous allez pousser

1. **Mander** : demander.

un bon vivat marin en l'honneur du gentilhomme qui vous abreuve[1].

Le vivat retentit, ce qui allait de soi ; mais il s'éleva si nourri et chaleureux que, je l'avoue, j'avais peine à croire que ces mêmes hommes étaient en train de comploter notre mort.

– Encore un vivat pour le capitaine Smollett ! cria Long John, quand le premier se fut apaisé.

Et celui-là aussi fut poussé avec ensemble.

Là-dessus les trois messieurs descendirent, et peu après on vint dire à l'avant que Jim Hawkins était demandé dans la cabine.

Je les trouvai tous trois attablés devant une bouteille de vin d'Espagne et une assiette de raisins secs. Sa perruque sur les genoux, ce qui était chez lui un signe d'agitation, le docteur fumait. La fenêtre de poupe était ouverte sur la nuit chaude, et on voyait la lune se jouer dans le sillage du navire.

– Allons, Hawkins, prononça le chevalier, vous avez quelque chose à dire. Parlez.

Je m'exécutai, et, aussi brièvement que possible, je rapportai dans tous ses détails le conciliabule de Silver. On me laissa aller jusqu'au bout sans m'interrompre, et mes trois auditeurs, complètement immobiles, ne quittèrent pas des yeux mon visage, du commencement à la fin.

– Jim, dit le docteur Livesey, prenez un siège. Et ils me firent asseoir à leur table, me versèrent un verre de vin, emplirent mes mains de raisins, et tous trois, l'un après l'autre, et chacun avec un salut, burent à ma santé, me félicitant sur ma chance et mon courage.

1. **Abreuve** : donne à boire.

– Capitaine, dit le chevalier, vous aviez raison, et j'avais tort. Je ne suis qu'un sot, je l'avoue, et l'attends vos instructions.

– Pas plus un sot que moi, monsieur, répondit le capitaine. Je n'ai jamais ouï parler d'un équipage qui, ayant l'intention de se mutiner, n'en manifeste au préalable quelques signes, permettant à quiconque a des yeux de prévoir le coup et de prendre ses mesures en conséquence.

– Capitaine, dit le docteur, c'est le fait de Silver. Un homme des plus remarquables.

– Il ferait remarquablement bien au bout d'une grand-vergue[1], monsieur, riposta le capitaine. Mais nous bavardons : cela ne mène à rien. Je vois trois ou quatre points, et avec la permission de M. Trelawney, je vais les énumérer.

– Vous êtes le capitaine, monsieur, dit avec noblesse M. Trelawney. C'est à vous de parler.

– Premier point, commença M. Smollett : il nous faut aller de l'avant, parce que nous ne pouvons reculer. Si je donne l'ordre de virer de bord, ils se révolteront aussitôt. Second point : nous avons du temps devant nous... au moins jusqu'à la découverte de ce trésor. Troisième point : il y a des matelots fidèles. Or, monsieur, comme il faudra en venir aux mains tôt ou tard, je propose de saisir l'occasion aux cheveux, comme on dit, et d'attaquer les premiers, le jour où ils s'y attendront le moins. Nous pouvons compter, je suppose, sur vos domestiques personnels, monsieur Trelawney ?

– Comme sur moi-même.

– Cela fait trois. Avec nous, sept, en comptant Hawkins. Et quant aux matelots honnêtes ?...

1. **Grand-vergue** : mât portant la grand-voile.

– Apparemment les seuls hommes de Trelawney, dit le docteur ; ceux qu'il a choisis lui-même, avant de s'en remettre à Silver.

– Non pas, répliqua le chevalier ; Hands était un des miens.

– Je me serais pourtant fié à lui ! ajouta le capitaine.

– Et dire que ce sont tous des Anglais ! éclata le chevalier. Pour un peu, monsieur, je ferais sauter le navire !

– Eh bien, messieurs, reprit le capitaine, ce que je puis dire de mieux n'est guère. Il nous faut mettre à la cape[1], si vous voulez bien, et faire bonne veille. C'est irritant, je le sais. Il serait plus agréable d'en venir aux mains. Mais il n'y a rien à faire tant que nous ne connaîtrons pas nos hommes. Mettre à la cape, et attendre le vent, tel est mon avis.

– Jim que voici, dit le docteur, peut nous aider mieux que personne. Les hommes ne se méfient pas de lui, et Jim est un garçon observateur.

– Hawkins, ajouta le chevalier, je mets en vous une confiance énorme.

Mais je percevais trop mon impuissance radicale, et je me sentis envahir par le désespoir ; et pourtant, grâce à un concours singulier de circonstances, ce fut en effet moi qui nous procurai le salut. En attendant, nous avions beau dire, sur vingt-six hommes, il n'y en avait que sept sur qui nous pouvions compter ; et de ces sept l'un était un enfant, si bien que nous étions six hommes faits d'un côté contre dix-neuf de l'autre.

1. **Mettre à la cape** : régler le cap et la vitesse par rapport au vent.

Troisième partie

Mon aventure à terre

Chapitre XIII

Où commence mon aventure à terre

Quand je montai sur le pont, le lendemain matin, l'île se présentait sous un aspect tout nouveau. La brise était complètement tombée, mais nous avions fait beaucoup de chemin durant la nuit, et à cette heure le calme plat nous retenait à un demi-mille environ dans le sud-est de la basse côte orientale. Sur presque toute sa superficie s'étendaient des bois aux tons grisâtres. Cette teinte uniforme était interrompue par des bandes de sable jaune garnissant les creux du terrain, et par quantité d'arbres élevés, de la famille des pins, qui dominaient les autres, soit isolément soit par bouquets ; mais le coloris général était terne et mélancolique. Les montagnes dressaient par-dessus cette végétation leurs pitons de roc dénudé. Toutes étaient de forme bizarre, et la Longue-Vue, de trois ou quatre cents pieds la plus haute de l'île, offrait également l'aspect le plus bizarre, s'élançant à pic de tous côtés, et tronquée[1] net au sommet comme un piédestal qui attend sa statue.

L'*Hispaniola* roulait bord sur bord dans la houle de l'océan. Les poulies grinçaient, le gouvernail battait, et le navire entier craquait,

1. **Tronquée** : coupée.

grondait et frémissait comme une manufacture. Je devais me tenir ferme au galhauban[1], et tout tournait vertigineusement sous mes yeux, car, si j'étais assez bon marin lorsqu'on faisait route, rester ainsi à danser sur place comme une bouteille vide, est une chose que je n'ai jamais pu supporter sans quelque nausée, en particulier le matin, et à jeun.

Cela en fut-il cause, ou bien l'aspect mélancolique de l'île, avec ses bois grisâtres, ses farouches arêtes de pierre, et le ressac qui devant nous rejaillissait avec un bruit de tonnerre contre le rivage abrupt ? En tout cas, malgré le soleil éclatant et chaud, malgré les cris des oiseaux de mer qui péchaient alentour de nous, et bien qu'on dût être fort aise d'aller à terre après une aussi longue navigation, j'avais, comme on dit, le cœur retourné, et dès ce premier coup d'œil je pris en grippe[2] à tout jamais l'île au trésor.

Nous avions en perspective une matinée de travail ardu, car il n'y avait pas trace de vent, il fallait mettre à la mer les canots et remorquer le navire l'espace de trois ou quatre milles, pour doubler la pointe de l'île et l'amener par un étroit chenal au mouillage situé derrière l'îlot du Squelette. Je pris passage dans l'une des embarcations, où je n'avais d'ailleurs rien à faire. La chaleur était étouffante et les hommes pestaient furieusement contre leur besogne[3]. Anderson commandait mon canot, et au lieu de rappeler à l'ordre son équipage, il protestait plus fort que les autres.

– Bah ! lança-t-il avec un juron, ce n'est pas pour toujours.

1. **Galhauban** : cordage servant à maintenir les mâts supérieurs par le travers et vers l'arrière.
2. **Je pris en grippe** : j'éprouvais tout de suite de l'antipathie.
3. **Besogne** : travail.

Je vis là un très mauvais signe ; jusqu'à ce jour, les hommes avaient accompli leur travail avec entrain et bonne humeur, mais il avait suffi de la vue de l'île pour relâcher les liens de la discipline.

Durant tout le trajet, Long John se tint près de la barre et pilota le navire. Il connaissait la passe comme sa poche, et bien que le timonier[1], en sondant, trouvât partout plus d'eau que n'en indiquait la carte, John n'hésita pas une seule fois.

– Il y a une chasse violente lors du reflux, dit-il, et c'est comme si cette passe avait été creusée à la bêche.

Nous mouillâmes juste à l'endroit indiqué sur la carte, à environ un tiers de mille de chaque rive, la terre d'un côté et l'îlot du Squelette de l'autre. Le fond était de sable fin. Le plongeon de notre ancre fit s'élever du bois une nuée tourbillonnante d'oiseaux criards ; mais en moins d'une minute ils se posèrent de nouveau et tout redevint silencieux.

La rade était entièrement abritée par les terres et entourée de bois dont les arbres descendaient jusqu'à la limite des hautes eaux ; les côtes en général étaient plates, et les cimes des montagnes formaient à la ronde une sorte d'amphithéâtre lointain. Deux petites rivières, ou plutôt deux marigots[2], se déversaient dans ce qu'on pourrait appeler un étang ; et le feuillage sur cette partie de la côte avait une sorte d'éclat vénéneux. Du navire, impossible de voir le fortin ni son enclos, car ils étaient complètement enfouis dans la verdure ; et sans la carte étalée sur le capot, nous aurions pu nous croire les premiers à jeter l'ancre en ce lieu depuis que l'île était sortie des flots.

1. **Timonier** : celui qui tient le *timon*, la barre du gouvernail.
2. **Marigots** : ruisseaux marécageux.

Il n'y avait pas un souffle d'air, ni d'autres bruits que celui du ressac tonnant à un demi-mille de là, le long des plages et contre les récifs extérieurs. Un relent caractéristique de végétaux détrempés et de troncs d'arbres pourrissants stagnait sur le mouillage. Je vis le docteur renifler longuement, comme on flaire un œuf gâté.

– Je ne sais rien du trésor, dit-il, mais je gagerais ma perruque qu'il y a de la fièvre par ici.

Si la conduite des hommes avait été alarmante dans le canot, elle devint réellement menaçante quand ils furent remontés à bord. Ils se tenaient groupés sur le pont, à murmurer entre eux. Les moindres ordres étaient accueillis par un regard noir, et exécutés à regret et avec négligence. Les matelots honnêtes eux-mêmes semblaient subir la contagion, car il n'y avait pas un homme à bord qui réprimandât les autres. La mutinerie, c'était clair, nous menaçait comme une nuée d'orage.

Et nous n'étions pas les seuls, nous autres du parti de la cabine, à comprendre le danger. Long John s'évertuait, allant de groupe en groupe, et se répandait en bons avis. Personne n'eût pu donner meilleur exemple. Il se surpassait en obligeance et en politesse ; il prodiguait les sourires à chacun. Donnait-on un ordre, John arrivait à l'instant sur sa béquille, avec le plus jovial : « Bien, monsieur ! » et quand il n'y avait rien d'autre à faire, il entonnait chanson sur chanson, comme pour dissimuler le mécontentement général.

De tous les fâcheux détails de cette fâcheuse après-midi, l'évidente anxiété de Long John apparaissait le pire.

On tint conseil dans la cabine.

– Monsieur, dit le capitaine au chevalier, si je risque encore un ordre, tout l'équipage nous saute dessus, du coup. Oui, monsieur, nous en sommes là. Supposez qu'on me réponde grossièrement. Si je relève la chose, les anspect entrent en danse aussitôt ; si je ne dis rien, Silver sent qu'il y a quelque chose là-dessous, et la partie est perdue. Pour maintenant, nous n'avons qu'un seul homme à qui nous fier.

– Et qui donc ? interrogea le chevalier.

– Silver, monsieur : il est aussi désireux que vous et moi d'apaiser les choses. Ceci n'est qu'un accès d'humeur ; il le leur ferait vite passer s'il en avait l'occasion, et ce que je propose est de la lui fournir. Accordons aux hommes une après-midi à terre. S'ils y vont tous, eh bien ! le navire est à nous. Si personne n'y va, alors nous tenons la cabine, et Dieu défendra le bon droit. Si quelques-uns seulement y vont, notez mes paroles, monsieur, Silver les ramènera à bord doux comme des agneaux.

Il en fut décidé ainsi ; on distribua des pistolets chargés à tous les hommes sûrs ; on mit dans la confidence Humer, Joyce et Redruth, et ils accueillirent les nouvelles avec moins de surprise et avec plus de confiance que nous ne l'avions attendu ; après quoi le capitaine monta sur le pont et harangua l'équipage.

– Garçons, dit-il, la journée a été chaude, et nous sommes tous fatigués et pas dans notre assiette. Une promenade à terre ne fera de mal à personne. Les embarcations sont encore à l'eau : prenez les yoles[1], et que tous ceux qui le désirent s'en aillent à terre pour l'après-midi. Je ferai tirer un coup de canon une demi-heure avant le coucher du soleil.

Ces imbéciles se figuraient sans doute qu'ils allaient se casser le nez sur le trésor aussitôt débarqués. Leur maussaderie[2] se dissipa

1. **Yoles** : petits canots.
2. **Maussaderie** : mauvaise humeur.

en un instant, et ils poussèrent un vivat qui réveilla au loin l'écho d'une montagne et fit de nouveau partir une volée d'oiseaux criards à l'entour du mouillage.

Le capitaine était trop fin pour rester auprès d'eux. Laissant à Silver le soin d'arranger l'expédition, il disparut tout aussitôt, et je crois que cela valait mieux. Fût-il demeuré sur le pont, il ne pouvait prétendre davantage ignorer la situation. Elle était claire comme le jour. Silver était le vrai capitaine, et il avait à lui un équipage en pleine révolte. Les matelots honnêtes – et nous acquîmes bientôt la preuve qu'il en restait à bord – étaient à coup sûr des êtres bien stupides. Ou plutôt, voici, je crois, la vérité : l'exemple des meneurs avait démoralisé tous les hommes, mais à des degrés divers, et quelques-uns, braves gens au fond, refusaient de se laisser entraîner plus loin. On peut être fainéant et poltron[1], mais de là à s'emparer d'un navire et à massacrer un tas d'innocents, il y a de l'intervalle.

L'expédition, cependant, fut organisée. Six matelots devaient rester à bord, et les treize autres, y inclus Silver, commencèrent d'embarquer.

Ce fut alors que me passa par la tête la première des folles idées qui contribuèrent tellement à nous sauver la vie. Puisque Silver laissait six hommes, il était clair que notre parti ne pouvait s'emparer du navire ; et puisqu'il n'en restait que six, il était également clair que ceux de la cabine n'avaient pas un besoin immédiat de ma présence. Il me prit tout à coup la fantaisie d'aller à terre. En un clin d'œil, je m'esquivai par-dessus bord et me blottis à l'avant du canot le plus proche, qui démarra presque aussitôt.

1. **Poltron** : peureux.

Personne ne fit attention à moi, sauf le rameur de proue, qui me dit :

– C'est toi Jim ? Baisse la tête.

Mais Silver, dans l'autre canot, tourna vivement la tête et nous héla pour savoir si c'était moi. Dès cet instant, je commençai à regretter ce que j'avais fait.

Les équipes luttèrent de vitesse pour gagner la côte ; mais l'embarcation qui me portait, ayant quelque avance et étant à la fois la plus légère et la mieux manœuvrée, dépassa de loin sa concurrente. Et l'avant du canot s'étant enfoncé parmi les arbres du rivage, j'avais saisi une branche, sauté dehors et plongé dans le plus proche fourré, que Silver et les autres étaient encore à cinquante toises[1] en arrière.

– Jim ! Jim ! l'entendis-je appeler.

Mais vous pensez bien que je ne m'en occupai pas. Sautant, me baissant et me frayant passage, je courus droit devant moi jusqu'au moment où la fatigue me contraignit de m'arrêter.

Chapitre XIV

Le premier coup

J'étais si content d'avoir planté là Long John, que je commençai à me divertir et à examiner avec curiosité le lieu où je me trouvais, sur cette terre étrangère.

1. **Toise** : mesure de longueur valant six pieds, soit près de deux mètres.

J'avais franchi un espace marécageux, encombré de saules, de joncs et de singuliers arbres paludéens[1] à l'aspect exotique, et j'étais arrivé sur les limites d'un terrain découvert, aux ondulations sablonneuses, long d'un mille environ, parsemé de quelques pins et d'un grand nombre d'arbustes rabougris, rappelant assez des chênes par leur aspect, mais d'un feuillage argenté comme celui des saules. À l'extrémité du découvert s'élevait l'une des montagnes, dont le soleil éclatant illuminait les deux sommets, aux escarpements bizarres.

Je connus alors pour la première fois les joies de l'explorateur. L'île était inhabitée ; mes compagnons, je les avais laissés en arrière, et rien ne vivait devant moi que des bêtes. Je rôdais au hasard parmi les arbres. Çà et là fleurissaient des plantes inconnues de moi ; çà et là je vis des serpents, dont l'un darda[2] la tête hors d'une crevasse de rocher, en sifflant avec un bruit assez analogue au ronflement d'une toupie. Je ne me doutais guère que j'avais là devant moi un ennemi mortel, et que ce bruit était celui de la fameuse « sonnette ».

J'arrivai ensuite à un long fourré de ces espèces de chênes – des chênes verts, comme j'appris plus tard à les nommer – qui buissonnaient au ras du sable, telles des ronces, et entrelaçaient bizarrement leurs ramures, serrées dru comme un chaume. Le fourré partait du haut d'un monticule de sable et s'étendait, toujours en s'élargissant et augmentant de taille, jusqu'à la limite du vaste marais plein de roseaux, parmi lequel se traînait la plus proche des petites rivières qui débouchent dans le mouillage.

1. **Paludéens** : qui poussent dans les marais.
2. **Darda** : pointa.

Sous l'ardeur du soleil, une exhalaison[1] montait du marais, et les contours de la Longue-Vue tremblotaient dans la buée.

Tout d'un coup, il se fit entre les joncs une sorte d'émeute : avec un cri rauque, un canard sauvage s'envola, puis un autre, et bientôt, sur toute la superficie du marais, une énorme nuée d'oiseaux criards tournoya dans l'air. Je jugeai par là que plusieurs de mes compagnons de bord s'approchaient par les confins du marigot. Et je ne me trompais pas, car je perçus bientôt les lointains et faibles accents d'une voix humaine, qui se renforça et se rapprocha peu à peu, tandis que je continuais à prêter l'oreille.

Cela me jeta dans une grande frayeur. Je me glissai sous le feuillage du chêne vert le plus proche, et m'y accroupis, aux aguets, sans faire plus de bruit qu'une souris.

Une autre voix répondit à la première ; puis celle-ci, que je reconnus pour celle de Silver, reprit et continua longtemps d'abondance, interrompue par l'autre à deux ou trois reprises seulement. D'après le ton, les interlocuteurs causaient avec vivacité et se disputaient presque ; mais il ne me parvenait aucun mot distinct.

À la fin, les deux hommes firent halte, et probablement ils s'assirent, car non seulement ils cessèrent de se rapprocher, mais les oiseaux mêmes s'apaisèrent peu à peu et retournèrent à leurs places dans le marais.

Et alors, je m'aperçus que je négligeais mon rôle. Puisque j'avais eu la folle témérité de venir à terre avec ces sacripants, le moins que je pusse faire était de les espionner dans leurs conciliabules, et mon devoir clair et évident était de m'approcher d'eux autant que possible, sous le couvert propice des arbustes rampants.

1. **Exhalaison** : odeur forte.

Je pouvais déterminer fort exactement la direction où se trouvaient les interlocuteurs, non seulement par le son des voix, mais par la conduite des derniers oiseaux qui planaient encore, effarouchés, au-dessus des intrus.

M'avançant à quatre pattes, je me dirigeai vers eux, sans dévier, mais avec lenteur. Enfin, par une trouée du feuillage, ma vue plongea dans un petit creux de verdure, voisin du marais et étroitement entouré d'arbres, où Long John Silver et un autre membre de l'équipage s'entretenaient tête à tête.

Le soleil tombait en plein sur eux. Silver avait jeté son chapeau près de lui sur le sol, et il levait vers son compagnon, avec l'air de l'exhorter, son grand visage lisse et blond, tout verni de chaleur.

– Mon gars, disait-il, c'est parce que je t'estime au poids de l'or... oui, au poids de l'or, sois-en sûr ! Si je ne tenais pas à toi comme de la glu, crois-tu que je serais ici occupé à te mettre en garde ? La chose est réglée : tu ne peux rien faire ni empêcher ; c'est pour sauver ta tête que je te parle, et si l'un de ces brutaux le savait, que deviendrais-je, Tom ?... hein, dis, que deviendrais-je ?

– Silver, répliqua l'autre (et non seulement il avait le rouge au visage mais il parlait avec la raucité[1] d'un corbeau, et sa voix frémissait comme une corde tendue), Silver, tu es âgé, tu es honnête, ou tu en as du moins la réputation ; de plus tu possèdes de l'argent, à l'inverse d'un tas de pauvres marins ; et tu es brave, si je ne me trompe. Et tu vas venir me raconter que tu t'es laissé entraîner par ce ramassis de vils sagouins ? Non ! ce n'est pas possible ! Aussi vrai que Dieu me voit, j'en mettrais ma main au feu. Quant à moi, si je renie mon devoir...

1. **Raucité** : voix rauque.

Un bruit soudain l'interrompit. Je venais de découvrir en lui l'un des matelots honnêtes, et voici qu'en cet instant un autre me révélait son existence. Au loin sur le marigot avait éclaté un brusque cri de colère, aussitôt suivi d'un second ; et puis vint un hurlement affreux et prolongé. Les rochers de la Longue-Vue le répercutèrent en échos multipliés ; toute la troupe des oiseaux de marais prit une fois de plus son essor et assombrit le ciel dans un bruit d'ailes tumultueux ; et ce cri d'agonie me résonnait toujours dans le crâne, alors que le silence régnait à nouveau depuis longtemps et que la rumeur des oiseaux redescendants et le tonnerre lointain du ressac troublaient seuls la touffeur de l'après-midi.

Tom avait bondi au bruit, comme un cheval sous l'éperon ; mais Silver ne sourcilla pas. Il restait en place, appuyé légèrement sur sa béquille, surveillant son interlocuteur, comme un reptile prêt à s'élancer.

– John, fit le matelot en avançant la main.

– Bas les pattes ! ordonna Silver, qui sauta d'une demi-toise en arrière avec l'agilité et la précision d'un gymnaste exercé.

– Bas les pattes, si tu veux, John Silver... C'est ta mauvaise conscience seule qui te fait avoir peur de moi. Mais au nom du ciel, qu'est-ce que c'était que ça ?

Silver sourit, mais sans se départir de son attention : dans sa grosse figure, son œil, réduit à une simple tête d'épingle, étincelait comme un éclat de verre.

– Ça ? répondit-il. Eh ! il me semble que ce devait être Alan.

À ces mots, l'infortuné Tom se redressa, héroïque :

– Alan ! Alors, que son âme repose en paix : c'était un vrai marin ! Quant à toi, John Silver, tu as été longtemps mon copain, mais tu ne l'es plus. Si je meurs comme un chien, je mourrai quand même dans mon devoir. Tu as fait tuer Alan, n'est-ce pas ? Tue-moi donc aussi, si tu en es capable, mais je te mets au défi.

Là-dessus, le brave garçon tourna le dos au coq et se dirigea vers le rivage. Mais il n'alla pas loin. Avec un hurlement, John saisit une branche d'un arbre, dégagea sa béquille de dessous son bras et la lança à toute volée, la pointe en avant. Ce singulier projectile atteignit Tom en plein milieu du dos, avec une violence foudroyante. Le malheureux leva les bras, poussa un cri étouffé et s'abattit.

Était-il blessé grièvement ou non ? Je crois bien, à en juger par le bruit, qu'il eut l'épine dorsale brisée du coup. Mais Silver ne lui donna pas le loisir de se relever. Agile comme un singe, même privé de sa béquille, le coq était déjà sur lui et par deux fois enfonçait son coutelas jusqu'au manche dans ce corps sans défense. De ma cachette, je l'entendis ahaner[1] en frappant.

J'ignore ce qu'est un évanouissement véritable, mais je sais que pour une minute tout ce qui m'entourait se perdit à ma vue dans un brumeux tourbillon : Silver, les oiseaux et la montagne ondulaient en tous sens devant mes yeux, et un tintamarre confus de cloches et de voix lointaines m'emplissait les oreilles.

Quand je revins à moi, l'infâme, béquille sous le bras, chapeau sur la tête, s'était ressaisi. À ses pieds, Tom gisait inerte sur le gazon ; mais le meurtrier n'en avait nul souci, et il essuyait à une touffe d'herbe son couteau sanglant. Rien d'autre n'avait changé, le même soleil implacable brillait toujours sur le marais vaporeux et sur les cimes de la montagne. J'avais peine à me persuader qu'un

1. **Ahaner** : respirer bruyamment.

meurtre venait d'être commis là et une vie humaine cruellement tranchée un moment plus tôt, sous mes yeux.

John porta la main à sa poche, et y prit un sifflet dont il tira des modulations qui se propagèrent au loin dans l'air chaud. J'ignorais, bien entendu, la signification de ce signal ; mais il m'angoissa. On allait venir. On me découvrirait peut-être. Ils avaient déjà tué deux matelots fidèles : après Tom et Alan, ne serait-ce pas mon tour ?

À l'instant j'entrepris de me dégager, et rampai en arrière vers la partie moins touffue du bois, aussi vite et silencieusement que possible. J'entendais les appels qu'échangeaient le vieux flibustier et ses camarades, et la proximité du danger me donnait des ailes. Sitôt sorti du fourré, je courus comme je n'avais jamais couru. Peu m'importait la direction, pourvu que ma fuite m'éloignât des meurtriers. Et durant cette course la peur ne cessa de croître en moi jusqu'à m'affoler presque.

Personne, en effet, pouvait-il être plus irrémédiablement perdu ? Au coup de canon, comment oserais-je regagner les embarcations, parmi ces bandits encore sanglants de leur crime ? Le premier qui m'apercevrait ne me tordrait-il pas le cou comme à un poulet ? Mon absence à elle seule ne me condamnait-elle pas à leurs yeux ? Tout était fini, pensais-je. Adieu *Hispaniola*, adieu chevalier, docteur, capitaine ! Mourir de faim ou mourir sous les coups des révoltés, je n'avais pas d'autre choix.

Cependant, comme je l'ai dit, je courais toujours, et, sans m'en apercevoir, j'étais arrivé au pied de la petite montagne à deux sommets, dans une partie de l'île où les chênes verts croissaient moins dru et ressemblaient davantage à des arbres forestiers par le port et les dimensions. Il s'y entremêlait quelques pins solitaires qui atteignaient en moyenne cinquante pieds et quelques-uns jusqu'à soixante-dix. L'air, en outre, semblait plus pur que dans les bas-fonds voisins du marigot.

Et voici qu'une nouvelle alerte m'arrêta court, le cœur palpitant.

Chapitre XV

L'homme de l'île

Du flanc de la montagne, qui était ici abrupte et rocheuse, une pluie de cailloux se détacha et tomba en crépitant et ricochant parmi les arbres. D'instinct, mes yeux se tournèrent dans cette direction, et j'entrevis une forme qui, d'un bond rapide, s'abritait par-derrière le tronc d'un pin. Était-ce un ours, un homme ou un singe ? il m'était impossible de le conjecturer. L'être semblait noir et velu : je n'en savais pas davantage. Mais, dans l'effroi de cette nouvelle apparition, je m'immobilisai.

Je me voyais à cette heure cerné de toutes parts : derrière moi, les meurtriers ; devant, ce je ne sais quoi embusqué. Sans un instant d'hésitation, je préférai les dangers connus aux inconnus. Comparé à cette créature des bois, Silver lui-même m'apparut moins redoutable. Je fis donc volte-face, et tout en regardant derrière moi avec inquiétude, retournai sur mes pas dans la direction des canots.

Aussitôt la forme reparut et, faisant un grand détour, parut s'appliquer à me couper la retraite. J'étais las, certes, mais eussé-je été aussi frais qu'à mon lever, je vis bien qu'il m'était impossible de

Georges Roux (1855-1929), gravure pour L'Île au trésor, *Édition Hetzel, 1885.*

lutter de vitesse avec un tel adversaire. Passant d'un tronc à l'autre, la mystérieuse créature filait comme un daim. Elle se tenait sur deux jambes, à la manière des hommes, mais, ce que je n'avais jamais vu faire à aucun homme, elle courait presque pliée en deux. Et malgré cela, je n'en pouvais plus douter, c'était un homme.

Je me rappelai ce que je savais des cannibales, et fus sur le point d'appeler au secours. Mais le simple fait que c'était un homme, même sauvage, suffisait à me rassurer, et ma crainte de Silver se réveilla en proportion. Je m'arrêtai donc, cherchant un moyen de salut, et à la longue, le souvenir de mon pistolet me revint. Je n'étais donc pas sans défense ; le courage se ranima dans mon cœur : je fis face à cet homme de l'île et marchai délibérément vers lui.

Il venait de se dissimuler derrière un tronc d'arbre ; mais il me surveillait attentivement, car, au premier geste que je risquai dans sa direction, il reparut et fit un pas à ma rencontre. Puis il se ravisa, recula, s'avança derechef[1], et enfin, à mon étonnement et à ma confusion, se jeta à genoux et tendit vers moi des mains suppliantes.

Je m'arrêtai de nouveau et lui demandai :

– Qui êtes-vous ?

– Ben Gunn, me répondit-il, d'une voix rauque et embarrassée comme le grincement d'une serrure rouillée. Je suis le pauvre Ben Gunn, oui, et depuis trois ans je n'ai pas parlé à un chrétien.

Je m'aperçus alors que c'était un Blanc comme moi, et qu'il avait des traits assez agréables. Sa peau, partout où on la voyait, était brûlée par le soleil ; ses lèvres mêmes étaient noircies, et ses yeux bleus surprenaient tout à fait, dans un si sombre visage. De

1. **Derechef** : de nouveau.

tous les mendiants que j'avais vus ou imaginés, c'était le maître en fait de haillons. Des lambeaux de vieille toile à voile et de vieux cirés le vêtaient ; et cette bizarre mosaïque tenait ensemble par un système d'attaches des plus variées et des plus incongrues : boutons de métal, liens d'osier, nœuds de filin goudronné. Autour de sa taille, il portait un vieux ceinturon de cuir à boucle de cuivre, qui était la seule partie solide de tout son accoutrement.

– Trois ans ! m'écriai-je. Vous avez fait naufrage ?

– Non, camarade, répondit-il, j'ai été marronné[1].

Je connaissais le terme, et savais qu'il désignait un de ces horribles châtiments usités chez les flibustiers, qui consiste à déposer le coupable, avec un peu de poudre et quelques balles, sur une île déserte et lointaine.

– Marronné depuis trois ans, continua-t-il, et pendant ce temps j'ai vécu de chèvres, de fruits et de coquillages. À mon avis, n'importe où l'on se trouve, on peut se tirer d'affaire. Mais, camarade, mon cœur aspire à une nourriture de chrétien. Dis, n'aurais-tu pas sur toi, par hasard, un morceau de fromage ? Non ? Ah ! c'est qu'il y a des nuits et des nuits que je rêve de fromage... grillé, surtout... et puis je me réveille, et je me retrouve ici.

– Si jamais je peux retourner à bord, répliquai-je, vous aurez du fromage, au quintal.

Durant tout ce temps, il avait tâté l'étoffe de ma vareuse[2], caressé mes mains, examiné mes souliers, et, bref, manifesté un plaisir d'enfant à voir auprès de lui un congénère. Mais à mes derniers mots, il leva la tête avec une sorte d'étonnement sournois.

1. **Marronné** : abandonné.
2. **Vareuse** : veste.

– Si jamais tu peux retourner à bord, dis-tu ? répéta-t-il. Mais, voyons, qui est-ce qui t'en empêcherait ?

– Ce n'est pas vous, je le sais.

– Sûrement non ! s'écria-t-il. Mais tiens... Comment t'appelles-tu, camarade ?

– Jim.

– Jim, Jim..., fit-il avec un plaisir évident. Eh bien, tiens, Jim, j'ai mené une vie si brutale que tu aurais honte de l'entendre conter. Ainsi, par exemple, tu ne croirais pas que j'ai eu une mère pieuse... à me voir ?

– Ma foi non, pas précisément.

– Tu vois, fit-il. Eh bien, j'en ai eu tout de même une, remarquablement pieuse. J'étais un garçon poli et pieux, et je pouvais débiter[1] mon catéchisme si vite qu'on n'aurait pas distingué un mot de l'autre. Et voici à quoi cela a abouti, Jim, et cela a commencé en jouant à la fossette[2] sur les tombes saintes ! C'est ainsi que cela a commencé, mais ça ne s'est pas arrêté là : et ma mère m'avait dit et prédit le tout, hélas ! la pieuse femme ! Mais c'est la Providence qui m'a placé ici. J'ai médité à fond sur tout cela dans cette île solitaire, et je suis revenu à la piété. On ne m'y prendra plus à boire autant de rhum : juste plein un dé, en réjouissance, naturellement, à la première occasion que j'aurai. Je me suis juré d'être homme de bien, et je sais comment je ferai. Et puis, Jim...

Il regarda tout autour de lui, et, baissant la voix, me dit dans un chuchotement :

1. **Débiter** : réciter.
2. **Fossette** : jeu d'argent.

– Je suis riche.

Je ne doutai plus que le pauvre garçon fût devenu fou dans son isolement. Il est probable que mon visage exprima cette pensée, car il répéta son assertion avec véhémence :

– Riche ! oui, riche ! te dis-je. Et si tu veux savoir, je ferai quelqu'un de toi, Jim. Ah ! oui, tu béniras ton étoile, oui, car c'est toi le premier qui m'as rencontré !

Mais à ces mots une ombre soucieuse envahit tout à coup ses traits. Il serra plus fort ma main, leva devant mes yeux un index menaçant, et interrogea :

– Allons, Jim, dis-moi la vérité : ce n'est pas le navire de Flint ?

J'eus une heureuse inspiration. Je commençais à croire que j'avais trouvé un allié, et je lui répondis aussitôt :

– Ce n'est pas le navire de Flint, et Flint est mort ; mais je vais vous dire la vérité comme vous me la demandez... nous avons à bord plusieurs matelots de Flint ; et c'est tant pis pour nous autres.

– Pas un homme... à une... jambe ? haleta-t-il.

– Silver ?

– Oui, Silver, c'était son nom.

– C'est le coq, et c'est aussi le meneur.

Il me tenait toujours par le poignet, et à ces mots, il me le tordit presque :

– Si tu es envoyé par Long John, je suis cuit, je le sais. Mais vous autres, qu'est-ce qui va vous arriver, croyez-vous ?

Je pris mon parti à l'instant, et en guise de réponse, je lui narrai toute l'histoire de notre voyage et la situation dans laquelle nous

nous trouvions. Il m'écouta avec le plus vif intérêt ; quand j'eus fini, il me donna une petite tape sur la nuque.

– Tu es un bon garçon, Jim, et vous êtes tous dans une sale passe, hein ? Eh bien, vous n'avez qu'à vous lier à Ben Gunn... Ben Gunn est l'homme qu'il vous faut. Mais crois-tu probable, dis, que ton chevalier se montrerait généreux en cas d'assistance... alors qu'il se trouve dans une sale passe, remarque ?

Je lui affirmai que le chevalier était le plus libéral des hommes.

– Soit, mais vois-tu, reprit Ben Gunn, je ne voudrais pas qu'on me donne une porte à garder, et un habit de livrée, et le reste : ce n'est pas mon genre, Jim. Voici ce que je veux dire : serait-il capable de condescendre à lâcher, mettons un millier de livres, sur l'argent qui est déjà comme sien à présent ?

– Je suis certain que oui. Il était convenu que tous les matelots auraient leur part.

– Et le passage de retour ? ajouta-t-il, d'un air très soupçonneux.

– Voyons ! le chevalier est un gentilhomme ! Et d'ailleurs, si nous venons à bout des autres, nous aurons besoin de vous pour aider à la manœuvre du bâtiment.

– Çà... je ne serais pas de trop.

Et il parut entièrement rassuré.

– Maintenant, reprit-il, je vais te dire quelque chose. Je te dirai cela, mais pas plus. J'étais sur le navire de Flint lorsqu'il enterra le trésor, lui avec six autres... six forts marins. Ils furent à terre près d'une semaine, et nous restâmes à louvoyer sur le vieux *Walrus*. Un beau jour, on aperçoit le signal, et voilà Flint qui nous arrive tout seul dans un petit canot, son crâne bandé d'un foulard bleu. Le soleil se levait, et Flint paraissait, à contre-jour sur l'horizon, d'une pâleur mortelle. Mais songe qu'il était là, lui, et ses compagnons morts tous les six... morts et enterrés. Comment il s'y était pris, nul de nous à bord ne put le deviner. Ce fut bataille, en tout cas, meurtre et mort subite, à lui seul contre six. Billy Bones était son premier officier, Long John son quartier-maître. Ils lui demandèrent où était le trésor. « Oh ! qu'il leur dit, vous pouvez aller à terre si ça vous chante, et y rester, qu'il dit ; mais pour ce qui est du navire, il va courir la mer pour de nouveaux butins, mille tonnerres ! » Voilà ce qu'il leur dit...

Or, trois ans plus tard, comme j'étais sur un autre navire, nous arrivons en vue de cette île. « Garçons, dis-je, c'est ici qu'est le trésor de Flint ; atterrissons et cherchons-le. » Le capitaine fut mécontent ; mais mes camarades de bord acceptèrent avec ensemble et débarquèrent. Douze jours ils cherchèrent, et chaque jour ils me traitaient plus mal, tant et si bien qu'un beau matin tout le monde s'en retourne à bord. « Quant à toi, Benjamin Gunn, qu'ils me disent, voilà un mousquet[1], qu'ils disent, et une bêche, et une pioche. Tu peux rester ici et trouver l'argent de Flint toi-même, qu'ils disent... »

Donc, Jim, j'ai passé trois ans ici, sans une bouchée de nourriture chrétienne depuis ce jour jusqu'à présent. Mais voyons, regarde, regarde-moi. Est-ce que j'ai l'air d'un homme de l'avant ? Non, que tu dis. Et je ne le suis pas non plus, que je dis.

Là-dessus, il cligna de l'œil et me pinça vigoureusement. Puis il reprit :

1. **Mousquet** : fusil.

– Tu rapporteras ces paroles exactes à ton chevalier, Jim : « Et il ne l'est pas non plus... voilà les paroles. Trois ans, il resta seul sur cette île, jour et nuit, beau temps et pluie ; et parfois il lui arrivait bien de songer à prier (que tu diras), et parfois il lui arrivait bien de songer à sa vieille mère, puisse-t-elle être en vie ! (que tu diras) ; mais la plupart du temps (c'est ce que tu diras)... la plupart du temps Ben Gunn s'occupait à autre chose. » Et alors tu lui donneras un pinçon, comme je fais.

Et il me pinça derechef, de l'air le plus confidentiel.

– Alors, continua-t-il, alors tu te redresseras et tu lui diras ceci : « Gunn est un homme de bien (que tu diras) et il a un riche coup plus de confiance... un riche coup plus, souviens-toi bien... dans un gentilhomme de naissance que dans ces gentilshommes de fortune, en ayant été un lui-même. »

– Bien, répliquai-je. Je ne comprends pas un mot à ce que vous venez de dire. Mais il n'en est ni plus ni moins, puisque je ne sais comment aller à bord.

– Oui, fit-il, ça, c'est le chiendent, pour sûr... Mais il y a mon canot, que j'ai fabriqué de mes dix doigts. Il est à l'abri sous la roche blanche. Au pis aller, nous pouvons essayer ça quand il fera noir... Aïe ! qu'est-ce que c'est ça ?

Car à cet instant précis, bien que le soleil eût encore une heure ou deux à briller, tous les échos de l'île venaient de s'éveiller et retentissaient au tonnerre d'un coup de canon.

– Ils ont commencé la bataille ! m'écriais-je. Suivez-moi.

Et, oubliant toutes mes terreurs, je me mis à courir vers le mouillage, tandis que l'abandonné, dans ses haillons de peaux de chèvre, galopait, agile et souple, à mon côté.

– À gauche, à gauche, me dit-il ; appuie à ta gauche, camarade Jim ! Va donc sous ces arbres ! C'est là que j'ai tué ma première chèvre. Elles ne descendent plus jusqu'ici, à présent : elles se sont réfugiées sur les montagnes, par peur de Ben Gunn... Ah ! et voici le citemière (cimetière, voulait-il dire). Tu vois les tertres ? Je viens prier ici de temps à autre, quand je pense qu'il est à peu près dimanche. Ce n'est pas tout à fait une chapelle, mais ça a l'air plus sérieux qu'ailleurs ; et puis, dis, Ben Gunn était mal fourni... Pas de curé, pas même une bible et un pavillon, dis !

Il continuait à parler de la sorte, tout courant, sans attendre ni recevoir de réponse.

Le coup de canon fut suivi, après un intervalle assez long, d'une décharge de mousqueterie[1].

Encore un temps d'arrêt ; et puis, à moins d'un quart de mille devant nous, je vis l'Union Jack[2] se déployer en l'air au-dessus d'un bois...

1. **Mousqueterie** : ensemble des armes à feu.
2. **Union Jack** : nom donné au pavillon britannique.

Quatrième partie

La palanque[1]

Chapitre XVI

Le docteur continue le récit : l'abandon du navire

Il était environ une heure et demie (trois coups, selon l'expression nautique) quand les deux canots de l'*Hispaniola* partirent à terre. Le capitaine, le chevalier et moi, étions dans la cabine, à discuter la situation. Y eût-il eu un souffle de vent, nous serions tombés sur les six mutins restés à bord, puis nous aurions filé notre chaîne et pris le large. Mais la brise manquait. Pour comble de malheur, Hunter descendit, apportant la nouvelle que Jim Hawkins avait sauté dans un canot et gagné la terre avec les autres.

Pas un seul instant nous ne songeâmes à douter de Jim Hawkins ; mais nous craignîmes pour sa vie. Avec des hommes d'une telle humeur, ce serait pur hasard si nous revoyions le petit. Nous courûmes sur le pont. La poix bouillait dans les coutures[2]. L'infecte puanteur du mouillage me donna la nausée : cela sentait la fièvre et la dysenterie[3] à plein nez, dans cet abominable lieu.

1. **Palanque** : enclos fortifié.
2. **La poix bouillait dans les coutures** : expression signifiant que l'anxiété allait croissant.
3. **Dysenterie** : maladie intestinale habituelle au cours des voyages en mer.

Les six scélérats, abrités par une voile, étaient réunis sur le gaillard d'avant, à maugréer ; vers la terre, presque arrivées au point où débouchaient les rivières, on pouvait voir les yoles filer rapidement, un homme à la barre dans chacune. L'un d'eux sifflait *Lillibullero*.

L'attente nous excédait. Il fut résolu que Hunter et moi irions à terre avec le petit canot, en quête de nouvelles.

Les yoles avaient appuyé sur la droite ; mais Hunter et moi poussâmes juste dans la direction où la palanque figurait sur la carte. Les deux hommes restés à garder les embarcations s'émurent de notre venue. *Lillibullero* s'arrêta, et je vis le couple discuter ce qu'il convenait de faire. Fussent-ils allés avertir Silver, tout aurait pu tourner autrement ; mais ils avaient leurs instructions, je suppose : ils conclurent de rester tranquillement où ils étaient, et *Lillibullero* reprit de plus belle.

La côte offrait une légère saillie, et je gouvernai pour la placer entre eux et nous : même avant d'atterrir, nous fûmes ainsi hors de vue des yoles. Je sautai à terre, et, muni d'un grand foulard de soie sous mon chapeau pour me tenir frais et d'une couple[1] de pistolets tout amorcés pour me défendre, je me mis en marche, aussi vite que la prudence le permettait.

Avant d'avoir parcouru cinquante toises, j'arrivai à la palanque.

Voici en quoi elle consistait. Une source d'eau limpide jaillissait presque au sommet d'un monticule. Sur le monticule, et enfermant la source, on avait édifié une forte maison de rondins, capable de tenir à la rigueur une quarantaine de gens, et percée sur chaque

1. **Une couple** : une paire.

face de meurtrières pour la mousqueterie. Tout autour, on avait dénudé un large espace, et le retranchement était complété par une palissade de six pieds de haut, sans porte ni ouverture, trop forte pour qu'on pût la renverser sans beaucoup de temps et de peine, et trop exposée pour abriter les assiégeants. Les défenseurs du blockhaus les tenaient de toutes parts : ils restaient tranquillement à couvert et les tiraient comme des perdrix. Il ne leur fallait rien de plus que de la vigilance et des vivres ; car, à moins d'une complète surprise, la place pouvait résister à un corps d'armée.

Ce qui me séduisait plus particulièrement, c'était la source. Car, si nous avions dans la cabine de l'*Hispaniola* une assez bonne forteresse, avec quantité d'armes et de munitions, des vivres et d'excellents vins, nous avions négligé une chose : l'eau nous manquait. Je réfléchissais là-dessus, quand retentit sur l'île le cri d'un homme à l'article de la mort. Je n'étais pas novice en fait de mort violente – j'ai servi Son Altesse Royale, le duc de Cumberland, et reçu moi-même une blessure à Fontenoy● – mais malgré cela mon pouls se mit à battre précipitamment. « C'en est fait de Jim Hawkins ! » Telle fut ma première pensée.

Être un ancien soldat, c'est déjà quelque chose ; mais il est encore préférable d'avoir été médecin. On n'a pas le loisir de tergiverser[1], dans notre profession. Aussi donc, je pris à l'instant mon parti, et sans perdre une minute, regagnai le rivage et sautai dans le petit canot.

1. **Tergiverser** : prendre du temps pour se décider à faire quelque chose.

● **Le duc de Cumberland (1721-1765) était le troisième fils du roi George II d'Angleterre. Il fut battu par les Français à la bataille de Fontenoy (1745) et mourut des suites d'une blessure reçue en 1743.**

Par bonheur, Hunter ramait bien. Nous volions sur l'eau ; l'embarcation fut vite accostée et moi à bord de la goélette.

Je trouvai mes compagnons tout émus, comme de juste. Le chevalier, affaissé, était blanc comme un linge, en voyant dans quelle fâcheuse aventure il nous avait entraînés, la bonne âme ! Un des six matelots du gaillard d'avant ne valait guère mieux.

– Voilà, dit le capitaine Smollett, en nous le désignant, voilà un homme novice à cette besogne. Il a failli s'évanouir, docteur, en entendant le cri. Encore un coup de barre, et cet homme est à nous.

J'exposai mon plan au capitaine, et d'un commun accord nous réglâmes le détail de son exécution.

On posta le vieux Redruth dans la coursive joignant la cabine au gaillard d'avant, avec trois ou quatre mousquets chargés et un matelas pour se garantir. Hunter amena le canot jusque sous le sabord[1] de retraite, et Joyce et moi nous mîmes à y empiler des caisses de poudre, des barils de lard, un tonnelet de cognac et mon inestimable pharmacie portative.

Cependant, le chevalier et le capitaine restèrent sur le pont, et le capitaine héla le quartier-maître, qui était le principal matelot à bord.

– Maître Hands, lui dit-il, nous voici deux avec une paire de pistolets chacun. Si l'un de vous six fait un signal quelconque, c'est un homme mort.

Ils furent passablement décontenancés et, après une courte délibération, ils s'engouffrèrent à la file dans le capot d'avant, croyant sans doute nous surprendre par-derrière. Mais à la vue

1. **Sabord** : sur un navire, ouverture permettant le passage des canons.

de Redruth qui les attendait dans la coursive, ils virèrent de bord aussitôt, ct une tête émergea sur le pont.

– À bas, chien ! cria le capitaine.

La tête disparut, et il ne fut plus question, pour un temps, de ces six poules mouillées de matelots.

Nous avions alors, jetant les objets au petit bonheur, chargé le canot autant que la prudence le permettait. Joyce et moi descendîmes par le sabord de retraite, et nous dirigeâmes de nouveau vers la terre, de toute la vitesse de nos avirons[1].

Ce second voyage intrigua fort les guetteurs de la côte. *Lillibullero* se tut derechef, et nous allions les perdre de vue derrière la petite pointe, quand l'un d'eux sauta à terre et disparut. Je fus tenté de modifier mon plan et de détruire leurs embarcations, mais Silver et les autres pouvaient être à portée, et je craignis de tout perdre en voulant trop en faire.

Ayant pris terre à la même place que précédemment, nous nous mîmes en devoir de ravitailler le blockhaus. Nous fîmes le premier voyage à nous trois, lourdement chargés, et lançâmes nos provisions par-dessus la palissade. Puis, laissant Joyce pour les garder – un seul homme, à vrai dire, mais pourvu d'une demi-douzaine de mousquets –, Hunter et moi retournâmes au petit canot prendre un nouveau chargement. Nous continuâmes ainsi sans nous arrêter pour souffler, jusqu'à ce que la cargaison fût en place ; alors les deux valets prirent position dans le blockhaus, tandis que je ramais de toutes mes forces vers l'*Hispaniola*.

Que nous ayons risqué de charger une seconde fois le canot, cela paraît plus audacieux que ce ne l'était réellement. À coup sûr,

1. **Avirons** : longues rames.

nos adversaires avaient l'avantage du nombre, mais il nous restait celui des armes. Pas un des hommes à terre n'avait un mousquet, et, avant qu'ils pussent arriver à portée pour leurs pistolets, nous nous flattions de pouvoir régler leur compte à une bonne demi-douzaine d'entre eux.

Le chevalier, complètement remis de sa faiblesse, m'attendait au sabord de retraite. Il saisit notre aussière[1], qu'il amarra, et nous nous mîmes à charger l'embarcation à toute vitesse. Lard, poudre et biscuits formèrent la cargaison, avec un seul mousquet et un coutelas par personne, pour le chevalier et moi, Redruth et le capitaine. Le reste des armes et de la poudre fut jeté à la mer par deux brasses[2] et demie d'eau, si bien que nous pouvions voir au-dessous de nous l'acier briller au soleil sur le fond de sable fin.

À ce moment la marée commençait à baisser, et le navire venait à l'appel de son ancre. On entendait des voix lointaines se héler dans la direction des deux yoles ; et tout en nous rassurant à l'égard de Joyce et Hunter, qui étaient plus à l'est, cette circonstance nous fit hâter notre départ.

Redruth abandonna son poste de la coursive et sauta dans le canot, que nous menâmes vers l'arrière du pont, pour la commodité du capitaine Smollett. Celui-ci éleva la voix :

– Holà, les hommes, m'entendez-vous ? Pas de réponse du gaillard d'avant.

– C'est à vous, Abraham Gray, c'est à vous que je m'adresse.

Toujours pas de réponse.

1. **Aussière** : cordage.
2. **Brasse** : mesure de profondeur valant environ 1,60 mètre.

– Gray, reprit M. Smollett en haussant le ton, je quitte ce navire, et je vous ordonne de suivre votre capitaine. Je sais qu'au fond vous êtes un brave garçon, et je crois bien qu'aucun de votre bande n'est aussi mauvais qu'il veut le paraître. J'ai ma montre en main : je vous donne trente secondes pour me rejoindre.

Il y eut un silence.

– Allons, mon ami, continua le capitaine, ne soyez pas si lent à virer. Je risque à chaque seconde ma vie et celle de ces bons messieurs.

Il y eut une soudaine ruée, un bruit de lutte, et Abraham Gray, s'élançant au-dehors avec une balafre le long de la joue, courut à son capitaine, comme un chien qu'on siffle. Il lui dit :

– Je suis avec vous, monsieur !

Un instant plus tard, lui et le capitaine avaient sauté à bord du canot, et nous poussâmes au large.

Nous avions quitté le navire, mais nous n'étions pas encore à terre dans notre palanque.

Chapitre XVII

Suite du récit par le docteur :
le dernier voyage du petit canot

Ce cinquième voyage différa complètement des autres. En premier lieu, la coque de noix qui nous portait se trouvait fortement surchargée. Cinq hommes adultes, dont trois – Trelawney, Redruth et le capitaine – dépassaient six pieds, c'en était déjà plus qu'elle ne devait porter. Ajoutez-y la poudre, le lard et les sacs de pain. Le plat-bord affleurait par l'arrière ; à plusieurs reprises nous embarquâmes un peu d'eau, et nous n'avions pas fait cinquante brasses que mes culottes et les pans de mon habit étaient tout trempés.

Le capitaine nous fit arrimer[1] le canot, et nous réussîmes à l'équilibrer un peu mieux. Malgré cela, nous osions à peine respirer.

En second lieu, le jusant[2] se faisait : un fort courant clapoteux portait vers l'ouest, à travers le bassin, puis au sud et vers le large par le goulet que nous avions suivi le matin. Le clapotis à lui seul mettait en péril notre esquif[3] surchargé ; mais le pis était que le flux nous drossait[4] hors de notre vraie route et loin du débarcadère convenable situé derrière la pointe. Si nous avions laissé faire le courant, nous aurions abordé à côté des yoles, où les pirates pouvaient surgir à tout instant.

Je gouvernais tandis que le capitaine et Redruth, dispos tous les deux, étaient aux avirons.

– Je n'arrive pas à maintenir le cap sur la palanque, monsieur, dis-je au capitaine. La marée nous emporte. Pourriez-vous souquer[5] un peu plus fort ?

– Pas sans remplir le canot, répondit-il. Il vous faut laisser porter, monsieur, si vous voulez bien… laisser porter jusqu'à ce que vous gagniez du terrain.

J'essayai, et vis par expérience que la marée nous drossait vers l'ouest, tant que je ne mettais pas le cap en plein est, c'est-à-dire précisément à angle droit de la route que nous devions suivre. Je prononçai :

1. **Arrimer** : attacher.
2. **Jusant** : courant.
3. **Esquif** : petite embarcation très légère.
4. **Drossait** : détournait.
5. **Souquer** : ramer.

– De cette allure, nous n'arriverons jamais.

– Si c'est la seule route que nous puissions tenir, monsieur, tenons-la, répliqua le capitaine. Il nous faut continuer à remonter le courant... Voyez-vous, monsieur, si jamais nous tombons sous le vent du débarcadère, il est difficile de dire où nous irons aborder... outre le risque d'être attaqués par les yoles... D'ailleurs, dans la direction où nous allons, le courant doit diminuer, ce qui nous permettrait de retourner en nous défilant le long de la côte.

– Le courant est déjà moindre, monsieur, dit le matelot Gray, qui était assis à l'avant ; vous pouvez mollir[1] un peu.

– Merci, mon garçon, répondis-je, absolument comme si rien ne s'était passé.

Nous avions, en effet, tacitement[2] convenu de le traiter comme un des nôtres.

Soudain, le capitaine reprit la parole, et sa voix me parut légèrement altérée :

– Le canon ! fit-il.

Je me figurai qu'il pensait à un bombardement de fortin.

– J'y ai songé, répliquai-je. Mais ils ne pourront jamais amener le canon à terre, et même s'ils y parvenaient, ils seraient incapables de le haler[3] à travers bois.

– Regardez en arrière, docteur, reprit le capitaine.

Horreur ! Nous avions totalement oublié la caronade de neuf[4]. Autour de la pièce, les cinq bandits s'affairaient à lui enlever son

1. **Mollir** : ralentir.
2. **Tacitement** : sans l'exprimer formellement.
3. **Haler** : transporter.
4. **Caronade de neuf** : ancien canon court.

paletot, comme ils appelaient le grossier étui de toile goudronnée qui la revêtait d'ordinaire. Et, au même instant, je me ressouvins que les boulets et la poudre à canon étaient restés à bord, et d'un coup de hache mettrait le tout à la disposition des scélérats.

– Israël a été canonnier de Flint, dit Gray d'une voix rauque.

À tout risque, nous tînmes le cap du canot droit sur le débarcadère. Nous avions alors suffisamment échappé au fort du courant pour pouvoir gouverner, même à notre allure de nage obligatoirement lente, et je réussis à nous diriger vers le but. Mais le pis était qu'avec la route ainsi tenue, nous présentions à l'*Hispaniola* notre flanc au lieu de notre arrière, ce qui offrait une cible comme une grand-porte.

Je pus non seulement voir mais entendre Israël Hands jeter un boulet rond sur le pont.

– Qui de vous deux est le meilleur tireur ? demanda le capitaine.

– M. Trelawney, sans conteste, répondis-je.

– Monsieur Trelawney, reprit le capitaine, voudriez-vous avoir l'obligeance de m'attraper un de ces hommes ? Hands, si possible.

Avec une impassibilité d'airain, Trelawney vérifia l'amorce de son fusil.

– Maintenant, dit le capitaine, doucement avec ce fusil, monsieur, ou sinon vous allez remplir le canot. Attention, que tout le monde s'apprête à nous équilibrer quand il ajustera.

Le chevalier épaula, la nage cessa, et nous nous portâmes sur l'autre bord pour faire contrepoids. Tout se passa si bien que l'on n'embarqua pas une goutte d'eau.

Cependant, là-bas, ils avaient fait pivoter le canon sur son axe, et Hands, qui se tenait à la bouche avec l'écouvillon[1], était en conséquence le plus exposé. Mais nous n'eûmes pas de chance, car il se baissa juste au moment où Trelawney faisait feu. La balle siffla par dessus sa tête, et ce fut un de ses quatre compagnons qui tomba.

Son cri fut répété, non seulement par ceux du bord, mais par une foule de voix sur le rivage, et regardant dans cette direction, je vis les pirates déboucher en masse du bois et se précipiter pour prendre place dans les canots.

– Voilà les yoles qui arrivent, monsieur ! m'écriai-je.

– En route, alors ! lança le capitaine. Et vite ! au risque de sombrer. Si nous n'arrivons pas à terre, tout est perdu.

– Une seule des yoles est garnie, monsieur, repris-je, l'équipage de l'autre va sans doute faire le tour par le rivage afin de nous couper.

– Ils auront chaud à courir, monsieur, riposta le capitaine. Vous connaissez les mathurins à terre. Ce n'est pas d'eux que je me préoccupe, c'est du boulet. Un vrai jeu de salon ! Une jeune personne ne nous manquerait pas. Avertissez-nous, chevalier, quand vous verrez mettre le feu, et nous nagerons à culer[2].

Entre-temps, nous avions fait route à une allure passable pour un canot tellement surchargé, et dans notre marche nous n'avions embarqué que peu d'eau. Nous étions maintenant presque arrivés : encore trente ou quarante coups d'avirons et nous accosterions la plage ; car déjà le reflux avait découvert une étroite bande de

1. **Bouche** : ouverture du canon ; **écouvillon** : brosse utilisée pour nettoyer et graisser les canons.
2. **Culer** : faire marche arrière.

sable au pied du bouquet d'arbres. La yole n'était plus à craindre : la petite pointe l'avait déjà cachée à nos yeux. Le jusant, qui nous avait si fâcheusement retardés, faisait maintenant compensation et retardait nos adversaires. L'unique source de danger était le canon.

– Si j'osais, dit le capitaine, je stopperais pour abattre encore un homme.

Mais il était clair que nos gens ne voulaient plus laisser différer leur coup par rien. Ils n'avaient même pas jeté les yeux sur leur camarade tombé, qui pourtant n'était pas mort et s'efforçait de se traîner plus loin.

– Attention ! cria le chevalier.

– Nage à culer ! commanda le capitaine, prompt comme un écho.

Redruth et lui déramèrent avec une grande secousse qui envoya notre arrière en plein sous l'eau. Le coup tonna au même instant. Ce fut le premier entendu par Jim, le coup de feu du chevalier n'étant pas arrivé jusqu'à ses oreilles. Où passa le boulet, aucun de nous ne le sut exactement, mais j'imagine que ce fut au-dessus de nos têtes, et son vent contribua sans doute à la catastrophe.

Quoi qu'il en fût, le canot sombra par l'arrière, tout doucement, dans trois pieds d'eau, nous laissant, le capitaine et moi, debout et face à face. Les trois autres prirent un bain complet, et réapparurent tout ruisselants et barbotants.

Jusqu'ici, le mal n'était pas grand. Il n'y avait personne de mort, et nous pouvions en sûreté gagner la terre à gué. Mais toutes nos provisions se trouvaient au fond et, ce qui empirait les choses, il ne nous restait plus en état de service que deux fusils sur cinq.

Le mien, je l'avais ôté de mes genoux et levé en l'air, par un geste instinctif. Quant au capitaine, il portait le sien sur le dos en bandoulière et la crosse en haut par prudence. Les trois autres avaient coulé avec le canot.

Pour ajouter à notre souci, des voix se rapprochaient déjà parmi les bois du rivage. Au danger de nous voir couper du fortin, dans notre état de quasi-impuissance, s'ajoutait notre inquiétude au sujet de Hunter et de Joyce. Attaqués par une demi-douzaine d'ennemis, auraient-ils le sang-froid et le courage de tenir ferme ? Hunter était résolu, nous le savions ; mais Joyce nous inspirait moins de confiance : ce valet agréable et civil était plus apte à brosser des habits qu'à devenir un foudre de guerre.

Avec toutes ces préoccupations, nous gagnâmes le rivage à gué aussi vite que possible, laissant derrière nous l'infortuné petit canot et une bonne moitié de notre poudre et de nos provisions.

Chapitre XVIII

Suite du récit par le docteur :
fin du premier jour de combat

Nous traversâmes en toute hâte la zone boisée qui nous séparait encore du fortin. À chaque pas nous entendions se rapprocher les voix des flibustiers. Bientôt nous perçûmes le bruit de leurs foulées et le craquement des branches quand ils traversaient un buisson. Je compris que nous n'éviterions pas une escarmouche[1] sérieuse, et vérifiai mon amorce.

1. **Escarmouche** : petit affrontement.

– Capitaine, fis-je, Trelawney est un excellent tireur. Passez-lui votre fusil : le sien est inutilisable.

Ils échangèrent leurs fusils, et Trelawney, impassible et muet comme il l'était depuis le début de la bagarre, s'arrêta un instant pour vérifier la charge. Je m'aperçus alors que Gray était sans arme, et je lui tendis mon coutelas. Il cracha dans sa main, fronça les sourcils, fit siffler sa lame en l'air, et cela nous mit du baume au cœur. Toute son attitude prouvait à l'évidence que notre nouvelle recrue valait son pesant de sel.

Cinquante pas plus loin, nous arrivâmes à la lisière du bois et vîmes devant nous la palanque. Nous abordâmes le retranchement par le milieu de son côté sud, presque au même instant où sept mutins, dirigés par Job Anderson, le maître d'équipage, débouchaient en hurlant de l'angle sud-ouest.

Ils s'arrêtèrent tout déconcertés ; et avant qu'ils se fussent ressaisis, non seulement le chevalier et moi, mais Hunter et Joyce, du blockhaus, eûmes le temps de tirer. Les quatre coups partirent en une salve peu réglementaire ; mais ils furent efficaces : un de nos ennemis tomba, et les autres, sans hésitation, firent demi-tour et s'enfoncèrent dans le fourré.

Après avoir rechargé, nous allâmes, en longeant l'extérieur de la palissade, jusqu'à l'ennemi abattu.

Il était raide mort – une balle en plein cœur.

Nous nous félicitions de notre heureux succès, lorsqu'un coup de pistolet partit du bois, une balle siffla, m'effleurant l'oreille, et le pauvre Tom Redruth vacilla, puis tomba de son long sur le sol. Le chevalier et moi ripostâmes au coup ; mais comme nous tirions au hasard, ce fut probablement de la poudre perdue. Après quoi, et nos fusils rechargés, nous portâmes notre attention sur le blessé.

Le capitaine et Gray l'examinaient déjà, et je vis d'un coup d'œil que le malheureux était perdu.

Je crois que par sa prompte réplique, notre salve avait dispersé à nouveau les mutins, car ils nous laissèrent, sans autres hostilités, emporter le vieux garde-chasse. L'ayant hissé par-dessus la palanque, nous le déposâmes, sanglant et gémissant, dans la maison de rondins.

Le pauvre vieux n'avait pas eu un mot de surprise, de plainte ou de peur, ni même d'acquiescement, depuis le début de nos tribulations[1] jusqu'à ce moment où il attendait la mort. Il s'était posté derrière son matelas dans la coursive, comme un héros d'Homère[2] ; il avait obéi à tous les ordres, en silence, avec résolution et ponctuellement. Il était de vingt ans le plus âgé de notre parti, et maintenant, ce vieux serviteur fidèle et résigné, c'était lui qui allait mourir.

Le chevalier se jeta à genoux auprès de lui et lui baisa la main, en pleurant comme un enfant.

– Est-ce que je vais vous quitter, docteur ? demanda le blessé.

– Tom, mon ami, lui répondis-je, vous allez regagner la céleste patrie.

– Avant ça, j'aurais bien voulu faire tâter de mon fusil à ces salauds-là.

– Tom, prononça le chevalier, dites-moi que vous me pardonnez, voulez-vous ?

1. **Tribulations** : mésaventures.
2. **Homère** : auteur de l'*Iliade* et de l'*Odyssée*, qui racontent la guerre de Troie et le retour d'Ulysse à Ithaque.

– Serait-ce bien convenable, de moi à vous, monsieur le chevalier ? Néanmoins, ainsi soit-il, amen !

Après un petit intervalle de silence, il exprima le souhait d'entendre lire une prière. « C'est la coutume, monsieur », ajouta-t-il, en manière d'excuse. Et peu après, sans un mot de plus, il expira.

Cependant, le capitaine, dont j'avais remarqué la poitrine et les poches étonnamment bourrées, en avait sorti une foule d'objets hétéroclites : un pavillon britannique, une bible, un rouleau de corde assez forte, de quoi écrire, le livre de bord, et du tabac en quantité. Il avait trouvé dans l'enclos un pin de bonne taille, abattu et dépouillé, et, avec l'aide de Hunter, il l'avait érigé au coin de la maison, dans l'angle formé par l'entrecroisement des madriers[1].

Puis, grimpant sur le toit, il avait de sa propre main déployé et hissé le pavillon.

Cela parut le réconforter beaucoup. Il rentra dans la maison, et parut s'absorber tout entier dans l'inventaire des provisions. Mais il n'en jeta pas moins un coup d'œil sur le trépas de Redruth ; et, dès que tout fut fini, il s'approcha, muni d'un autre pavillon qu'il étendit pieusement sur le cadavre.

– Ne vous affectez pas, monsieur, dit-il au chevalier, en lui serrant la main. Tout va bien pour lui : il n'y a rien à craindre pour un matelot tué en faisant son devoir envers son capitaine et son armateur. Ce n'est peut-être pas correct comme théologie, mais c'est la réalité.

Puis il me tira à part :

– Docteur Livesey, dans combien de semaines attendez-vous la conserve, le chevalier et vous ?

1. **Madriers** : planches très épaisses.

Je lui exposai que ce n'était pas une question de semaines, mais bien de mois. Si nous n'étions pas de retour à la fin d'août, Blandly devait envoyer à notre recherche, mais ni plus tôt ni plus tard.

– Comptez vous-même, ajoutai-je.

Le capitaine se gratta la tête.

– Eh bien ! monsieur, reprit-il, tout en faisant une large part aux bienfaits de la Providence, je peux dire que nous avons couru au plus près.

– Que voulez-vous dire ? demandai-je.

– Que c'est malheur, monsieur, d'avoir perdu cette seconde cargaison. Voilà ce que je veux dire. Quant aux munitions, cela peut aller. Mais les vivres sont insuffisants, fort insuffisants... si insuffisants, docteur Livesey, que peut-être sommes-nous aussi bien sans cette bouche en plus.

Et il désigna le corps étendu sous le pavillon.

À la même minute, avec un ronflement strident, un boulet passa dans les hauteurs par-dessus le toit de la maison et alla tomber bien au-delà, dans le bois.

– Ho ! ho ! dit le capitaine. Feu roulant ! Vous n'avez déjà pas trop de poudre, les gars !

Le second coup fut mieux pointé, et le boulet s'abattit à l'intérieur de l'enclos, en soulevant un nuage de sable, mais sans causer d'autre dégât.

– Capitaine, dit le chevalier, le fortin est complètement invisible du navire. Ce doit être sur le pavillon qu'ils visent. Ne serait-il pas plus sage de le rentrer ?

– Amener mon pavillon ! s'écria le capitaine. Non, monsieur, jamais !

Et à peine eut-il dit ces mots que nous l'approuvâmes tous. Car ce n'était pas là simplement la saillie[1] vigoureuse d'un vrai marin ; c'était en outre une mesure de bonne politique, et qui prouvait à nos ennemis que nous méprisions leur canonnade.

Pendant toute la soirée, ils continuèrent à nous bombarder. L'un après l'autre, les boulets nous passaient par-dessus la tête, ou tombaient court, ou faisaient voler le sable de l'enclos ; mais le tir était si plongeant que le projectile arrivait sans force et s'enterrait dans le sable mou. On n'avait à craindre nul ricochet. Un boulet, il est vrai, pénétra par le toit dans la maison de rondins et s'engouffra au travers du plancher ; mais nous nous habituâmes vite à cette sorte de jeu brutal, qui ne nous émouvait pas plus que le cricket.

– Il y a une bonne chose dans tout cela, nous fit remarquer le capitaine : c'est qu'il n'y a sans doute personne dans le bois devant nous. La marée baisse depuis un bon moment, et nos provisions doivent être à découvert. Des volontaires pour aller nous chercher du lard !

Gray et Hunter furent les premiers à s'offrir. Bien armés, ils s'élancèrent hors de la palanque ; mais leur mission fut vaine. Les mutins étaient plus hardis que nous l'imaginions, ou ils avaient plus de confiance que nous dans le pointage d'Israël, car il y en avait déjà quatre ou cinq occupés à enlever nos provisions. Ils les transportaient à gué dans l'une des yoles qui était là tout près et que des coups d'aviron espacés maintenaient en place contre le courant. Silver, installé à l'arrière, commandait ses hommes, qui étaient maintenant tous pourvus de mousquets provenant de quelque cachette à eux.

1. **Saillie** : réplique.

Le capitaine s'assit devant son journal de bord, et y inscrivit ce qui suit :

« Alexandre Smollett, capitaine ; David Livesey, médecin du bord ; Abraham Gray, charpentier en second ; John Trelawney, armateur ; John Hunter et Richard Joyce, valets de l'armateur, terriens – les seuls qui soient restés fidèles de tout l'équipage du navire –, munis de vivres pour dix jours à demi-ration, ont abordé ce jourd'hui[1] et déployé le pavillon britannique sur la maison de rondins de l'île au trésor. Thomas Redruth, valet de l'armateur, terrien, tué par les révoltés ; James Hawkins, garçon de cabine... »

Et, tandis qu'il écrivait, je m'interrogeais sur le sort du pauvre Jim Hawkins.

Un appel s'éleva du côté de la terre.

– Quelqu'un nous hèle, dit Hunter, qui était de garde.

– Docteur ! chevalier ! capitaine ! Hallo ! Hunter, c'est vous ? criait-on.

Et je courus à la porte, assez tôt pour voir Jim Hawkins, sain et sauf, qui escaladait le retranchement.

Chapitre XIX

Jim Hawkins reprend son récit : la garnison de la palanque

En apercevant le pavillon, Ben Gunn fit halte, me retint par le bras, et s'assit.

– À présent, dit-il, ce sont tes amis, pour sûr.

1. **Ce jourd'hui** : aujourd'hui.

– Il est plus probable que ce sont les mutins, répondis-je.

– Avec ça ? insista-t-il. Allons donc ! dans un lieu comme celui-ci où il ne vient que des gentilshommes de fortune, le pavillon que déploierait Silver, c'est le Jolly Roger[1], il n'y a pas de doute là-dessus. Non, ce sont tes amis. Il y a eu bataille, du reste, et je suppose que tes amis ont eu le dessus et les voici à terre dans ce vieux fortin construit par Flint il y a des années et des années. Ah ! il en avait une caboche, ce Flint ! Rhum à part, on n'a jamais vu son pareil. Il n'eut jamais peur de personne, sauf de Silver... Oui, Silver avait cet honneur.

– Bien, dis-je, c'est possible, et je vous crois ; mais raison de plus pour que je me dépêche de rejoindre mes amis.

– Nenni, camarade, répondit Ben, pas du tout. Tu es un bon gars, si je ne m'abuse, mais tu n'es qu'un gamin pour finir. Or, Ben Gunn est renseigné. Même pour du rhum, on ne me ferait pas aller là où tu vas. Non, pas pour du rhum... jusqu'à ce que j'aie vu ton gentilhomme de naissance et reçu sa parole d'honneur. Et n'oublie pas mes paroles : « Un riche coup (voilà ce que tu diras), un riche coup plus de confiance... » et puis tu le pinces.

Et il me pinça pour la troisième fois avec le même air entendu.

– Et quand on aura besoin de Ben Gunn, tu sauras où le trouver, Jim. Là même où tu l'as trouvé aujourd'hui. Et que celui qui viendra porte quelque chose de blanc à la main, et qu'il vienne seul... ah ! et puis tu diras ceci : « Ben Gunn, que tu diras, a ses raisons à lui. »

1. **Jolly Roger** : nom donné au pavillon noir, celui des pirates.

– Bien, répliquai-je, il me semble que je comprends. Vous avez une proposition à faire, et vous désirez voir le chevalier ou le docteur ; et on vous trouvera où je vous ai trouvé. Est-ce tout ?

– Et à quel moment, dis ? ajouta-t-il. Eh bien, mettons entre midi et trois heures environ.

– Bon. Et maintenant puis-je m'en aller ?

– Tu n'oublieras pas ? demanda-t-il inquiètement[1]. « Un riche coup » et « des raisons à lui », que tu diras. Des raisons à lui, voilà le principal ! Je te le dis en confidence. Eh bien donc (et il me tenait toujours), je pense que tu peux aller, Jim. Et puis, Jim, si par hasard tu vois Silver, tu n'iras pas vendre Ben Gunn ? On ne te tirera pas les vers du nez ? À aucun prix, dis ? Et si ces pirates campent à terre, Jim, que diras-tu s'il y a des veuves au matin ?

Il fut interrompu par une détonation violente, et un boulet de canon arriva, fracassant les branches, et alla s'enfoncer dans le sable, à moins de cinquante toises de l'endroit où nous étions arrêtés à causer. À l'instant, nous prîmes la fuite à toutes jambes, chacun de notre côté.

Durant une heure, l'île trembla sous les détonations répétées, et les boulets ne cessèrent de ravager les bois. Je passais d'une cachette à l'autre, toujours poursuivi, ou du moins je me l'imaginais, par ces terrifiants projectiles. Mais vers la fin du bombardement, sans oser encore m'aventurer du côté du fortin, où tombaient la plupart des boulets, j'avais retrouvé mon courage ; et, après un long circuit dans l'est, je descendis au rivage en me glissant parmi les arbres.

1. **Inquiètement** : quelque peu inquiet.

Le soleil venait de se coucher, la brise de mer se levait, agitant les ramures et la surface terne du mouillage ; la marée, par ailleurs, était presque basse, et découvrait de larges bancs de sable ; le vent, après l'ardeur du jour, me faisait frissonner sous ma vareuse.

L'*Hispaniola* était toujours ancrée à la même place ; mais le Jolly Roger se déployait à son mât. Tandis que je la considérais, je vis jaillir un nouvel éclair de feu, une autre détonation réveilla les échos, et un boulet de plus déchira les airs. Ce fut la fin de la canonnade.

Je restai quelque temps à écouter le hourvari[1] qui succédait à l'attaque. Sur le rivage voisin de la palanque, on démolissait quelque chose à coups de hache : notre infortuné petit canot, comme je l'appris par la suite. Plus loin, vers l'embouchure de la rivière, un grand brasier flamboyait parmi les arbres, et entre ce point et le navire, une yole faisait la navette. Tout en maniant l'aviron, les hommes que j'avais vus si renfrognés chantaient comme des enfants. Mais à l'intonation de leurs voix, on comprenait qu'ils avaient bu.

À la fin, je crus pouvoir regagner la palanque. Je me trouvais assez loin sur la langue de terre basse et sablonneuse qui ferme le mouillage à l'est et se relie dès la mi-marée à l'îlot du Squelette. En me mettant debout, je découvris, un peu plus loin sur la langue de terre et s'élevant d'entre les buissons bas, une roche isolée, assez haute et d'une blancheur particulière. Je m'avisai que ce devait être la roche blanche à propos de laquelle Ben Gunn m'avait dit que si un jour ou l'autre on avait besoin d'un canot, je saurais où le trouver.

1. **Hourvari** : grand tumulte.

Puis, longeant les bois, j'atteignis enfin les derrières de la palanque, du côté du rivage, et fus bientôt chalcurcuscmcnt accueilli par le parti fidèle.

Quand j'eus brièvement conté mon aventure, je pus regarder autour de moi. La maison était faite de troncs de pins non équarris[1], qui constituaient le toit, les murs et le plancher. Celui-ci dominait par endroits d'un pied à un pied et demi le niveau du sable. Un vestibule précédait la porte, et sous ce vestibule la petite source jaillissait dans une vasque artificielle d'un genre assez insolite : ce n'était rien moins qu'un grand chaudron de navire, en fer, dépourvu de son fond et enterré dans le sable « jusqu'à la flottaison », comme disait le capitaine.

Il ne restait guère de la maison que la charpente ; toutefois, dans un coin on voyait une dalle de pierre qui tenait lieu d'âtre[2], et une vieille corbeille de fer rouillée destinée à contenir le feu.

Sur les pentes du monticule et dans tout l'intérieur du retranchement, on avait abattu le bois pour construire le fortin, et les souches témoignaient encore de la luxuriance de cette futaie. Après sa destruction, presque toute la terre végétale avait été délayée par les pluies ou ensevelie sous la dune ; au seul endroit où le ruisselet se dégorgeait du chaudron, un épais tapis de mousse, quelques fougères et des buissons rampants verdoyaient encore parmi les sables. Entourant la palanque de très près – de trop près pour la défense, disaient mes compagnons –, la forêt poussait toujours haute et drue, exclusivement composée de pins du côté de la terre, et avec une forte proportion de chênes verts du côté de la mer.

1. **Équarris** : taillés, rabotés.
2. **Âtre** : foyer.

L'aigre brise du soir dont j'ai parlé sifflait par toutes les fissures de la rudimentaire construction, et saupoudrait le plancher d'une pluie continuelle de sable fin. Il y avait du sable dans nos yeux, du sable entre nos dents, du sable dans notre souper, du sable qui dansait dans la source au fond du chaudron, rappelant tout à fait une soupe d'avoine qui commence à bouillir. Une ouverture carrée dans le toit formait notre cheminée : elle n'évacuait qu'une faible partie de la fumée, et le reste tournoyait dans la maison, ce qui nous faisait tousser et larmoyer.

Ajoutez à cela que Gray, notre nouvelle recrue, avait la tête enveloppée d'un bandage, à cause d'une estafilade[1] qu'il avait reçue en échappant aux mutins, et que le cadavre du vieux Redruth, non enterré encore, gisait auprès du mur, roide[2], sous l'Union Jack.

S'il nous eût été permis de rester oisifs[3], nous serions tombés dans la mélancolie ; mais on n'avait rien à craindre de ce genre avec le capitaine Smollett. Il nous fit tous ranger devant lui et nous distribua en bordées[4]. Le docteur, Gray et moi, d'une part ; les chevaliers, Hunter et Joyce, de l'autre. Malgré la fatigue générale, deux hommes furent envoyés à la corvée de bois à brûler ; deux autres occupés à creuser une fosse pour Redruth ; le docteur fut nommé cuisinier ; je montai la garde à la porte ; et le capitaine lui-même allait de l'un à l'autre, nous stimulant et donnant un coup de main où il en était besoin.

De temps à autre, le docteur venait à la porte pour respirer un peu et reposer ses yeux tout rougis par la fumée, et il ne manquait jamais de m'adresser la parole.

1. **Estafilade** : entaille profonde.
2. **Roide** : raide.
3. **Oisifs** : inactifs.
4. **Bordées** : équipes.

– Ce Smollett, prononça-t-il une fois, vaut mieux que moi, Jim. Et ce que je dis là n'est pas un mince éloge.

Une autre fois, il resta d'abord un moment silencieux. Puis il pencha la tête de côté et me considéra, en demandant :

– Ce Ben Gunn est-il un homme comme les autres ?

– Je ne sais, monsieur, répondis-je. Je ne suis pas sûr qu'il soit sain d'esprit.

– S'il y a là-dessus le moindre doute, c'est qu'il l'est. Quand on a passé trois ans à se ronger les ongles sur une île déserte, on ne peut vraiment paraître aussi sain d'esprit que vous et moi. Ce serait contraire à la nature. C'est bien du fromage dont il dit qu'il a envie ?

– Oui, monsieur, du fromage.

– Eh bien, Jim, voyez qu'il est parfois bon d'avoir le goût raffiné. Vous connaissez ma tabatière, n'est-ce pas ? et vous ne m'avez jamais vu priser : la raison en est que je garde dans cette tabatière un morceau de parmesan... un fromage fait en Italie, très nutritif. Eh bien ! voilà pour Ben Gunn !

Avant de manger notre souper, nous enterrâmes le vieux Tom dans le sable, et restâmes autour de lui quelques instants à nous recueillir, tête nue sous la brise. On avait rentré une bonne provision de bois à brûler, mais le capitaine la jugea insuffisante ; à sa vue, il hocha la tête et nous déclara qu'« il faudrait s'y remettre demain un peu plus activement ». Puis, notre lard mangé, et quand on eut distribué à chacun un bon verre de grog à l'eau-de-vie, les trois chefs se réunirent dans un coin pour examiner la situation.

Ils se trouvaient, paraît-il, fort en peine, car les provisions étaient si basses que la famine devait nous obliger à capituler bien avant l'arrivée des secours. Notre meilleur espoir, conclurent-ils, était de tuer un nombre de flibustiers assez grand pour les décider, soit à baisser pavillon, soit à s'enfuir avec l'*Hispaniola*. De dix-neuf au début, ils étaient déjà réduits à quinze ; ils avaient de plus deux blessés, dont l'un au moins – l'homme atteint à côté du canon – l'était grièvement, si même il vivait encore. Chaque fois qu'une occasion se présenterait de faire feu sur eux, il fallait la saisir, tout en ménageant nos vies avec tout le soin possible. En outre, nous avions deux puissants alliés : le rhum et le climat.

Pour le premier, bien qu'étant à environ un demi-mille des mutins, nous les entendions brailler et chanter jusqu'à une heure avancée de la nuit ; et pour le second, le docteur gageait[1] sa perruque que, campés dans le marigot et dépourvus de remèdes, la moitié d'entre eux serait sur le flanc[2] avant huit jours.

– Et alors, ajouta-t-il, si nous ne sommes pas tous tués auparavant, ils seront bien aises de se remballer[3] sur la goélette. C'est toujours un navire, et ils pourront se remettre à la flibuste.

– Le premier bâtiment que j'aurai jamais perdu ! soupira le capitaine Smollett.

J'étais mort de fatigue, comme on peut le croire ; et lorsque j'allai me coucher, ce qui arriva seulement après encore beaucoup de va-et-vient, je dormis comme une souche.

Les autres étaient levés depuis longtemps, avaient déjà déjeuné et augmenté de près de moitié la pile de bois à brûler, quand je fus éveillé par une alerte et un bruit de voix.

1. **Gageait** : pariait.
2. **Sur le flanc** : malades.
3. **Se remballer** : s'enfuir.

– Un parlementaire[1], entendis-je prononcer.

Puis, tout aussitôt, avec une exclamation d'étonnement :

– Silver en personne !

Je me levai d'un bond et, me frottant les yeux, courus à une meurtrière.

Chapitre XX

L'ambassade de Silver

En effet, juste au-delà du retranchement, il y avait deux hommes : l'un agitait une étoffe blanche, l'autre, rien moins que Silver lui-même, se tenait paisiblement à son côté.

Il était encore très tôt, et il faisait ce matin-là plus froid que je ne l'ai jamais éprouvé dans ce voyage. On frissonnait, transi jusqu'aux moelles. Le ciel s'étalait clair et sans nuage, et le soleil rosissait les cimes des arbres. Mais l'endroit où se trouvait Silver et son acolyte était encore dans l'ombre, et ils enfonçaient jusqu'aux genoux dans un brouillard épais et blanc qui était monté du marigot pendant la nuit. Ce froid et ce brouillard pris ensemble donnaient de l'île une piètre opinion. C'était évidemment un endroit humide, fiévreux et malsain.

– Restez à l'intérieur, mes amis, ordonna le capitaine. Dix contre un que c'est une ruse !

Puis, hélant le flibustier :

– Qui vive ? Halte-là, ou l'on fait feu !

1. **Parlementaire** : ambassadeur.

– Pavillon parlementaire ! cria Silver.

Le capitaine était sous le vestibule, se défilant soigneusement, par crainte d'une balle tirée en traîtrise. Il s'adressa à nous :

– La bordée du docteur, à veiller ! Docteur Livesey, prenez le côté nord, s'il vous plaît ; Jim, l'est ; Gray, l'ouest. L'autre bordée, tout le monde à charger les mousquets. Vivement, les hommes, et méfiez-vous.

Puis, derechef aux mutins :

– Et qu'est-ce que vous voulez, avec votre pavillon parlementaire ?

Cette fois, ce fut l'autre individu qui répondit :

– C'est le capitaine Silver, monsieur, qui vient vous faire des propositions.

– Le capitaine Silver ? Connais pas ! Qui est-ce ? s'écria le capitaine.

Et nous l'entendîmes ajouter à part lui : « Capitaine ? ah bah ! Ma parole, en voilà de l'avancement ! »

Long John répliqua lui-même :

– C'est moi, monsieur. Ces pauves gars m'ont choisi comme capitaine, monsieur, après votre désertion. (Et il appuya fortement sur le mot.) Nous sommes prêts à nous soumettre sans barguigner[1], si nous pouvons en venir à un accord avec vous. Tout ce que je vous demande, capitaine Smollett, c'est votre parole de me laisser sortir sain et sauf de cette palanque et de me donner une minute pour me mettre hors de portée, avant d'ouvrir le feu.

– Mon garçon, dit le capitaine Smollett, je n'ai pas la moindre envie de causer avec vous. Si vous désirez me parler, vous pouvez

1. **Barguigner** : hésiter.

venir, voilà tout. S'il y a quelque traîtrise, elle viendra de votre côté, et que le Seigneur vous en préserve.

– Cela me suffit, capitaine, lança gaiement Long John. Un mot de vous me suffit. Je sais reconnaître un galant homme, vous pouvez en être sûr.

Nous vîmes l'individu au drapeau blanc tenter de retenir Silver. Et cela se comprenait, vu la réponse cavalière faite par le capitaine. Mais Silver lui éclata de rire au nez et lui donna une claque dans le dos, comme s'il eût été absurde de s'alarmer. Puis il s'approcha de la palissade, jeta sa béquille par-dessus, lança une jambe en l'air, et à force de vigueur et d'adresse, réussit à escalader le retranchement et à retomber sans accident de l'autre côté.

Je dois avouer que j'étais beaucoup trop occupé de ce qui se passait pour être de la moindre utilité comme sentinelle. En effet, j'avais déjà abandonné ma meurtrière de l'est, pour me glisser derrière le capitaine. Il s'était assis sur le seuil, les coudes aux genoux, la tête entre les mains, et les yeux fixés sur l'eau qui gargouillait parmi le sable au sortir du vieux chaudron de fer. Il sifflait entre ses dents : « Venez, filles et garçons. »

Silver eut une peine effroyable à parvenir au haut du monticule. Grâce à la roideur de la pente, aux multiples souches d'arbres et au sable mou, il était aussi empêtré avec sa béquille qu'un bateau par vent debout[1]. Mais il s'acharna muettement[2], comme un brave, et arriva enfin devant le capitaine, qu'il salua de la plus noble façon. Il s'était paré[3] de son mieux : un habit bleu démesuré, surchargé de boutons de cuivre, lui pendait jusqu'aux

1. **Vent debout** : vent de face.
2. **Muettement** : sans mot dire.
3. **Paré** : vêtu avec soin.

genoux, et un chapeau superbement galonné se campait sur son occiput.

– Vous voilà, mon garçon, lui dit le capitaine en relevant la tête. Je vous conseille de vous asseoir.

– N'allez-vous pas me laisser entrer, capitaine ? réclama Long John. Il fait bien froid ce matin, monsieur, pour s'asseoir dehors sur le sable.

– Eh ! Silver, répondit le capitaine, si vous aviez consenti à rester un honnête homme, vous seriez maintenant assis dans votre cuisine. C'est votre faute. Vous êtes, ou bien le coq de mon navire – et vous n'aviez pas à vous plaindre – ou bien le capitaine Silver, un vulgaire mutin, un pirate, et dans ce cas, vous pouvez aller vous faire pendre !

– Bien, bien, capitaine, répondit le maître-coq, en s'asseyant sur le sable comme on l'y invitait, vous me donnerez un coup de main pour me relever, voilà tout. Un bien joli endroit que vous avez choisi là. Tiens, voici Jim ! Je te souhaite bien le bonjour, Jim. Docteur, je vous présente mes respects. Allons, vous êtes tous réunis comme une heureuse famille, pour ainsi m'exprimer...

– Si vous avez quelque chose à dire, mon garçon, je vous conseille de parler, interrompit le capitaine.

– Vous avez raison, capitaine Smollett. Le devoir avant tout, pour sûr. Eh bien, dites donc, vous nous avez joué un bon tour la nuit dernière. Je ne le nie pas, c'était un bon tour. Certains d'entre vous sont joliment habiles à manier l'anspect. Et je ne nie pas non plus que plusieurs de mes gens en ont été un peu ébranlés... voire tous l'ont été ; voire je l'ai été moi-même, et c'est peut-être pour cela que je suis venu ici offrir des conditions. Mais faites attention, capitaine, ça ne prendrait pas deux fois, cré tonnerre ! Nous allons monter la garde, et mollir d'un quart ou deux sur le chapitre du rhum. Vous pensez peut-être que nous étions tous complètement gris. Mais je puis vous affirmer que, moi, je n'avais pas bu ; seulement, j'étais crevé de fatigue ; et si je m'étais réveillé une seconde plus tôt, je vous attrapais sur le fait. Il n'était pas mort quand je suis arrivé auprès de lui, non, pas encore.

– Après ! fit le capitaine Smollett, aussi impassible que jamais.

Tout ce que Silver venait de lui dire était pour lui de l'hébreu, mais on ne l'aurait jamais cru à son intonation. Quant à moi, je commençais à deviner. Les derniers mots de Ben Gunn me revinrent à la mémoire. Je compris qu'il avait rendu visite aux flibustiers pendant qu'ils gisaient tous ivres morts autour de leur feu, et je me réjouis de calculer qu'il ne nous restait plus que quatorze ennemis à combattre.

– Eh bien, voici, dit Silver. Nous voulons ce trésor, et nous l'aurons : voilà notre point de vue. Vous désirez tout autant sauver vos existences, je suppose : voilà le vôtre. Vous avez une carte, pas vrai ?

– C'est bien possible, répliqua le capitaine.

– Oh ! si fait, vous en avez une, je le sais... Ce n'est pas la peine d'être si raide avec les gens, cela n'a rien à voir avec le service, croyez-moi... Ce que je veux dire, c'est qu'il nous faut votre carte. Mais je ne vous veux pas de mal, pour ma part...

– Ça ne prend pas avec moi, mon garçon, interrompit le capitaine. Nous connaissons exactement vos intentions, et peu nous importe, car désormais, sachez-le, vous ne pouvez plus les réaliser.

Et, le regardant avec placidité[1], le capitaine se mit à bourrer une pipe.

– Si Abraham Gray... commença Silver.

– Assez ! cria M. Smollett. Gray ne m'a rien raconté, et je ne lui ai rien demandé ; et qui plus est, je préférerais vous voir, vous et lui et toute cette île, sauter en l'air et retomber en mille morceaux. Voilà ce que vous devez savoir, mon garçon, à ce sujet.

Cette petite bouffée d'humeur eut pour résultat de calmer Silver. Son début d'irritation tomba, et il se ressaisit :

– Ça se peut ben, dit-il. Je n'ai pas à déterminer ce que les gens comme il faut peuvent juger correct ou non, suivant le cas. Et puisque vous vous apprêtez à fumer une pipe, capitaine, je prendrai la liberté d'en faire autant.

Il bourra sa pipe et l'alluma. Pendant un bon moment, les deux hommes restèrent à fumer sans mot dire, tantôt se regardant comme des chiens de faïence, tantôt renforçant leur tabac, tantôt se penchant pour cracher. On se serait cru au spectacle.

– Maintenant, reprit Silver, voici. Vous nous donnez la carte pour nous permettre de trouver le trésor, et vous cessez de canarder les pauvres matelots et de leur casser la tête pendant leur sommeil. Faites cela, et nous vous donnons à choisir... Ou bien vous venez à bord avec nous, une fois le trésor embarqué, et alors je prends l'engagement, sur ma parole d'honneur, de vous déposer à terre quelque part sains et saufs. Ou, si cela n'est pas de votre goût, vu que plusieurs de mes hommes sont un peu brutaux et ont de vieilles rancunes à cause des punitions, alors vous pouvez rester ici. Nous partagerons les provisions avec vous, à parts égales ; et

1. **Placidité** : calme.

je prends l'engagement, comme ci-devant[1], d'avertir le premier bateau que je rencontrerai et de l'envoyer ici vous prendre. Voilà qui est parler, vous le reconnaîtrez. De meilleure proposition, vous ne pouviez pas en attendre, c'est impossible. Et j'espère (il éleva la voix) que tous les matelots présents dans ce blockhaus réfléchiront à mes paroles, car ce que je dis pour l'un, je le dis pour tous.

Le capitaine Smollett se leva de sa place, et, d'un coup sec sur la paume de sa main gauche, vida le culot de sa pipe.

– Est-ce tout ? demanda-t-il.

– C'est mon tout dernier mot, cré tonnerre ! répondit John. Refusez cela, et vous n'aurez plus de moi que des balles de mousquet.

– Très bien, dit le capitaine. À mon tour de parler. Si vous venez ici un par un, désarmés, je m'engage à vous flanquer tous aux fers, et à vous ramener en Angleterre où vous serez jugés dans les formes. Si vous refusez, sachez que je m'appelle Alexandre Smollett, que j'ai hissé les couleurs de mon souverain, et que je vous expédierai tous à maître Lucifer... Vous ne pouvez pas découvrir le trésor. Vous ne pouvez pas manœuvrer le navire... il n'est pas un homme parmi vous qui en soit capable. Vous ne pouvez pas nous combattre... Gray, que voilà, est venu à bout de cinq des vôtres. Votre navire est livré au vent, maître Silver ; vous êtes prêt à faire côte, et vous ne tarderez pas à vous en apercevoir. Je reste ici, je vous le déclare ; et c'est la dernière fois que je vous parle en ami, car, j'en atteste le ciel, la prochaine fois que je vous rencontrerai, je vous logerai une balle dans le dos. Ouste, mon garçon. Débarrassez-nous le plancher, je vous prie, un peu vite, et au trot.

1. **Comme ci-devant** : devant vous.

Le visage de Silver était à peindre : de fureur, les yeux lui sortaient de la tête. Il secoua sa pipe encore en feu.

– Aidez-moi à me relever ! s'écria-t-il.

– Jamais de la vie, répliqua le capitaine.

– Qui va m'aider à me relever ? hurla-t-il.

Personne ne bougea. Poussant les plus affreuses imprécations[1], il se traîna sur le sable jusqu'à ce qu'il pût s'accrocher à la paroi du vestibule et se réinstaller sur sa béquille. Puis il cracha dans la source.

– Voilà, cria-t-il, voilà ce que je pense de vous. Avant que l'heure soit écoulée, je vous flamberai comme un bol de punch, dans votre vieux blockhaus. Riez, cré tonnerre ! riez ! avant que l'heure soit écoulée, vous rirez à l'envers. Ceux qui mourront seront les plus heureux.

Et avec un effroyable blasphème, il s'éloigna péniblement, labourant le sable mou ; puis, après quatre ou cinq tentatives infructueuses, il franchit la palissade avec l'aide de l'homme au pavillon blanc, et disparut entre les arbres.

Chapitre XXI

L'attaque

Dès que Silver eut disparu, le capitaine, qui n'avait cessé de le surveiller, se retourna vers l'intérieur de la maison et constata que, sauf Gray, personne n'était à son poste. Ce fut la première fois que nous le vîmes réellement en colère.

– À vos postes ! rugit-il. Puis, quand nous eûmes regagné nos places : Gray, je vous signalerai sur le journal de bord ; vous avez

1. **Imprécations** : malédictions.

accompli votre devoir en vrai marin. Monsieur Trelawney, votre conduite m'étonne. Et vous, docteur, vous avez porté l'uniforme royal, je pense. Si c'est ainsi que vous serviez à Fontenoy, monsieur, vous auriez mieux fait ce jour-là de rester couché.

La bordée du docteur était retournée aux meurtrières ; les autres s'occupaient à charger les mousquets de réserve, mais chacun était rouge et avait l'oreille basse.

Le capitaine nous regarda une minute en silence. Puis il reprit la parole :

– Mes amis, j'ai envoyé une bordée à Silver●. Je l'ai chauffé au rouge, à dessein. Avant que l'heure soit écoulée, comme il dit, nous serons attaqués. Ils ont la supériorité du nombre, inutile de vous le dire, mais nous combattrons à couvert ; et, il y a une minute, j'aurais ajouté : avec discipline. Nous les rosserons, si vous le voulez, j'en suis persuadé.

Puis il fit sa ronde, et vit, comme il disait, que tout était paré.

Sur les deux petits côtés du fortin, à l'est et à l'ouest, il n'y avait que deux meurtrières ; du côté sud, où se trouvait l'entrée, deux également, et du côté nord, cinq. Nous disposions, pour nous sept, d'une vingtaine de mousquets. On avait entassé le bois à brûler en quatre piles, formant des tables, une vers le milieu de chaque côté, et sur ces tables se trouvaient disposés, à portée des défenseurs, des munitions avec quatre mousquets chargés. Au centre, s'alignaient les coutelas.

– Renversez le feu, dit le capitaine, le froid est passé, et il ne nous faut pas de fumée dans les yeux.

● **Le capitaine veut dire par là qu'il a délibérément provoqué Silver.**

La corbeille de fer fut emportée en bloc au-dehors par M. Trelawney, qui dispersa les charbons dans le sable.

– Hawkins n'a pas eu à déjeuner. Hawkins, prenez votre portion, et retournez la manger à votre poste. Vivement donc, mon garçon : ce n'est pas l'heure de traîner. Hunter, distribue une tournée d'eau-de-vie à tout le monde.

Et, pendant que ces ordres s'exécutaient, le capitaine réglait dans sa tête le plan de défense.

– Docteur, vous occuperez la porte. Il faut que vous voyiez, sans vous exposer : tirez par le vestibule, de l'intérieur. Hunter, prenez le côté est, oui, celui-là. Joyce, restez à l'ouest, mon garçon. Monsieur Trelawney, vous êtes le meilleur tireur : vous prendrez avec Gray le grand côté du nord, aux cinq meurtrières ; c'est là que se trouve le danger. S'ils parviennent jusque-là, et qu'ils tirent sur nous par nos propres sabords, ça commencera à sentir mauvais. Hawkins, vous ne valez guère plus que moi comme tireur : nous resterons là pour recharger et prêter main-forte.

Sur ces entrefaites, le froid était passé. Aussitôt qu'il eut dépassé notre enceinte d'arbres, le soleil dans sa force darda sur la clairière, et but d'un trait les vapeurs. Bientôt le sable fut brûlant et la résine se liquéfia dans les troncs du blockhaus. On dépouilla vareuses et habits, on rabattit les cols des chemises, on retroussa les manches jusqu'aux épaules, et nous attendîmes là, chacun à son poste, enfiévrés par la chaleur et l'inquiétude.

Une heure s'écoula.

– Zut pour eux ! fit le capitaine. On s'assomme ici plus que dans le pot-au-noir[1]. Gray, sifflez pour faire venir le vent.

1. **Pot-au-noir** : région de brumes épaisses redoutée des marins.

Ce fut alors que se manifestèrent les premiers symptômes de l'attaque.

– Pardon, monsieur, dit Joyce, si je vois quelqu'un, dois-je tirer dessus ?

– Je vous l'ai déjà dit ! s'impatienta le capitaine.

– Merci, monsieur, répliqua Joyce, avec la même politesse placide[1].

Il ne se produisit rien tout d'abord, mais la remarque nous avait tous mis en alerte. L'œil et l'oreille aux aguets, les mousquetaires soupesaient leurs fusils. Isolé au centre du blockhaus, le capitaine pinçait les lèvres d'un air soucieux.

Quelques secondes passèrent. Soudain Joyce épaula et fit feu. La détonation roulait encore, que plusieurs autres lui répliquèrent en une décharge prolongée, par coups successifs venant à la file indienne, de tous les côtés de l'enclos. Plusieurs balles frappèrent la maison de rondins, mais pas une n'y pénétra. Quand la fumée se fut dissipée, la palanque et les bois d'alentour réapparurent, aussi tranquilles et déserts qu'auparavant. Pas une branche ne remuait, pas un canon de fusil ne luisait, qui eussent révélé la présence de nos ennemis.

– Avez-vous touché votre homme ? demanda le capitaine.

– Non, monsieur, répondit Joyce. Je ne crois pas, monsieur.

– Ça ressemble fort à la vérité, murmura le capitaine. Chargez son fusil, Hawkins. Combien pensez-vous qu'ils étaient de votre côté, docteur ?

– Je puis le dire exactement. On a tiré trois coups de ce côté. J'ai vu les trois éclairs... deux tout près l'un de l'autre, et un plus à l'ouest.

1. **Placide** : tranquille.

– Trois ! répliqua le capitaine. Et combien de votre côté, monsieur Trelawney ?

Mais la réponse fut moins aisée. Il en était venu beaucoup, du nord... sept au compte du chevalier, huit ou neuf suivant Gray. De l'est et de l'ouest un seul coup. Il était donc évident que l'attaque viendrait du nord, et que sur les trois autres côtés, nous n'aurions à faire face qu'à un simulacre d'hostilités. Mais le capitaine Smollett ne modifia en rien ses dispositions. Si les mutins, raisonnait-il, arrivaient à franchir la palanque, ils prendraient possession de toutes les meurtrières inoccupées et nous canarderaient comme des rats dans notre forteresse même.

D'ailleurs on ne nous laissa guère le temps de réfléchir. Poussant un violent hourra, une minuscule nuée de pirates s'élança des bois, côté nord, et accourut droit à la palanque. En même temps, de derrière les arbres, la fusillade reprit, et un Biscaïen[1], traversant l'entrée, fit voler en éclats le mousquet du docteur.

Telle une bande de singes, les assaillants surgirent au haut de la clôture. Le chevalier et Gray tirèrent coup sur coup : trois hommes tombèrent, l'un tête la première dans le retranchement, deux à la renverse, au-dehors. Mais l'un de ceux-ci était évidemment plus effrayé que blessé, car il se retrouva debout à la seconde, et disparut aussitôt parmi les arbres.

Deux ennemis avaient mordu la poussière, un était en fuite, quatre avaient réussi à prendre pied dans nos retranchements ; et, à l'abri des bois, sept ou huit hommes, sans nul doute munis chacun de plusieurs mousquets, dirigeaient sur la maison de rondins un feu roulant, mais inefficace.

1. **Biscaïen** : originaire de la province de Biscaye, en Espagne.

Les quatre qui avaient pénétré coururent droit devant eux vers le fortin, en poussant des clameurs que les hommes cachés parmi le bois renforçaient par des cris d'encouragement. On tira plusieurs coups, mais avec une telle précipitation qu'aucun ne porta. En un instant, les quatre pirates avaient gravi le monticule : ils étaient sur nous.

La tête de Job Anderson, le maître d'équipage, apparut à la meurtrière du milieu.

– À eux, tout le monde… nous les avons ! hurla-t-il, d'une voix de tonnerre.

Au même moment, un autre pirate empoigna par le canon le mousquet de Hunter, le lui arracha des mains, l'attira par la meurtrière, et, d'un coup formidable, étendit sur le sol le pauvre garçon inanimé. Cependant, un troisième contourna la maison impunément, surgit soudain à l'entrée et se jeta, couteau levé, sur le docteur.

La situation était complètement retournée. Une minute plus tôt, nous tirions, abrités, sur un ennemi à découvert ; maintenant, c'était à notre tour de nous voir sans abri et incapables de riposte.

La maison de rondins était pleine de fumée, ce à quoi nous devions une sécurité relative. Des cris tumultueux, avec les détonations des coups de pistolet, et une plainte affreuse, m'emplissaient les oreilles.

– Dehors, garçons, dehors, et combattons à l'air libre ! Les coutelas ! ordonna le capitaine.

J'empoignai un coutelas dans le tas, et quelqu'un qui en prenait un autre en même temps, me fit sur les doigts une estafilade que je sentis à peine. Je m'élançai hors de la porte, à la lumière du soleil. Quelqu'un, j'ignore qui, me suivit de près. Juste devant moi, au bas du monticule, le docteur repoussait un assaillant : à l'instant où je jetai les yeux sur lui, il rabattait la lame de son ennemi, et l'envoya rouler les quatre fers en l'air, une large entaille en travers du visage.

– Faites le tour de la maison, garçons, faites le tour ! lança le capitaine.

Et malgré le hourvari, je devinai à sa voix qu'il y avait du nouveau.

J'obéis machinalement, obliquai à l'est et, le couteau levé, contournai en hâte l'angle de la maison. Tout aussitôt je me trouvai face à face avec Anderson. Avec un grand hurlement, il leva en l'air sa hache, qui flamboya au soleil. Je n'eus pas le loisir d'avoir peur, car en un clin d'œil, avant que le coup ne retombât, j'avais fait un bond de côté et, le pied me manquant dans le sable mou, je roulais à bas de la pente, la tête la première.

Dès le premier instant où j'avais surgi de la porte, les autres mutins s'étaient déjà mis à escalader la palissade pour en finir avec nous. Un homme au bonnet rouge, le coutelas entre les dents, était même arrivé en haut et enjambait par-dessus. Or, entre ce moment-là et celui où je me retrouvai sur pied, il se passa si peu de temps que tous étaient encore dans la même posture : l'individu au bonnet rouge n'avait pas fini d'enjamber, et un autre montrait à peine sa tête par-dessus la rangée de pieux. Et néanmoins, dans ce court intervalle, le combat avait pris fin et la victoire était à nous.

Gray, qui me suivait de près, avait égorgé le gros maître d'équipage sans lui laisser le loisir de reprendre son équilibre. Un

Georges Roux (1855-1929), gravure pour L'Île au trésor, Édition Hetzel, 1885.

autre avait été frappé d'une balle comme il tirait dans la maison par une meurtrière, et agonisait étendu sur le sol, tenant encore son pistolet fumant. Le docteur, comme je l'ai dit, en avait dépêché un troisième. Des quatre qui avaient escaladé la palissade, un seul restait indemne : celui-ci, abandonnant son coutelas sur le champ de bataille, se hâtait de la repasser, talonné par la peur de la mort.

– Feu ! feu de la maison ! commanda le docteur. Et vous, garçons, retournez vous abriter !

Mais on ne l'entendit point : personne ne tira, et le dernier agresseur put s'échapper sans mal et disparut dans le bois comme les autres. En trois secondes, de toute la troupe des assaillants, il ne resta plus que les cinq hommes tombés, quatre à l'intérieur et un à l'extérieur de la palanque.

Le docteur, Gray et moi, courûmes au plus vite nous mettre à l'abri. Les survivants auraient bientôt regagné l'endroit où ils avaient laissé leurs mousquets, et la fusillade pouvait reprendre d'un instant à l'autre.

Dans la maison, la fumée s'était un peu éclaircie et nous vîmes d'un coup d'œil à quel prix nous avions acheté la victoire. Hunter gisait, assommé, devant sa meurtrière ; Joyce, devant la sienne, une balle dans la tête, immobile à jamais ; tandis que, au centre de la pièce, le chevalier soutenait le capitaine, aussi pâle que lui-même.

– Le capitaine est blessé, nous dit M. Trelawney.

– Se sont-ils enfuis ? demanda M. Smollett.

– Tous ceux qui l'ont pu, soyez-en sûr, répondit le docteur ; mais il y en a cinq qui ne courront plus jamais.

– Cinq ! s'écria le capitaine. Allons, il y a du progrès. Cinq à trois nous laisse quatre contre neuf. La proportion est meilleure qu'au début. Nous étions alors sept contre dix-neuf, ou du moins nous le pensions, ce qui ne vaut pas mieux.

Cinquième partie

Mon aventure en mer

Chapitre XXII

Où commence mon aventure en mer

Les mutins ne revinrent pas à la charge. Il ne nous arriva même plus un coup de fusil de la forêt. Ils en avaient « pris leur dose pour ce jour-là », comme disait le capitaine, et nous eûmes toute la tranquillité nécessaire pour soigner les blessés et préparer le dîner. En dépit du danger, le chevalier m'aida à faire la cuisine dehors, et même là nous avions la tête à demi perdue d'horreur, en entendant les plaintes affreuses des patients du docteur.

Des huit hommes tombés durant l'action, trois seulement respiraient encore, à savoir : le pirate frappé devant la meurtrière, Hunter et le capitaine Smollett. Les deux premiers pouvaient être considérés comme perdus : le mutin, en effet, trépassa sous le bistouri du docteur, et Hunter, en dépit de tous nos soins, ne reprit plus connaissance dans ce monde. Il languit tout le jour, respirant avec force comme chez nous le vieux forban lors de son attaque d'apoplexie : il avait eu les os de la poitrine brisés par le coup et le crâne fracturé dans sa chute, et au cours de la nuit suivante, sans un mot, sans un geste, il retourna vers son Créateur.

Quant au capitaine, ses blessures étaient graves, mais non dangereuses. Aucun organe n'était atteint irrémédiablement. La balle d'Anderson – qui avait tiré sur lui le premier – lui avait fracassé l'omoplate et atteint le poumon, mais légèrement ; la seconde n'avait que déchiré et déplacé quelques muscles du mollet. Il ne manquerait pas de guérir, estimait le docteur, mais à la condition de rester des semaines sans marcher, ni remuer le bras, et en parlant le moins possible.

L'estafilade sur les doigts due à mon accident n'était guère plus sérieuse qu'une piqûre de moustique. Le docteur Livesey me la couvrit d'un emplâtre[1] et me tira les oreilles par-dessus le marché.

Après dîner, le chevalier et le médecin tinrent conseil un moment au chevet du capitaine ; et quand ils eurent bavardé tout leur soûl[2] – il était alors un peu plus de midi – le docteur prit son chapeau et ses pistolets, s'arma d'un coutelas, mit la carte dans sa poche et, le mousquet sur l'épaule, il franchit la palanque par le côté nord et d'un pas rapide s'enfonça sous les arbres.

Je m'étais réfugié, en compagnie de Gray, tout à l'extrémité du blockhaus, afin de ne pas entendre le conciliabule de nos chefs. Gray fut tellement ébahi par cette sortie qu'il retira sa pipe de sa bouche et oublia complètement de l'y replacer.

– Mais, par maître Lucifer ! est-ce que le docteur Livesey est fou ?

– Mais je ne pense pas, répliquai-je. Il serait le dernier de nous tous à le devenir, j'en suis sûr.

1. **Emplâtre** : pansement.
2. **Quand ils eurent bavardé tout leur soûl** : quand ils se furent dit tout ce qu'ils avaient à se dire.

– Eh bien, mon gars, reprit Gray, je me trompe peut-être ; mais alors, si lui n'est pas fou, entends-tu bien, c'est moi qui le suis.

– Je parie, répliquai-je, que le docteur a son idée. Si je ne me trompe, il s'en va maintenant rendre visite à Ben Gunn.

Je ne me trompais pas, on le sut plus tard ; mais en attendant, comme il faisait dans la maison une chaleur étouffante, et que le sable à l'intérieur de l'enclos irradiait sous le soleil de midi, je conçus peu à peu une autre idée qui était loin d'être aussi juste. Je commençai par envier le docteur, de marcher au frais, dans l'ombre des bois, avec autour de lui le chant des oiseaux et la bonne senteur des pins, tandis que moi, j'étais à rôtir, avec mes habits collés à la résine chaude, au milieu de tout ce sang et entouré de tous ces tristes cadavres. Mon dégoût d'être là augmenta à tel point qu'il en devint presque de la terreur.

Tout le temps que je passai à nettoyer le blockhaus, puis à laver la vaisselle du dîner, ce dégoût et cette envie ne cessèrent de croître, tant qu'à la fin, comme je me trouvais proche d'un sac à pain, et que personne ne me regardait, je fis le premier pas vers mon escapade en remplissant de biscuit les deux poches de ma vareuse.

J'étais stupide si l'on veut, et certainement j'allais commettre une action insensée et téméraire ; mais j'étais résolu à l'accomplir avec le maximum de chances en mon pouvoir. Ces biscuits, en cas d'imprévu, m'empêcheraient toujours de mourir de faim jusque dans la soirée du lendemain.

Ce dont je m'emparai ensuite fut une paire de pistolets et, comme j'avais déjà une poire à poudre et des balles, je m'estimai bien pourvu d'armes.

Quant au plan que j'avais en tête, il n'était pas mauvais en soi. Je projetais de partir par la langue de sable qui sépare à l'est le mouillage de la haute mer, de gagner la roche blanche que j'avais remarquée le soir précédent, et de vérifier si oui ou non c'était là que Ben Gunn cachait son canot : chose qui en valait bien la peine, je le crois encore. Mais comme sans nul doute on ne me permettrait pas de quitter l'enclos, mon seul moyen était de prendre congé « à la française[1] », et de profiter pour partir d'un moment où personne ne me verrait ; et c'était là une manière d'agir si fâcheuse qu'elle rendait la chose coupable radicalement. Mais je n'étais qu'un gamin, et je n'en démordis pas.

Justement, les circonstances me fournirent une occasion admirable. Le chevalier était occupé avec Gray à renouveler les pansements du capitaine : la voie était libre. Je filai comme un trait, franchis la palanque et m'enfonçai au plus épais des arbres. Quand mes compagnons s'aperçurent de mon absence, j'étais déjà loin.

Ce fut là ma seconde folie, bien pire que la première, car je ne laissais que deux hommes valides pour garder le fortin ; mais, comme la première, elle contribua à notre salut commun.

Je me dirigeai droit vers la côte est de l'île, car j'avais résolu de longer la langue de sable par le côté de la mer, pour éviter toute chance d'être aperçu du mouillage. Bien que le soleil fût encore chaud, il était déjà tard dans l'après-midi. Tout en me glissant parmi la futaie, j'entendais au loin devant moi le tonnerre continuel des brisants[2] ; en outre, un bruissement de feuillage et des grincements de branches caractéristiques m'annonçaient que

1. **« À la française »** : dans le plus grand secret.
2. **Brisants** : rochers contre lesquels la mer vient se *briser* et déferler.

la brise de mer s'était levée plus forte qu'à l'ordinaire. Bientôt des bouffées d'air frais arrivèrent jusqu'à moi, et quelques pas plus loin, j'atteignis la lisière du bois et vis la mer qui s'étalait bleue et ensoleillée jusqu'à l'horizon, et le ressac qui déferlait, écumant tout le long de la côte.

Je n'ai jamais vu la mer paisible autour de l'île au trésor. Que le soleil flamboyât au zénith, que l'air fût sans un souffle et les eaux ailleurs lisses et bleues, malgré tout, ces grandes lames déferlantes tonnaient jour et nuit, tout le long du rivage extérieur ; je ne crois pas qu'il y eût un seul point de l'île d'où l'on pût ne pas entendre leur bruit.

Je m'avançai en longeant les brisants, d'un pas fort allègre[1]. Quand je me crus arrivé assez loin dans le sud, je mis à profit le couvert de quelques épais buissons et me glissai précautionneusement jusque sur la crête de la langue de terre.

J'avais derrière moi la mer, en face le mouillage. Comme si elle s'était épuisée plus tôt que d'habitude par sa violence inusitée[2], la brise de mer tombait déjà : il s'élevait à sa place un vent léger et instable, variant du sud au sud-est, qui amenait de grands bancs de brume, et le mouillage, abrité par l'îlot du Squelette, était lisse et plombé comme au jour de notre arrivée. Dans ce miroir sans ride, l'*Hispaniola* se reflétait exactement, depuis la pomme des mâts jusqu'à la flottaison, y compris le Jolly Roger qui pendait à sa vergue d'artimon.

Le long du bord flottait une des yoles, commandée par Silver – lui, je le reconnaissais toujours – vers qui se penchaient, appuyés

1. **D'un pas fort allègre** : d'un pas plein d'entrain.
2. **Inusitée** : inhabituelle.

au bastingage arrière, deux hommes dont l'un, en bonnet rouge, était ce même scélérat que j'avais vu quelques heures auparavant à califourchon sur la palissade. Probablement, ils causaient et riaient, mais à cette distance – plus d'un mille – je ne pouvais, cela va de soi, entendre un mot de ce qu'ils disaient. Tout à coup, retentirent des hurlements affreux et inhumains qui me terrifièrent tout d'abord, mais j'eus tôt fait de reconnaître la voix de Capitaine Flint, et je crus même, à son brillant plumage, distinguer l'oiseau posé sur le poing de son maître.

Peu après le canot démarra, nageant vers le rivage, et l'homme au bonnet rouge disparut avec son camarade par le capot d'échelle.

Presque au même moment, le soleil se coucha derrière la Longue-Vue et, comme la brume s'épaississait rapidement, le crépuscule commença à tomber. Je n'avais pas de temps à perdre si je voulais découvrir le bateau ce soir-là.

La roche blanche, très visible au-dessus de la brousse, était bien encore à deux cents toises plus loin sur la langue de terre, et il me fallut un bon moment pour l'atteindre, en rampant la plupart du temps à quatre pattes, parmi le hallier[1]. La nuit était presque tombée quand je posai la main sur son flanc rugueux. Juste au-dessous, à son pied, il y avait un minuscule creux de gazon vert, masqué par des rebords et par une épaisse végétation qui me venait à mi-jambe ; et au milieu du trou, une petite tente en peaux de chèvre, comme celles que les bohémiens transportent avec eux, en Angleterre.

Je sautai dans l'excavation, soulevai le pan de la tente, et vis le canot de Ben Gunn. Cette pirogue, rustique au possible, consistait

1. **Hallier** : groupe d'épais buissons.

en une carcasse de bois brut, grossière et de forme biscornue, avec, tendu par-dessus, un revêtement de peau de chèvre, le poil en dedans. L'esquif était fort petit, même pour moi, et je crois difficilement qu'il aurait porté un adulte. Il renfermait un banc placé aussi bas que possible, une sorte de marchepied de nage à l'avant, et une pagaie double en guise de propulseur.

À cette époque-là, je n'avais pas encore vu de coracle, ce bateau des anciens Bretons, mais j'en ai vu un depuis, et je ne peux donner une meilleure idée de la pirogue de Ben Gunn qu'en disant qu'elle ressemblait au premier et pire coracle qui soit jamais sorti de la main de l'homme. Mais elle possédait à coup sûr le grand avantage du coracle, car elle était extrêmement légère et portative.

Or, maintenant que j'avais trouvé le canot, on va peut-être croire que je pouvais borner là mes exploits ; mais entre-temps j'avais formé un autre projet, dont j'étais si obstinément féru[1] que je l'aurais exécuté, je crois, même au nez et à la barbe du capitaine Smollett. C'était de me faufiler, à la faveur de la nuit, jusqu'à l'*Hispaniola*, de la jeter en dérive et de la laisser aller à la côte où bon lui semblerait. Je tenais pour évident que les mutins, après leur échec de la matinée, n'auraient rien de plus pressé que de lever l'ancre et de prendre le large. Ce serait, pensais-je, un beau coup de les en empêcher ; et comme je venais de voir qu'ils laissaient les gardiens du navire dépourvus d'embarcation, je croyais pouvoir exécuter mon projet sans grand risque.

Je m'assis à terre pour attendre l'obscurité, et mangeai mon biscuit de bon appétit. C'était pour mon dessein une nuit propice entre mille. Le brouillard couvrait maintenant tout le ciel. Quand

1. **Féru** : passionné.

les dernières lueurs du jour eurent disparu, des ténèbres complètes ensevelirent l'île au trésor. Et quand enfin je pris le coracle sur mon épaule, et me hissai péniblement hors du creux où j'avais soupé, il n'y avait plus dans tout le mouillage que deux points visibles.

L'un était le grand feu du rivage, autour duquel les pirates vaincus faisaient carrousse[1]. L'autre, simple tache de lumière sur l'obscurité, m'indiquait la position du navire à l'ancre. Celui-ci avait tourné avec le reflux, et me présentait maintenant son avant, et comme il n'y avait de lumières à bord que dans la cabine, ce que je voyais était uniquement le reflet sur le brouillard des vifs rayons qui s'échappaient de la fenêtre de poupe[2].

La marée baissait déjà depuis quelque temps, et je dus patauger à travers un long banc de sable détrempé où j'enfonçai plusieurs fois jusqu'au-dessus de la cheville, avant d'arriver au bord de la mer descendante. Je m'y avançai de quelques pas, et, avec un peu de force et d'adresse, déposai mon coracle, la quille par en bas, à la surface de l'eau.

Chapitre XXIII

La marée descend

Le coracle – comme j'eus mainte raison de le savoir avant d'être quitte de lui – était, pour quelqu'un de ma taille et de mon poids, un bateau très sûr, à la fois léger et tenant bien la mer ; mais cette embarcation biscornue était des plus difficiles à conduire. On

1. **Faisaient carrousse** : tenaient conseil.
2. **Poupe** : arrière du navire.

avait beau faire, elle se bornait la plupart du temps à dériver, et en fait de manœuvre, elle ne savait guère que tourner en rond. Ben Gunn lui-même avait admis qu'elle était « d'un maniement pas très commode tant qu'on ne connaissait pas ses habitudes ».

Évidemment, je ne les connaissais pas. Elle se tournait dans toutes les directions, sauf celle où je voulais aller ; la plupart du temps nous marchions par le travers, et il est certain que sans la marée je n'aurais jamais atteint le navire. Par bonheur, de quelque manière que je pagayasse, la marée m'emportait toujours, et l'*Hispaniola* était là-bas, juste dans le bon chemin : je ne pouvais guère la manquer.

Tout d'abord, elle surgit devant moi comme une tache d'un noir plus foncé que les ténèbres ; puis ses mâts et sa coque se profilèrent peu à peu, et en un instant – car le courant du reflux devenait plus fort à mesure que j'avançais –, je me trouvai à côté de son amarre, que j'empoignai.

L'amarre était bandée comme la corde d'un arc, tant le navire tirait sur son ancre. Tout autour de la coque, dans l'obscurité, le clapotis du courant bouillonnait et babillait comme un petit torrent de montagne. Un coup de mon coutelas, et l'*Hispaniola* serait partie, murmurante, avec la marée.

C'était très joli ; mais je me rappelai à temps que le choc d'une amarre bandée que l'on coupe net, est aussi dangereux qu'une ruade de cheval. Il y avait dix à parier contre un que, si j'avais la témérité de couper le câble de l'*Hispaniola*, je serais projeté en l'air du même coup avec mon coracle.

Je me butais donc là-contre et, sans une nouvelle faveur spéciale du hasard, il m'eût fallu abandonner mon projet.

Mais la légère brise qui soufflait tout à l'heure d'entre sud et sud-est avait tourné au sud-ouest après la tombée de la nuit. Au beau milieu de mes réflexions survint une bouffée qui saisit l'*Hispaniola* et la refoula à contre-courant. À ma grande joie, je sentis l'amarre mollir dans mon poing, et la main dont je la tenais plongea sous l'eau pendant une seconde.

Là-dessus ma décision fut prise : je tirai mon coutelas, l'ouvris avec mes dents, et coupai successivement les torons[1] du câble, jusqu'à ce qu'il n'en restât plus que deux pour maintenir le navire. Je m'arrêtai alors, attendant pour trancher ces derniers que leur tension fût de nouveau relâchée par un souffle de vent.

Pendant tout ce temps-là, j'avais entendu un grand bruit de voix qui provenait de la cabine ; mais, à vrai dire, j'étais si occupé par d'autres pensées que j'y prêtais à peine l'oreille. Mais à cette heure, n'ayant rien d'autre à faire, je commençai à leur accorder plus d'attention.

L'une de ces voix était celle du quartier-maître, Israël Hands, l'ex-canonnier de Flint. L'autre appartenait, comme de juste, à mon bon ami au bonnet rouge. Les deux hommes en étaient manifestement au pire degré de l'ivresse, et ils buvaient toujours ; car, tandis que j'écoutais, l'un d'eux, avec une exclamation d'ivrogne, ouvrit la fenêtre de poupe et jeta dehors un objet que je devinai être une bouteille vide. Mais ils n'étaient pas seulement ivres, ils étaient évidemment aussi dans une furieuse colère. Les jurons volaient dru comme grêle, et de temps à autre il en survenait une explosion telle que je m'attendais à la voir dégénérer en coups. Mais à chaque fois la querelle s'apaisait, et le diapason des voix retombait pour

1. **Torons** : fils.

un instant, jusqu'à la crise suivante, qui passait à son tour sans résultat.

À terre, entre les arbres du rivage, je pouvais voir s'élever les hautes flammes du grand feu de campement. Quelqu'un chantait une vieille complainte de marin, triste et monotone, avec un trémolo à la fin de chaque couplet, et qui ne devait finir, semblait-il, qu'avec la patience du chanteur. Je l'avais entendue plusieurs fois durant le voyage, et me rappelais ces mots :

Un seul survivant de tout l'équipage
Qui avait pris la mer au nombre de soixante-quinze.

Et je me dis qu'un tel refrain n'était que trop fâcheusement approprié à une bande qui avait subi de telles pertes le matin même. Mais, à ce que je voyais, tous ces forbans étaient aussi insensibles que la mer où ils naviguaient.

Finalement la brise survint : la goélette se déplaça doucement dans l'ombre et se rapprocha de moi ; je sentis l'amarre mollir à nouveau, et d'un bon et solide effort tranchai les dernières fibres.

La brise n'avait que peu d'action sur le coracle, et je fus presque instantanément plaqué contre l'étrave de l'*Hispaniola*. En même temps, d'une lente giration, la goélette se mit à virer cap pour cap, au milieu du courant.

Je me démenai en diable, car je m'attendais à sombrer d'un moment à l'autre ; et quand j'eus constaté que je ne pouvais éloigner d'emblée mon coracle, je poussai droit vers l'arrière. Je me vis enfin libéré de ce dangereux voisinage ; et je donnais tout juste la dernière impulsion, quand mes mains rencontrèrent un mince cordage qui pendait du gaillard d'arrière. Aussitôt je l'empoignai.

Quel motif m'y incita, je l'ignore. Ce fut en premier lieu instinct pur ; mais une fois que je l'eus saisi et qu'il tint bon, la curiosité prit peu à peu le dessus, et je me déterminai à jeter un coup d'œil par la fenêtre de la cabine.

Me hissant sur le cordage à la force des poignets, et non sans danger, je me mis presque debout dans la pirogue, et pus ainsi découvrir le plafond de la cabine et une partie de son intérieur.

Cependant la goélette et sa petite conserve filaient sur l'eau à bonne vitesse ; en fait nous étions déjà arrivés à la hauteur du feu du campement. Le bateau jasait[1], comme disent les marins, assez fort, refoulant avec un incessant bouillonnement les innombrables rides du clapotis ; si bien qu'avant d'avoir l'œil par-dessus le rebord de la fenêtre je ne pouvais comprendre comment les hommes de garde n'avaient pas pris l'alarme.

Mais un regard me suffit ; et de cet instable esquif un regard fut d'ailleurs tout ce que j'osai me permettre. Il me montra Hands et son compagnon enlacés en une mortelle étreinte et se serrant la gorge réciproquement.

Je me laissai retomber sur le banc, mais juste à temps, car j'étais presque par-dessus bord. Pour un instant je ne vis plus rien d'autre que ces deux faces haineuses et cramoisies, oscillant à la fois sous la lampe fumeuse ; et je fermai les paupières pour laisser mes yeux se réaccoutumer aux ténèbres.

1. **Jasait** : tanguait.

L'interminable mélopée avait pris fin, et autour du feu de campement toute la troupe décimée avait entonné le chœur que je connaissais trop :

Nous étions quinze sur le coffre du mort...
Yo-ho-ho ! et une bouteille de rhum !
La boisson et le diable ont expédié les autres,
Yo-ho-ho ! et une bouteille de rhum !

J'étais en train de songer à l'œuvre que la boisson et le diable accomplissaient en ce moment même dans la cabine de l'*Hispaniola*, lorsque je fus surpris par un soudain coup de roulis du coracle. Au même instant, il fit une violente embardée et parut changer de direction. Sa vitesse aussi avait augmenté singulièrement.

J'ouvris les yeux aussitôt. Tout autour de moi, de petites rides se hérissaient de crêtes bruissantes[1] et légèrement phosphorescentes. À quelques brasses, l'*Hispaniola* elle-même, qui m'entraînait encore dans son sillage, semblait hésiter sur sa direction, et je vis ses mâts se balancer légèrement sur la noirceur de la nuit. En y regardant mieux, je m'assurai qu'elle aussi virait vers le sud.

Je tournai la tête, et mon cœur bondit dans ma poitrine. Là, juste derrière moi, se trouvait la lueur du feu de campement. Le courant avait obliqué à angle droit et emportait avec lui la majestueuse goélette et le petit coracle bondissant ; toujours plus vite, toujours à plus gros bouillons, toujours avec un plus fort murmure, elle filait à travers la passe vers la haute mer.

1. **Bruissantes** : faisant de légers bruits.

Soudain la goélette fit devant moi une embardée, et vira de peut-être vingt degrés. Presque au même moment des appels se succédèrent à bord ; j'entendis des pas marteler l'échelle du capot, et je compris que les deux ivrognes, enfin éveillés au sentiment de la catastrophe, avaient interrompu leur querelle.

Je me couchai à plat dans le fond du misérable esquif et pieusement recommandai mon âme à mon Créateur. Au bout de la passe, nous ne pouvions manquer de tomber sur quelque ligne de brisants furieux, qui mettraient vite fin à tous mes soucis ; et bien que j'eusse peut-être la force de mourir, je supportais mal d'envisager mon sort par avance.

Il est probable que je restai ainsi des heures, continuellement ballotté sur les lames, aspergé par les embruns, et ne cessant d'attendre la mort au prochain plongeon. Peu à peu, la fatigue m'envahit ; un engourdissement, une stupeur passagère accabla mon âme, en dépit de mes terreurs ; puis le sommeil me prit, et dans mon coracle ballotté par les flots je rêvai de mon pays et du vieil *Amiral Benbow*.

Chapitre XXIV

La croisière du coracle

Il faisait grand jour lorsque je m'éveillai et me trouvai voguant à l'extrémité sud-ouest de l'île au trésor. Le soleil était levé, mais encore caché pour moi derrière la haute masse de la Longue-Vue, qui de ce côté descendait presque jusqu'à la mer en falaises formidables.

La pointe Hisse-la-Bouline et le mont du Mât-d'Artimon étaient tout proches : la montagne grise et dénudée, la pointe ceinte de falaises de quarante à cinquante pieds de haut et bordée de gros blocs de rocher éboulés. J'étais à peine à un quart de mille au large, et ma première pensée fut de pagayer vers la terre et d'aborder.

Ce projet fut vite abandonné. Parmi les pierres tombées, le ressac écumait et grondait ; avec des chocs violents, les lourdes lames jaillissaient et s'écroulaient, se succédant de seconde en seconde ; et je prévis que si je m'aventurais plus près, je serais roulé à mort sur cette côte sauvage, ou m'épuiserais en vains efforts pour escalader les rocs surplombants.

Et ce n'était pas tout, car, rampant de compagnie à la surface des tables rocheuses ou se laissant tomber dans la mer à grand bruit, j'aperçus d'énormes monstres limoneux – des sortes de limaces, mais d'une grosseur démesurée – par deux ou trois douzaines à la fois, qui faisaient retentir les échos de leurs aboiements.

J'ai su depuis que c'étaient des lions de mer, entièrement inoffensifs. Mais leur aspect, joint à la difficulté du rivage et à la violence du ressac, était plus que suffisant pour me dégoûter d'atterrir là. Je trouvai préférable de mourir de faim en mer, plutôt que d'affronter semblables périls.

Cependant j'avais devant moi une meilleure chance, à ce que je croyais. Au nord du cap Hisse-la-Bouline, sur un espace considérable de côte, la marée basse découvre une longue bande de sable jaune. En outre, plus au nord, se présente encore un autre promontoire – le cap des Bois, d'après la carte – revêtu de grands pins verts qui descendaient jusqu'à la limite des flots.

Je me rappelai que le courant, au dire de Silver, portait au nord sur toute la côte ouest de l'île au trésor, et voyant d'après ma position que j'étais déjà sous son influence, je résolus de laisser derrière moi le cap Hisse-la-Bouline et de réserver mes forces pour tenter d'aborder sur le cap des Bois, d'un aspect plus engageant.

Il y avait sur la mer une longue et tranquille houle. Le vent soufflait doucement et continûment du sud, sans nul antagonisme entre le courant et lui, et les lames s'élevaient et s'abaissaient sans déferler.

En tout autre cas, j'eusse péri depuis longtemps ; mais dans ces conditions, j'étais étonné de voir combien facile et sûre était la marche de ma petite et légère pirogue. Souvent, alors que je me tenais encore couché au fond et risquais seulement un œil par-dessus le plat-bord, je voyais une grosse éminence bleue se dresser, proche et menaçante ; mais le coracle ne faisait que bondir un peu, danser comme sur des ressorts, et s'enfonçait de l'autre côté dans le creux aussi légèrement qu'un oiseau.

Je ne tardai pas à m'enhardir, et je m'assis pour éprouver mon adresse à pagayer. Mais le plus petit changement dans la répartition du poids produisait de violentes perturbations dans l'allure du coracle. Et j'avais à peine fait un mouvement que le canot, abandonnant du coup son délicat balancement, se précipita d'emblée à bas d'une pente d'eau si abrupte qu'elle me donna le vertige, et alla dans un jet d'écume piquer du nez profondément dans le flanc de la lame suivante.

Tout trempé et terrifié, je me rejetai au plus vite dans ma position primitive, ce qui parut rendre aussitôt ses esprits au coracle, qui me mena parmi les lames aussi doucement qu'auparavant. Il était clair qu'il ne fallait pas le contrarier ; mais à cette allure, puisque je ne pouvais en aucune façon influer sur sa course, quel espoir avais-je d'atteindre la terre ?

Une peur atroce m'envahit, mais malgré tout je gardai ma raison. D'abord, me mouvant[1] avec grande précaution, j'écopai le coracle à l'aide de mon bonnet de marin, puis, jetant l'œil à nouveau par-dessus le plat-bord, je me mis à étudier comment faisait mon esquif pour se glisser si tranquillement parmi les lames.

Je découvris que chaque vague, au lieu d'être cette éminence épaisse, lisse et luisante qu'elle paraît du rivage ou du pont d'un navire, était absolument pareille à une chaîne de montagnes terrestres, avec ses pics, ses plateaux et ses vallées. Le coracle, livré à lui-même, virant d'un bord sur l'autre, s'enfilait, pour ainsi dire, parmi les régions plus basses, et évitait les pentes escarpées et les points culminants de la vague.

« Allons, me dis-je, il est clair que je dois rester où je suis et ne pas déranger l'équilibre ; mais il est clair aussi que je puis passer la pagaie par-dessus bord, et de temps à autre, dans les endroits unis, donner quelques coups vers la terre. » Sitôt pensé, sitôt réalisé. Je me mis sur les coudes et, dans cette position très gênante, donnai de temps à autre un ou deux coups pour orienter l'avant vers la terre.

C'était un travail harassant et fastidieux. Toutefois, je gagnais visiblement du terrain, et en approchant du cap des Bois, je vis qu'à la vérité je devais manquer infailliblement cette pointe, mais que cependant j'avais fait quelques cents brasses vers l'est. J'étais, en tout cas, fort près de la terre. Je pouvais voir les cimes des arbres, vertes et fraîches, se balancer à la fois sous la brise, et j'étais assuré de pouvoir aborder sans faute au promontoire suivant.

1. **Me mouvant** : me déplaçant.

Il était grand temps, car la soif commençait à me tourmenter. L'éclat du soleil par en haut, sa réverbération sur les ondes, l'eau de mer qui retombait et séchait sur moi, m'enduisant les lèvres de sel, se combinaient pour me parcheminer[1] la gorge et m'endolorir la tête. La vue des arbres si proches me rendit presque malade d'impatience ; mais le courant eut tôt fait de m'emporter au-delà de la pointe ; et quand la nouvelle étendue de mer s'ouvrit devant moi, j'aperçus un objet qui changea la nature de mes soucis.

Droit devant moi, à moins d'un demi-mille, je vis l'*Hispaniola* sous voiles. Malgré ma certitude d'être pris, je souffrais si fort du manque d'eau, que je ne savais plus si je devais me réjouir ou m'attrister de cette perspective. Mais bien avant d'en être arrivé à une conclusion, la surprise me posséda entièrement, et je devins incapable de faire autre chose que de regarder et de m'ébahir.

L'*Hispaniola* était sous sa grand-voile et ses deux focs[2] : la belle toile blanche éclatait au soleil comme de la neige ou de l'argent. Quand je la vis tout d'abord, toutes ses voiles portaient : elle faisait route vers le nord-ouest ; et je présumai que les hommes qui la montaient faisaient le tour de l'île pour regagner le mouillage. Bientôt elle appuya de plus en plus à l'ouest, ce qui me fit croire qu'ils m'avaient aperçu et allaient me donner la chasse. Mais à la fin, elle tomba en plein dans le lit du vent, fut repoussée en arrière, et resta là un moment inerte, les voiles battantes.

« Les maladroits ! me dis-je, il faut qu'ils soient soûls comme des bourriques. » Et je m'imaginai comment le capitaine Smollett les aurait fait manœuvrer.

1. **Me parcheminer la gorge** : rendre ma gorge semblable à du parchemin, c'est-à-dire sèche.
2. **Focs** : voiles triangulaires situées à l'avant du navire.

Cependant la goélette abattit peu à peu, et entreprenant une nouvelle bordée, vogua rapidement une minute ou deux, pour s'arrêter une fois encore en plein dans le lit du vent. Cela se renouvela à plusieurs reprises. De droite et de gauche, en long et en large, au nord, au sud, à l'est et à l'ouest, l'*Hispaniola* naviguait par à-coups zigzagants, et chaque répétition finissait comme elle avait débuté, avec des voiles battant paresseusement. Il devint clair pour moi que personne ne la gouvernait. Et, dans cette hypothèse, que faisaient les hommes ? Ou bien ils étaient ivres morts, ou ils avaient déserté, pensai-je ; et peut-être, si je pouvais arriver à bord, me serait-il possible de rendre le navire à son capitaine.

Le courant chassait vers le sud à une même vitesse le coracle et la goélette. Quant aux bordées de cette dernière, elles étaient si incohérentes et si passagères, et le navire s'arrêtait si longtemps entre chacune, qu'il ne gagnait certainement pas du terrain, si même il n'en perdait. Il me suffirait d'oser m'asseoir et de pagayer pour le rattraper à coup sûr. Ce projet avait un aspect aventureux qui me séduisait, et le souvenir de la caisse à eau près du gaillard d'avant redoublait mon nouveau courage.

Je me dressai donc, fus accueilli presque aussitôt par un nuage d'embrun, mais cette fois je n'en démordis pas et me mis, de toutes mes forces et avec prudence, à pagayer à la poursuite de l'*Hispaniola* en dérive. Une fois j'embarquai un si gros coup de mer que je dus m'arrêter pour écoper, le cœur palpitant comme celui d'un oiseau ; mais peu à peu je trouvai la manière, et guidai mon coracle parmi les vagues, sans plus de tracas que, de temps en temps, une gifle d'eau sur son avant et un jet d'écume dans ma figure.

À cette heure, je gagnais rapidement sur la goélette : je pouvais voir les cuivres briller sur la barre du gouvernail quand elle tapait de côté ; et cependant pas une âme ne se montrait sur le pont. Je ne pouvais plus douter qu'elle fût abandonnée. Ou sinon les hommes ronflaient en bas, ivres morts, et je pourrais sans doute les mettre hors d'état de nuire, et disposer à ma guise du bâtiment.

Depuis un moment, l'*Hispaniola* se comportait aussi mal que possible, à mon point de vue. Elle avait le cap presque en plein sud, sans cesser, bien entendu, de faire tout le temps des embardées. Chaque fois qu'elle abattait, ses voiles se gonflaient en partie et l'emportaient de nouveau pour une minute, droit au vent. C'était là pour moi le pire, comme je l'ai dit, car bien que livrée à elle-même dans cette situation, ses voiles battant avec un bruit de canon et ses poulies roulant et se cognant sur le pont, la goélette néanmoins continuait à s'éloigner de moi, et à la vitesse du courant elle ajoutait toute celle de sa dérive, qui était considérable.

Enfin, la chance me favorisa. Pour une minute, la brise tomba presque à rien, et le courant agissant par degrés, l'*Hispaniola* tourna lentement sur son axe et finit par me présenter sa poupe, avec la fenêtre grande ouverte de la cabine où la lampe brûlait encore sur la table malgré le plein jour. La grand-voile, inerte, pendait comme un drapeau. À part le courant, le navire restait immobile.

Pendant les quelques dernières minutes, ma distance s'était accrue, mais je redoublai d'efforts, et commençai une fois de plus à gagner sur le bâtiment chassé.

Je n'étais plus qu'à cinquante brasses de lui quand une brusque bouffée de vent survint : le navire partit bâbord amures[1], et de nouveau s'en fut au loin, penché et rasant l'eau comme une hirondelle.

1. **Bâbord amures** : à bâbord.

Ma première impulsion fut de désespérer, mais la seconde inclina vers la joie. La goélette tourna, jusqu'à me présenter son travers… elle tourna jusqu'à couvrir la moitié, puis les deux tiers, puis les trois quarts de la distance qui nous séparait. Les vagues bouillonnantes écumaient sous son étrave. Vue d'en bas, dans mon coracle, elle me semblait démesurément haute.

Et alors, brusquement, je me rendis compte du danger. Je n'eus pas le temps de réfléchir non plus que d'agir pour me sauver. J'étais sur le sommet d'une lame quand, dévalant de la plus voisine, la goélette fondit sur moi. Son beaupré[1] arriva au-dessus de ma tête. Je me levai d'un bond et m'élançai vers lui, envoyant le coracle sous l'eau. D'une main, je m'accrochai au bout-dehors du foc, tandis que mon pied se logeait entre la draille[2] et le bras de vergue, et j'étais encore cramponné là, tout pantelant, lorsqu'un choc sourd m'apprit que la goélette venait d'aborder et de broyer le coracle, et que je me trouvais jeté sur l'*Hispaniola* sans possibilité de retraite.

Chapitre XXV

J'amène le Jolly Roger

J'avais à peine pris position sur le beaupré, que le clin-foc battit et reprit le vent en changeant ses amures, avec une détonation pareille à un coup de canon. Sous le choc de la renverse, la goélette trembla jusqu'à la quille ; mais au bout d'un instant, comme les

1. **Beaupré** : mât placé à l'avant du navire.
2. **Draille** : cordage le long duquel glisse la voile.

autres voiles portaient encore, le foc revint battre de nouveau et pendit paresseusement.

La secousse m'avait presque lancé à la mer ; aussi, sans perdre de temps, je rampai le long du beaupré et culbutai sur le pont la tête la première.

Je me trouvais sous le vent du gaillard d'avant, et la grand-voile, qui portait encore, me cachait une partie du pont arrière. Il n'y avait personne en vue. Le plancher, non balayé depuis la révolte, gardait de nombreuses traces de pas ; et une bouteille vide, au col brisé, se démenait çà et là dans les dalots[1], comme un être doué de vie.

Soudain, l'*Hispaniola* prit le vent en plein. Les focs derrière moi claquèrent avec violence ; le gouvernail se rabattit ; un frémissement sinistre secoua le navire tout entier ; et au même instant le gui d'artimon revint en dedans du bord, et la voile, grinçant sur ses drisses[2], me découvrit le côté sous le vent du pont arrière.

Les deux gardiens étaient là : Bonnet-Rouge, étendu sur le dos, raide comme un anspect, les deux bras étalés comme ceux d'un crucifix, et les lèvres entrouvertes dans un rictus qui lui découvrait les dents ; Israël Hands, accoté aux bastingages, le menton sur la poitrine, les mains ouvertes à plat devant lui sur le pont, et le visage, sous son hâle, aussi blanc qu'une chandelle de suif.

Un moment, le navire se débattit et se coucha comme un cheval vicieux ; les voiles tiraient tantôt d'un bord, tantôt de l'autre, et le gui, ballant de-ci delà, faisait grincer le mât sous l'effort. De temps

1. **Dalots** : trous dans la paroi d'un navire pour l'écoulement des eaux.
2. **Drisses** : cordages.

à autre, un nuage d'embrun jaillissait par-dessus le bastingage, et l'avant du navire piquait violemment dans la lame : ce grand voilier se comportait beaucoup plus mal que mon coracle rustique et biscornu, à présent au fond de l'eau.

À chaque sursaut de la goélette, Bonnet-Rouge glissait de côté et d'autre ; mais, chose hideuse à voir, ni sa posture, ni le rictus qui lui découvrait les dents, n'étaient modifiés par ces déplacements brutaux. À chaque sursaut également, on voyait Hands s'affaisser davantage sur lui-même et s'aplatir sur le pont : ses pieds glissaient toujours plus loin, et tout son corps s'inclinait vers la poupe, de sorte que petit à petit son visage me fut caché, et je n'en vis plus à la fin qu'une oreille et le bout hirsute d'un favori.

À ce moment, je remarquai autour d'eux des taches de sang sur le plancher, et commençai à croire que les deux ivrognes s'étaient massacrés l'un l'autre dans leur fureur homicide.

Je regardais ce spectacle avec étonnement, lorsque dans un intervalle de calme où le navire se tenait tranquille, Israël Hands se tourna à demi, et avec un gémissement sourd et en se tortillant, reprit la position dans laquelle je l'avais vu d'abord. Son gémissement, qui décelait une douleur et une faiblesse extrêmes, et la vue de sa mâchoire pendante, émurent ma compassion. Mais en me remémorant les propos que j'avais ouïs, caché dans ma barrique de pommes, toute pitié m'abandonna.

Je m'avançai jusqu'au grand mât.

– Embarquez, maître Hands, dis-je ironiquement.

Il roula vers moi des yeux mornes, mais il était bien trop abruti pour exprimer de la surprise. Il se borna à émettre ce souhait :

– Eau-de-vie.

Je comprenais qu'il n'y avait pas de temps à perdre : esquivant le gui qui balayait de nouveau le pont, je courus à l'arrière et descendis par le capot d'échelle, dans la cabine.

Il y régnait un désordre difficile à imaginer. Tout ce qui fermait à clef, on l'avait ouvert de force pour y rechercher la carte. Il y avait sur le plancher une couche de boue, aux endroits où les forbans s'étaient assis pour boire ou délibérer après avoir pataugé dans le marais avoisinant leur camp. Sur les cloisons, peintes d'un beau blanc et encadrées de moulures dorées, s'étalaient des empreintes de mains sales. Des douzaines de bouteilles vides s'entrechoquaient dans les coins, au roulis du navire. Un des livres médicaux du docteur restait ouvert sur la table : on en avait arraché la moitié des feuillets, pour allumer des pipes, je suppose. Au milieu de tout cela, la lampe jetait encore une lueur fumeuse et obscure, d'un brun de terre de Sienne.

Je passai dans le cellier : tous les tonneaux avaient disparu, et un nombre stupéfiant de bouteilles avaient été bues et rejetées sur place. À coup sûr, depuis le début de la mutinerie, pas un de ces hommes n'avait dégrisé.

En fourrageant[1] çà et là, je trouvai une bouteille qui contenait encore un fond d'eau-de-vie. Je la pris pour Hands ; et pour moi-même je dénichai quelques biscuits, des fruits en conserve, une grosse grappe de raisin et un morceau de fromage. Muni de ces provisions, je regagnai le pont, déposai ma réserve à moi derrière la tête du gouvernail et, sans passer à portée du quartier-maître, gagnait l'avant où je bus à la citerne une longue et délicieuse goulée d'eau. Alors, mais pas avant, je passai à Hands son eau-de-vie.

1. **Fourrageant** : fouillant.

Il en but bien un quart de pinte avant de retirer la bouteille de sa bouche.

– Ah ! cré tonnerre ! j'en avais besoin ! fit-il.

Pour moi, assis dans mon coin, j'avais déjà commencé à manger.

– Fort blessé ? lui demandai-je.

Il grogna, ou je devrais plutôt dire, il aboya :

– Si ce docteur était à bord, je serais remis sur pied en un rien de temps ; mais je n'ai pas de chance, vois-tu, moi, et c'est ce qui me désole. Quant à ce sagouin-là, il est mort et bien mort, ajouta-t-il en désignant l'homme au bonnet rouge. Ce n'était pas un marin, d'ailleurs... Et d'où diantre peux-tu bien sortir ?

– Je suis venu à bord pour prendre possession de ce navire, maître Hands ; et jusqu'à nouvel ordre vous êtes prié de me considérer comme votre capitaine.

Il me regarda non sans amertume, mais ne dit mot. Un peu de couleur lui était revenue aux joues, bien qu'il parût encore très défait et qu'il continuât à glisser et à retomber selon les oscillations du navire.

– À propos, continuai-je, je ne veux pas de ce pavillon, maître Hands, et avec votre permission je m'en vais l'amener. Mieux vaut rien du tout que celui-là.

Et esquivant de nouveau le gui, je courus aux drisses de pavillon et amenai ce maudit drapeau noir, que je lançai par-dessus bord.

– Dieu protège le roi ! m'exclamai-je en agitant mon bonnet ; c'en est fini du capitaine Silver !

Il m'observait attentivement, mais à la dérobée et sans lever le menton de sa poitrine.

– J'ai idée, dit-il enfin, j'ai idée, capitaine Hawkins, que tu aimerais bien aller à terre, maintenant. Nous causons, veux-tu ?

– Mais oui, répliquai-je, très volontiers, maître Hands. Dites toujours.

Et je me remis à manger de bon appétit.

– Cet homme… commença-t-il, avec un faible signe de tête vers le cadavre, il s'appelait O'Brien… une brute d'Irlandais… cet homme et moi avons mis les voiles dans l'intention de ramener le navire. Eh bien, maintenant qu'il est mort, lui, et bien mort, je ne vois pas qui va faire la manœuvre sur ce bâtiment. Si je ne te donne pas quelques conseils, tu n'en seras pas capable, voilà tout ce que je peux dire. Eh bien, voici : tu me donneras nourriture et boisson, et un vieux foulard ou un mouchoir pour bander ma blessure, hein ? et je t'indiquerai la manœuvre. C'est une proposition bien carrée, je suppose ?

– Je vous annonce une chose, répliquai-je, c'est que je ne retourne pas au mouillage du capitaine Kidd. Je veux aller dans la baie du Nord, et nous échouer là tranquillement.

– J'en étais sûr, s'écria-t-il. Au fond, tu sais, je ne suis pas tellement andouille. Je me rends compte, pas vrai ? J'ai tenté mon coup, eh bien, j'ai perdu et c'est toi qui as le dessus. La baie du Nord ? Soit, je n'ai pas le choix, moi ! Je t'aiderai à nous mener jusqu'au Quai des Potences, cré tonnerre ! c'est positif.

La proposition ne me parut pas dénuée de sens. Nous conclûmes le marché sur-le-champ. Trois minutes plus tard, l'*Hispaniola* voguait paisiblement vent arrière et longeait la côte de l'île au trésor. J'avais bon espoir de doubler sa pointe nord avant midi et de louvoyer ensuite jusqu'à la baie du Nord avant la marée haute, afin de nous échouer en paix et d'attendre que la marée descendante nous permît de débarquer.

J'amarrai alors la barre et descendis chercher dans mon coffre personnel un mouchoir de soie fine donné par ma mère. Je m'en servis pour aider Hands à bander la large blessure saignante qu'il avait reçue à la cuisse. Après avoir mangé un peu et avalé quelques gorgées d'eau-de-vie, il commença à se remonter visiblement, se tint plus droit, parla plus haut et plus net, et parut un tout autre homme.

La brise nous servait admirablement. Nous filions devant elle comme un oiseau, les côtes de l'île défilaient comme l'éclair et le paysage se renouvelait sans cesse. Les hautes terres furent bientôt dépassées, et nous courûmes grand largue[1] le long d'une contrée basse et sablonneuse, parsemée de quelques pins rabougris, au-delà de laquelle nous doublâmes une pointe de collines rocheuses qui formaient l'extrémité de l'île, au nord.

J'étais tout transporté par mon nouveau commandement, et je prenais plaisir au temps clair et ensoleillé et aux aspects divers de la côte. J'avais désormais de l'eau à discrétion et de bonnes choses à manger, et la superbe conquête que je venais de faire apaisait ma conscience, qui m'avait cruellement reproché ma désertion. Il ne me serait plus rien resté à désirer, n'eussent été les yeux du quartier-maître, qui me suivaient ironiquement par tout le pont, et l'inquiétant sourire qui se jouait continuellement sur son visage. Ce sourire contenait un mélange de souffrance et de faiblesse… comme le sourire hébété d'un vieillard ; mais

1. **Nous courûmes grand largue** : nous voguâmes rapidement.

il y avait en outre dans son air un grain de moquerie, une ombre d'astucieuse traîtrise, tandis que de son coin il me guettait et me guettait sans relâche, au cours de mon travail.

Chapitre XXVI

Israël Hands

Nous servant à souhait, le vent avait passé à l'ouest. Nous n'en devions courir que plus aisément depuis la pointe nord-est de l'île jusqu'à l'entrée de la baie du Nord. Mais, comme nous étions dans l'impossibilité de mouiller l'ancre et que nous n'osions nous échouer avant que la marée eût monté encore passablement, nous avions du temps de reste. Le quartier-maître indiqua la façon de mettre le navire en panne[1] : j'y réussis après plusieurs tentatives, et nous nous installâmes en silence pour faire un autre repas.

– Capitaine, me dit-il enfin, avec le même sourire inquiétant, il y a là mon vieux camarade O'Brien ; je suppose que tu vas le balancer par-dessus bord. Je ne suis pas trop délicat en général, et je ne me reproche pas de lui avoir fait son affaire ; mais je ne le trouve pas très décoratif. Et toi ?

– Je ne suis pas assez fort, répondis-je, et la corvée ne me plaît pas. Pour ce qui me concerne, il peut rester là.

– C'est un navire de malheur que cette *Hispaniola*, Jim, continua-t-il en clignant de l'œil. Il y a eu un tas d'hommes tués, sur cette *Hispaniola*... une flopée de pauvres marins morts et disparus

1. **Mettre le navire en panne** : l'immobiliser.

depuis que toi et moi nous avons embarqué à Bristol. Je n'ai jamais vu si triste chance. Tiens, cet O'Brien-là... maintenant il est mort, hein ? Moi, je ne suis pas instruit, et tu es un garçon qui sais lire et écrire ; eh bien, parlons franchement : crois-tu qu'un homme mort soit mort pour de bon, ou bien est-ce qu'il revit encore ?

– On peut tuer le corps, maître Hands, mais non pas l'esprit, vous devez le savoir déjà. Cet O'Brien est dans un autre monde, et peut-être qu'il nous voit en cet instant.

– Oh ! fit-il. Eh bien, c'est malheureux : on perd son temps, alors, à tuer le monde. En tout cas, les esprits ne comptent pas pour grand-chose, à ce que j'ai vu. Je courrai ma chance avec les esprits, Jim. Et maintenant que tu as parlé librement, ce serait gentil à toi de descendre dans la cabine et de m'en rapporter une... allons allons, une... mort de mes os ! je ne parviens pas à le dire... ah oui, tu m'apporteras une bouteille de vin, Jim : cette eau-de-vie est trop forte pour moi.

Mais l'hésitation du quartier-maître ne me sembla pas naturelle ; et quant à son affirmation qu'il préférait le vin à l'eau-de-vie, je n'en crus pas un mot. Toute l'histoire n'était qu'un prétexte. Il voulait me faire quitter le pont, cela était net ; mais dans quel dessein, je n'arrivais pas à le deviner. Ses yeux fuyaient obstinément les miens : ils erraient sans cesse de droite et de gauche, en haut et en bas, tantôt levés au ciel, tantôt lançant un regard furtif au cadavre d'O'Brien. Il n'arrêtait pas de sourire, tout en tirant la langue d'un air si coupable et embarrassé qu'un enfant aurait deviné qu'il machinait quelque ruse. Néanmoins, je fus prompt à la réplique, car je me rendais compte de ma supériorité sur lui et qu'avec un être aussi abjectement stupide, je n'aurais pas de peine à lui cacher mes soupçons jusqu'au bout.

– Du vin ? dis-je. À la bonne heure. Voulez-vous du blanc ou du rouge ?

– Ma foi, j'avoue que c'est à peu près la même chose pour moi, camarade : pourvu qu'il soit fort et qu'il y en ait beaucoup, cré nom, qu'est-ce que ça fait ?

– Très bien. Je vais vous donner du porto, maître Hands. Mais il me faudra chercher après.

Là-dessus, je m'engouffrai dans le capot avec tout le fracas possible, retirai mes souliers, filai sans bruit par la coursive, montai l'échelle du gaillard d'avant, et passai ma tête hors du capot avant. Je savais qu'il ne s'attendrait pas à me voir là, mais je ne négligeais aucune précaution, et assurément les pires de mes soupçons se trouvèrent confirmés.

Il s'était dressé sur les mains et les genoux, et, bien que sa jambe le fît beaucoup souffrir à chaque mouvement – car je l'entendis étouffer une plainte –, il n'en traversa pas moins le pont à une bonne allure. En une demi-minute, il avait atteint les dalots de bâbord, et extrait d'un rouleau de filin un long coutelas ou plutôt un court poignard, teinté de sang jusqu'à la garde. Il le considéra d'un air féroce, en essaya la pointe sur sa main, puis, le cachant en hâte sous sa vareuse, regagna précipitamment sa place primitive contre le bastingage.

J'étais renseigné. Israël pouvait se mouvoir ; il était armé à présent, et tout le mal qu'il s'était donné pour m'éloigner me désignait clairement pour être sa victime. Que ferait-il ensuite ? s'efforcerait-il de traverser l'île en rampant depuis la baie du Nord jusqu'au camp du marigot, ou bien tirerait-il le canon, dans l'espoir que ses camarades viendraient à son aide ? Là-dessus, j'étais entièrement réduit aux conjectures[1].

1. **Conjectures** : hypothèses.

Toutefois, je pouvais certainement me fier à lui sur un point, auquel nous avions un intérêt commun, et qui était le sort de la goélette. Nous souhaitions, lui comme moi, l'échouer en un lieu sûr et abrité, de sorte qu'elle pût être remise à flot en temps opportun avec un minimum de peine et de danger. Jusque-là, me semblait-il, je n'avais assurément rien à craindre.

Tout en retournant ce problème dans mon esprit, je n'étais pas resté physiquement inactif. J'avais volé derechef à la cabine, remis mes souliers et attrapé au hasard une bouteille de vin. Puis, muni de cette dernière pour justifier ma lenteur, je fis ma réapparition sur le pont.

Hands gisait tel que je l'avais quitté, tout affaissé sur lui-même, les paupières closes, comme s'il eût été trop faible pour supporter la lumière. Il leva les yeux, néanmoins, à ma venue, cassa le cou de la bouteille comme un homme qui en a l'habitude, et absorba une bonne goulée, en portant sa santé favorite[1] : « À notre réussite ! » Puis il se tint tranquille un moment, et alors, tirant un rôle de tabac, me demanda de lui couper une chique.

– Coupe-moi un bout de ça, me dit-il, car je n'ai pas de couteau ; et même si j'en avais un, ma force n'est pas suffisante. Ah ! Jim, Jim, j'avoue que j'ai manqué à virer ! Coupe-moi une chique, ça sera probablement la dernière, mon gars, car je vais m'en aller d'où on ne revient plus, il n'y a pas d'erreur.

– Soit, répliquai-je, je vais vous couper du tabac ; mais si j'étais à votre place et que je me sente si bas, je dirais mes prières, comme un chrétien.

– Pourquoi ? fit-il. Allons, dis-moi pourquoi.

1. **Sa santé favorite** : son toast favori.

– Pourquoi ? m'écriai-je. Vous venez de m'interroger à propos du mort. Vous avez manqué à vos engagements ; vous avez vécu dans le péché, le mensonge et le sang ; l'homme que vous avez tué gît à vos pieds en ce moment même, et vous me demandez pourquoi ? Que Dieu me pardonne, maître Hands, mais voilà pourquoi !

Je parlais avec une certaine chaleur, à l'idée du poignard ensanglanté que le misérable avait caché dans sa poche, à dessein d'en finir avec moi. Quant à lui, il but un long trait de vin et parla avec la plus extraordinaire solennité :

– Pendant trente ans j'ai parcouru les mers, j'ai vu du bon et du mauvais, du meilleur et du pire, du beau temps et de la tempête ; j'ai vu les provisions épuisées, les couteaux en jeu, et le reste. Eh bien, sache-le donc, je n'ai jamais vu encore le bien sortir de la bonté. Je suis pour celui qui frappe le premier : les morts ne mordent pas ; voilà mon opinion... amen, ainsi soit-il. Et maintenant, écoute, ajouta-t-il, changeant soudain de ton, ça suffit de ces bêtises ! La marée est assez haute à présent. Je vais te donner mes ordres, capitaine Hawkins, et nous allons nous mettre au plein et en finir.

Tout compte fait, nous n'avions guère plus de deux milles à parcourir ; mais la navigation était délicate, l'accès de ce mouillage nord était non seulement étroit et peu profond, mais orienté de l'est à l'ouest, en sorte que la goélette avait besoin d'une main habile pour l'atteindre. J'étais, je crois, un bon et prompt subalterne, et Hands était, à coup sûr, un excellent pilote, car nous exécutâmes des virages répétés et franchîmes la passe en frôlant les bancs de sable avec une précision et une élégance qui faisaient plaisir à voir.

Sitôt l'entrée du goulet dépassée, la terre nous entoura de toutes parts. Les rivages de la baie du Nord étaient aussi abondamment boisés que ceux du mouillage sud ; mais elle était de forme plus étroite et allongée, et ressemblait davantage à l'estuaire d'une rivière, comme elle l'était en effet. Droit devant nous, à l'extrémité sud, on voyait les débris d'un navire naufragé, au dernier degré du délabrement : jadis un grand trois-mâts, ce vaisseau était resté si longtemps exposé aux injures des saisons que les algues pendaient alentour en larges réseaux dégouttants, et que les buissons du rivage s'étaient propagés sur le pont et le couvraient d'une floraison dense. Spectacle mélancolique, mais qui nous démontrait le calme du mouillage.

– Maintenant, dit Hands, regarde : voilà un joli endroit pour y échouer un navire. Un fond plat de sable fin, pas une ride, des arbres tout autour, et des fleurs poussant comme un jardin sur ce vieux navire.

– Et une fois échoués, demandai-je, comment nous remettre à flot ?

– Eh bien, voilà : à marée basse, tu portes une amarre à terre là-bas de l'autre côté ; tu la tournes sur un de ces gros pins ; tu la ramènes, tu la tournes autour du cabestan et tu attends le flot. À marée haute, tout le monde hale sur l'amarre, et le bateau part en douceur. Et maintenant, mon garçon, attention. Nous sommes tout près de l'endroit, et nous gardons encore trop d'erre[1]. Tribord un peu... bien... tout droit... tribord... bâbord... un peu... tout droit... tout droit !

Il lançait ses commandements, auxquels j'obéissais sans souffler. Enfin tout à coup il s'écria :

1. **Erre** : vitesse.

– Et maintenant, hardi ! lofe[1] !

Je mis la barre au vent toute, et l'*Hispaniola* vira rapidement et courut l'étrave haute vers le rivage bas et boisé.

L'excitation de ces dernières manœuvres avait un peu relâché la vigilance que j'exerçais jusque-là, avec assez d'attention, sur le quartier-maître. Tout absorbé dans l'attente que le navire touchât, j'en avais complètement oublié le péril suspendu sur ma tête, et demeurais penché sur le bastingage de tribord, regardant les ondulations qui s'élargissaient devant le taille-mer. Je serais tombé sans lutter pour défendre ma vie, n'eût été la soudaine inquiétude qui s'empara de moi et me fit tourner la tête. Peut-être avais-je entendu un craquement ou aperçu du coin de l'œil son ombre se mouvoir ; peut-être fut-ce un instinct analogue à celui des chats ; en tout cas, lorsque je me retournai, je vis Hands, le poignard à la main, déjà presque sur moi.

Quand nos yeux se rencontrèrent, nous poussâmes tous deux un grand cri ; mais tandis que le mien était le cri aigu de la terreur, le sien fut le beuglement de furie d'un taureau qui charge. À la même seconde il s'élança, et je fis un bond de côté vers l'avant. Dans ce geste, je lâchai la barre, qui se rabattit violemment sur bâbord ; et ce fut sans doute ce qui me sauva la vie, car elle frappa Hands en pleine poitrine et l'arrêta, pour un moment, tout étourdi.

Il n'en était pas revenu que je me trouvais en sûreté, hors du coin où il m'avait acculé, avec tout le pont devant moi. Juste au pied du grand mât, je m'arrêtai, tirai un pistolet de ma poche, et visai avec sang-froid, bien que l'ennemi eût déjà fait volte-face et revînt encore une fois sur moi. Je pressai la détente. Le chien s'abattit,

1. **Lofer** : faire venir le navire au plus près du vent.

mais il n'y eut ni éclair ni détonation. L'eau de mer avait gâté la poudre. Je maudis ma négligence. Pourquoi n'avoir pas depuis longtemps renouvelé l'amorce et rechargé mes seules armes ? Je n'aurais pas été comme à présent un mouton en fuite devant le boucher.

Malgré sa blessure, c'était merveille comme il allait vite, avec ses cheveux grisonnants lui voltigeant sur la figure, et son visage lui-même aussi rouge de précipitation, et de furie, que le rouge d'un pavillon. Je n'avais pas le temps d'essayer mon autre pistolet, et guère l'envie non plus, car j'étais sûr que ce serait en vain. Je voyais clairement une chose : il ne me fallait pas simplement reculer devant mon adversaire, car il m'aurait bientôt acculé contre l'avant, comme il venait, un instant plus tôt, de m'acculer presque à la poupe. Une fois pris ainsi, neuf ou dix pouces[1] du poignard teinté de sang mettraient fin à mes aventures de ce côté-ci de l'éternité. J'appliquai mes paumes contre le grand mât, qui était de bonne grosseur, et attendis, tous les nerfs en suspens.

Voyant que je m'apprêtais à me dérober, il s'arrêta lui aussi, et une minute ou deux se passèrent en feintes de sa part, et en mouvements correspondants de la mienne. C'était là un jeu de cache-cache auquel je m'étais maintes fois amusé durant mon enfance, parmi les rochers de la crique du Mont-Noir ; mais je n'y avais encore jamais joué, on peut le croire, d'une façon aussi âprement palpitante que cette fois-ci. Pourtant, je le répète, c'était un jeu d'enfant, et je me croyais capable de surpasser en agilité un marin d'un certain âge, et blessé à la cuisse. En somme, mon courage s'accrut tellement que je me permis quelques furtives

1. **Pouce** : ancienne mesure de longueur valant 2,7 cm.

réflexions sur l'issue de l'affaire. Mais tout en constatant que je pouvais la retarder longtemps, je ne voyais nul espoir de salut définitif.

Les choses en étaient là, quand soudain l'*Hispaniola* toucha, hésita, racla un instant le sable de sa quille, puis, prompte comme un coup de poing, chavira sur bâbord, de telle sorte que le pont resta incliné sous un angle de quarante-cinq degrés, et que la valeur d'une demi-tonne d'eau jaillit par les ouvertures des dalots et s'étala en une flaque entre le pont et le bastingage.

Nous fûmes tous deux renversés en même temps, et roulâmes presque ensemble dans les dalots, où le cadavre roidi[1] de Bonnet-Rouge, les bras toujours en croix, vint s'affaler après nous. Nous étions si proches, en vérité, que ma tête donna contre le pied du quartier-maître, avec un heurt qui fit s'entrechoquer mes dents. En dépit du coup, je fus le premier relevé, car Hands s'était empêtré dans le cadavre. La soudaine inclinaison du navire avait rendu le pont impropre à la course : il me fallait trouver un nouveau moyen d'échapper à mon ennemi, et cela sur-le-champ, car il allait m'atteindre. Prompt comme la pensée, je bondis dans les haubans d'artimon, escaladai les enfléchures l'une après l'autre, et ne repris haleine qu'une fois établi sur les barres de perroquet.

Ma promptitude m'avait sauvé : le poignard frappa moins d'un demi-pied au-dessous de moi, tandis que je poursuivais ma fuite vers les hauteurs. Israël Hands resta là, la bouche ouverte et le visage renversé vers moi : on eût dit en vérité la statue de la surprise et du désappointement.

1. **Roidi** : raide.

Profitant de ce répit, je rechargeai sans plus attendre l'amorce de mon pistolet qui avait raté, et lorsque celui-ci fut en état, pour plus de sécurité je me mis à vider l'autre et à le recharger entièrement de frais.

En présence de ma nouvelle occupation, Hands demeura tout ébaubi[1] : il commençait à s'apercevoir que la chance tournait contre lui ; et après une hésitation visible, lui aussi se hissa pesamment dans les haubans et, le poignard entre les dents, se mit à monter avec lenteur et maladresse. Cela lui coûta un temps infini et maint grognement, de tirer après lui sa jambe blessée ; et j'avais achevé en paix mes préparatifs, qu'il n'avait pas encore dépassé le tiers du trajet. À ce moment, un pistolet dans chaque main, je l'interpellai :

– Un pas de plus, maître Hands, et je vous fais sauter la cervelle !... Les morts ne mordent pas, vous savez bien, ajoutai-je avec un ricanement.

Il s'arrêta aussitôt. Je vis au jeu de sa physionomie qu'il essayait de réfléchir, mais l'opération était si lente et laborieuse que, dans ma sécurité recouvrée[2], je poussai un éclat de rire. Enfin, et non sans ravaler préalablement sa salive, il parla, le visage encore empreint d'une extrême perplexité. Il dut, pour parler, ôter le poignard de sa bouche, mais il ne fit pas d'autre mouvement.

– Jim, dit-il, je vois que nous sommes mal partis, toi et moi, et que nous devons conclure la paix. Je t'aurais eu, sans ce coup de roulis ; mais moi je n'ai pas de chance, et je vois qu'il me faut

1. **Ébaubi** : surpris.
2. **Recouvrée** : retrouvée.

Georges Roux (1855-1929), gravure pour L'Île au trésor, *Édition Hetzel, 1885.*

mettre les pouces, ce qui est dur, vois-tu, pour un maître-marinier, à l'égard d'un blanc-bec[1] comme toi, Jim.

Je buvais ses paroles en souriant, aussi vain qu'un coq sur un mur, quand, tout d'une haleine, il ramena sa main droite par-dessus son épaule. Quelque chose siffla en l'air comme une flèche ; je sentis un choc suivi d'une douleur aiguë, et me trouvai

1. **Blanc-bec** : garçon sans expérience et sûr de soi.

cloué au mât par l'épaule. Dans l'excès de ma douleur et dans la surprise du moment – je ne puis dire si ce fut de mon plein gré, et je suis en tout cas certain que je ne visai pas – mes pistolets partirent tous les deux à la fois, et tous les deux m'échappèrent des mains. Ils ne tombèrent pas seuls : avec un cri étouffé, le quartier-maître lâcha les haubans et plongea dans l'eau la tête la première.

Chapitre XXVII

« Pièces de huit ! »

Vu la bande que donnait le navire[1], les mâts penchaient longuement au-dessus de l'eau, et juché sur mes barres de perroquet, je n'avais sous moi que l'étendue de la baie. Hands, qui n'était pas si haut, se trouvait par conséquent plus près du navire, et il tomba entre moi et les bastingages. Il reparut une fois à la surface dans un tourbillon d'écume et de sang, puis s'enfonça de nouveau pour de bon. Quand l'eau se fut éclaircie, je l'aperçus confusément affalé sur le fond de sable fin et clair, dans l'ombre projetée par le flanc du navire. Deux ou trois poissons filèrent le long de son corps. Par instants, grâce à l'ondulation de l'eau, il semblait remuer un peu, comme s'il essayait de se lever. Mais il était bien mort, à la fois percé de balles et noyé, et il s'apprêtait à nourrir les poissons sur les lieux mêmes où il avait projeté de m'égorger.

1. **Vu la bande que donnait le navire** : vu que le navire penchait d'un côté.

Sitôt convaincu du fait, je commençai à me sentir vertigineux d'épuisement et d'horreur. Le sang tiède ruisselait sur ma poitrine et sur mon dos. Le poignard, à l'endroit où il avait cloué mon épaule au mât, me brûlait comme un fer rouge, et néanmoins, ce qui me torturait ce n'était pas cette souffrance physique, que j'aurais, à elle seule, supportée sans murmure, c'était la peur qui m'emplissait l'esprit, de tomber des barres de perroquet dans cette immobile eau verte.

Je me cramponnai des deux mains avec une force à m'endolorir les ongles, et fermai les yeux pour ne plus voir le danger. Insensiblement je recouvrai mes esprits, mon pouls apaisé reprit une cadence plus naturelle, et je me sentis de nouveau en possession de moi-même.

Ma première pensée fut d'arracher le poignard ; mais, soit qu'il tînt trop fort, soit que le cœur me faillît, j'y renonçai avec un violent frisson. Chose bizarre, ce frisson même opéra ma délivrance. Il s'en était fallu d'un rien, en effet, que la lame ne me manquât tout à fait : elle me retenait par une simple languette de peau, que ce frisson déchira. Le sang coula plus rapidement, il est vrai, mais j'étais redevenu mon maître, et ne tenais plus au mât que par ma vareuse et ma chemise.

Je les arrachai d'une secousse, puis regagnai le pont par les haubans de tribord. Pour rien au monde je ne me serais aventuré de nouveau, ému comme je l'étais, sur les haubans surplombants de bâbord, d'où Israël était tombé si récemment.

Je descendis en bas, et bandai comme je pus ma blessure. Elle me faisait beaucoup souffrir, et saignait toujours abondamment, mais elle n'était ni profonde ni dangereuse et ne me gênait guère lorsque je me servais de mon bras. Puis je regardai autour de moi, et comme le navire était devenu, en quelque sorte, ma propriété, je songeai à le débarrasser de son dernier passager, le mort O'Brien.

Il avait culbuté, comme je l'ai dit, contre les bastingages, où il gisait pareil à quelque hideux pantin disloqué, de grandeur naturelle, certes, mais combien éloigné des couleurs et de la souplesse de la vie ! Dans cette position, j'en vins à bout facilement ; et mes aventures tragiques ayant, par l'habitude, fort émoussé mon horreur des morts, je le pris à bras le corps tel un vulgaire sac de son, et, d'une bonne poussée, l'envoyai par-dessus bord. Il s'enfonça avec un plouc ! retentissant, perdant son bonnet rouge qui se mit à flotter à la surface. Dès que l'eau eut repris son niveau, je vis O'Brien côte à côte avec Israël, tous deux agités par le mouvement ondulatoire de l'eau. O'Brien, malgré sa jeunesse, était très chauve. Il gisait là, sa calvitie posée sur les genoux de l'homme qui l'avait tué, et les poissons rapides évoluaient capricieusement sur tous deux.

J'étais désormais seul sur le navire. La marée venait de se renverser. Le soleil était si près de se coucher que déjà l'ombre des pins de la rive ouest s'allongeait tout en travers du mouillage et mettait sur le pont ses découpures. La brise du soir s'était levée, et, bien qu'on fût ici protégé par la montagne aux deux sommets, située à l'est, les cordages commençaient à siffler une petite chanson et les voiles flasques battaient çà et là.

J'aperçus le danger que courait le navire. Je me hâtai de filer les focs et les amenai en tas sur le pont ; mais ce fut plus dur avec la grand-voile.

Bien entendu, lors du chavirement de la goélette, le gui avait sauté en dehors du bord, et sa pointe même plongeait sous l'eau, avec un pied ou deux de la voile. Cette circonstance augmentait encore le danger ; mais la tension était si forte que je craignais presque d'intervenir. Enfin, je pris mon couteau et coupai les drisses. Le pic d'artimon tomba aussitôt, la toile s'étala sur l'eau comme un grand ballon vide ; mais ensuite j'eus beau tirer, il me fut impossible de remuer le hale-bas[1]. J'avais accompli tout ce dont j'étais capable : pour le reste, l'*Hispaniola* devait s'en remettre à la chance, comme moi-même.

Pendant ce temps, l'ombre avait envahi tout le mouillage. Les derniers rayons du soleil, je m'en souviens, jaillirent par une trouée du bois et jetèrent comme un éclat de pierreries sur la toison en fleurs de l'épave. Il commençait à faire froid ; la marée fluait[2] rapidement vers la mer, et la goélette se couchait de plus en plus sur le côté.

À grand-peine je gagnai l'avant, où je me penchai. L'eau semblait assez peu profonde, et pour plus de sûreté me tenant des deux mains à l'amarre coupée, je me laissai doucement glisser par-dessus bord. L'eau me venait à peine à la poitrine, le sable était dur et couvert de rides, et je passai allègrement le gué jusqu'au rivage, laissant l'*Hispaniola* sur le flanc avec sa grand-voile large étalée à la surface de la baie. Presque aussitôt le soleil acheva de disparaître et la brise se mit à siffler dans le crépuscule parmi les pins frémissants.

1. **Hale-bas** : petit cordage situé au sommet des focs et permettant de les descendre.
2. **Fluait** : coulait.

En fin de compte, j'étais hors de la mer, et je n'en revenais pas les mains vides. La goélette était là, libre enfin de flibustiers et prête à recevoir nos hommes et à reprendre le large. Je n'avais plus d'autre désir que de me voir rentré à la palanque où je me glorifierais de mes exploits. On pouvait bien me blâmer un peu à cause de ma fugue, mais la reprise de l'*Hispaniola* était un argument sans réplique, et j'espérais que le capitaine Smollett lui-même avouerait que je n'avais pas perdu mon temps.

Mis en excellente humeur par cette idée, je me disposai à retourner au blockhaus auprès de mes compagnons. Je me rappelai que la plus orientale des rivières qui se déversent dans le mouillage du capitaine Kidd venait de la montagne à deux sommets située sur ma gauche ; et je me dirigeai de ce côté, afin de passer le cours d'eau à sa naissance. Le bois était fort praticable et, en suivant les contreforts inférieurs de cette montagne, je l'eus vite contournée. Peu après je traversais le ruisseau qui me venait à mi-jambe.

Cela me conduisit tout près de l'endroit où j'avais rencontré Ben Gunn, le marron ; et je marchai avec plus de circonspection, ayant l'œil de tous côtés. La nuit était presque complète, et lorsque je débouchai du col situé entre les deux sommets, j'aperçus dans le ciel une réverbération vacillante. Je supposai que l'homme de l'île était là-bas à cuire son souper sur un brasier ardent. Toutefois, je m'étonnais en mon for intérieur qu'il se montrât si imprudent. Car si j'apercevais cette radiation, ne pouvait-elle aussi frapper les yeux de Silver campé sur le rivage du marigot ?

La nuit s'épaississait par degrés ; c'est tout au plus si je pouvais me guider approximativement vers mon but : derrière moi, la double montagne et la Longue-Vue sur ma droite devenaient presque indistinctes ; on voyait à peine quelques faibles étoiles ; et sur le terrain bas que je parcourais, je trébuchais sans cesse contre les buissons et tombais dans des trous de sable.

Soudain, une lueur vague se répandit autour de moi. Je levai les yeux : une pâle clarté lunaire illuminait le sommet de la Longue-Vue ; peu après un large disque argenté surgit derrière les arbres : la lune était levée.

Favorisé par cette circonstance, je franchis rapidement le reste du trajet ; dans mon impatience de me rapprocher de la palanque, je marchais et courais, alternativement. Toutefois, en pénétrant dans le bois qui la précède, je ne fus pas assez étourdi pour ne pas ralentir, et m'avançai avec plus de prudence. C'eût été piètrement finir mes aventures que d'attraper une balle des nôtres, par méprise.

La lune s'élevait ; sa lumière tombait çà et là en flaques dans les parties moins épaisses du bois ; et juste devant moi une lueur d'une teinte différente apparut entre les arbres. Elle était d'un rouge ardent, et s'obscurcissait un peu de temps à autre, comme si elle fût provenue des tisons d'un brasier expirant.

Malgré tous mes efforts je ne devinais pas ce que ce pouvait être.

J'arrivai enfin aux limites de la clairière. Son extrémité ouest était déjà baignée de clair de lune ; le reste, avec le blockhaus même, reposait encore dans une ombre noire que rayaient de longues stries[1] de lumière argentée. De l'autre côté de la maison, un énorme feu s'était réduit en braises vives dont l'immobile et rouge réverbération formait un vigoureux contraste avec la blanche clarté de la lune. Pas un bruit humain, nul autre son que les frémissements de la brise.

1. **Stries** : bandes.

Je m'arrêtai avec beaucoup d'étonnement, et peut-être aussi un peu d'effroi. Ce n'était pas notre usage de faire de grands feux : nous étions, en effet, par ordre du capitaine, assez regardants sur le bois à brûler, et je commençais à craindre que les choses n'eussent mal tourné en mon absence.

Je fis le tour par l'extrémité orientale de la palanque, en me tenant tout contre, dans l'ombre, et, à un endroit propice, où les ténèbres étaient plus épaisses, je franchis la clôture.

Pour plus de sûreté, je me tins à quatre pattes et rampai sans bruit vers l'angle de la maison. En approchant j'éprouvai un soudain et grand soulagement. Le bruit n'a rien d'agréable en soi, et je m'en suis souvent plaint, à d'autres moments ; mais en cette minute-là ce me fut une musique céleste que d'entendre mes amis ronfler avec ensemble, d'un sommeil si profond et paisible. Le cri maritime de la vigie, ce beau : « Ouvre l'œil ! » ne parut jamais plus rassurant à mes oreilles.

Néanmoins, une chose n'était pas douteuse : ils se gardaient de façon exécrable. Que Silver et ses amis fussent survenus maintenant au lieu de moi, pas une âme n'aurait vu se lever le jour. « Voilà ce que c'est, pensai-je, d'avoir un capitaine blessé. » Et, une fois de plus, je me reprochai vivement de les avoir abandonnés dans ce danger avec si peu d'hommes pour monter la garde.

Cependant j'étais arrivé à la porte. Je m'arrêtai. Il faisait tout noir à l'intérieur, et mes yeux n'y pouvaient rien distinguer. Par l'ouïe, je percevais le tranquille bourdon des ronfleurs, et par intervalles un petit bruit, un trémoussement et un becquètement dont je ne pouvais déterminer l'origine.

Les bras tendus devant moi, je pénétrai sans bruit. J'irais me coucher à ma place (pensais-je avec un petit rire muet) et m'amuserais à voir leurs têtes quand ils me découvriraient au matin.

Mon pied heurta quelque chose de mou : c'était la jambe d'un dormeur, qui se retourna en grognant, mais sans se réveiller.

Et alors, tout d'un coup, une voix stridente éclata dans les ténèbres :

– Pièces de huit ! pièces de huit ! pièces de huit ! pièces de huit ! pièces de huit ! et ainsi de suite, sans arrêt ni changement, comme un cliquet de moulin.

Le perroquet vert de Silver, Capitaine Flint ! C'était lui que j'avais entendu becqueter un morceau d'écorce ; c'était lui, qui, faisant meilleure veille que nul être humain, annonçait ainsi mon arrivée par sa fastidieuse rengaine !

Je n'eus pas le temps de me reconnaître[1]. Aux cris aigus et assourdissants du perroquet, les dormeurs s'éveillèrent et bondirent. Avec un énorme juron, la voix de Silver cria :

– Qui vive ?

Je tentai de fuir, me jetai violemment contre quelqu'un, reculai, et courus droit entre les bras d'un second individu, qui les referma et me retint solidement.

– Apporte une torche, Dick, ordonna Silver, lorsque ma capture fut ainsi assurée.

Et l'un des hommes sortit de la maison, pour rentrer presque aussitôt porteur d'un brandon enflammé.

1. **Me reconnaître** : reprendre mes esprits.

Sixième partie

LE CAPITAINE SILVER

Chapitre XXVIII

Dans le camp ennemi

La rouge flambée de la torche, en illuminant l'intérieur du blockhaus, me fit voir que mes pires craintes s'étaient réalisées. Les pirates étaient en possession du fortin et des approvisionnements : il y avait là le tonnelet de cognac, il y avait le lard et le biscuit, comme auparavant ; et, ce qui décuplait mon horreur, pas trace de prisonniers. J'en conclus logiquement que tous avaient péri, et ma conscience me reprocha amèrement de n'être pas resté pour périr avec eux.

Ils étaient en tout six forbans ; personne d'autre n'était demeuré vivant. Cinq d'entre eux, brusquement tirés du premier sommeil de l'ivresse, étaient debout, encore rouges et bouffis. Le sixième s'était seulement dressé sur un coude : il était d'une pâleur affreuse, et le bandage taché de sang qui lui enveloppait la tête prouvait qu'il avait été blessé depuis peu, et encore plus récemment pansé. Je me souvins que, lors de la grande attaque, un homme, frappé d'une balle, s'était enfui à travers bois, et je ne doutai point que ce fût lui.

Le perroquet se lissait les plumes, perché sur l'épaule de Silver. Celui-ci me parut un peu plus pâle et plus grave que de coutume. Il portait encore le bel habit de drap sous lequel il avait rempli sa mission, mais cet habit était, par un contraste amer, souillé de glaise et déchiré aux ronces acérées des bois.

– Ainsi donc, fit Silver, voilà Jim Hawkins, mort de mes os ! En visite, on dirait, hé ? Allons, soit, je prends la chose amicalement.

Il s'assit sur le tonnelet d'eau-de-vie, et se bourra une pipe.

– Passe-moi la torche, Dick, reprit-il. Puis, après avoir allumé :

– Ça ira, garçon : tiens, pique cette chandelle dans le tas de bois : et vous, messeigneurs, amenez-vous !... inutile de rester debout pour M. Hawkins : il vous excusera, soyez-en sûrs. Et ainsi, Jim (et il tassa son tabac), te voilà ? La surprise est tout à fait agréable pour ce pauvre vieux John. J'ai bien vu que tu étais sage, dès la première fois que j'ai jeté les yeux sur toi ; mais ceci me passe, en vérité.

À tout cela, comme on peut le croire, je ne répliquai rien. On m'avait placé le dos au mur ; je restais là, regardant Silver dans les yeux, et faisant montre, je l'espère, d'une passable fermeté, mais le cœur plein d'un sombre désespoir.

Silver tira très posément deux ou trois bouffées de sa pipe, et poursuivit ainsi :

– Maintenant, vois-tu, Jim, puisque aussi bien tu es ici, je vais te dire un peu ma façon de penser. Je t'ai toujours estimé comme un garçon d'esprit et comme mon propre portrait lorsque j'étais jeune et de bonne mine. J'ai toujours désiré que tu t'enrôles avec nous, pour recevoir ta part et mourir en gentilhomme. Et maintenant, mon brave, tu vas y venir. Le capitaine Smollett est un bon marin, je le reconnaîtrai toujours, mais à cheval sur la discipline. « Le devoir avant tout », qu'il dit, et il a raison. Il faut te garer[1] du capitaine. Le docteur lui-même est fâché à mort contre toi. « Un

1. **Garer** : méfier.

ingrat chenapan », voilà ses paroles ; et le résumé de l'histoire est à peu près celui-ci : tu ne peux plus retourner chez tes gens, car ils ne voudraient plus de toi ; et à moins que tu ne formes à toi tout seul un troisième équipage, ce qui manquerait un peu de société, il va falloir t'enrôler avec le capitaine Silver.

Tout allait bien jusque-là. Mes amis, donc, étaient encore vivants, et bien que je crusse vraie en partie l'affirmation de Silver que ceux de la cabine m'en voulaient pour ma désertion, j'étais plus réconforté qu'abattu par ce que je venais d'entendre.

– Et quoique tu sois en notre pouvoir, reprit Silver, et que tu y sois bien, crois-moi, je n'en parlerai pas. Je suis uniquement pour la persuasion ; la menace n'a jamais produit rien de bon. Si le service te plaît, eh bien, tu t'enrôleras avec nous : et dans le cas contraire, Jim, ma foi, tu es libre de répondre non… libre comme l'air, camarade ; et je veux périr s'il est en ce monde un marin pour parler mieux que cela !

À travers tout ce persiflage[1], j'avais bien discerné la menace de mort suspendue sur moi ; mes joues étaient brûlantes et mon cœur battait douloureusement dans ma poitrine. Je demandai d'une voix tremblante :

– Alors, il faut que je réponde ?

– Mon gars, repartit Silver, personne ne te presse. Relève ta position. Personne ici ne voudrait te presser, camarade : le temps passe trop agréablement en ta société, vois-tu.

– Eh bien, fis-je, quelque peu enhardi, si je dois choisir, je déclare que j'ai le droit de savoir ce qu'il en est, pourquoi vous êtes ici, et où sont mes amis.

1. **Persiflage** : propos ironique.

– Ce qu'il en est, répéta l'un des flibustiers avec un sourd grognement ; ah ! il aurait de la chance, celui qui le saurait.

– Tu pourrais peut-être fermer tes écoutilles[1] en attendant qu'on te parle, mon ami ! lança farouchement Silver à l'interrupteur.

Puis, reprenant son ton aimable, il me répondit :

– Hier matin, maître Hawkins, durant le quart de quatre heures à huit heures, voilà que nous arrive le docteur Livesey, muni du pavillon parlementaire. Il me dit : « Capitaine Silver, vous êtes trahi : le navire n'est plus là… » Eh bien, peut-être avions-nous pris un verre et chanté un peu pour le faire passer. Je ne dirais pas non. En tout cas, personne d'entre nous n'avait remarqué la chose. Nous regardons et, cré tonnerre ! ce vieux bâtiment n'était plus là ! Je n'ai jamais vu bande de jocrisses[2] avoir l'air plus stupides, crois-moi. « Eh bien, dit le docteur, faisons un marché… » Nous avons traité, lui et moi, et nous sommes ici avec provisions, eau-de-vie, blockhaus, le bois à brûler que vous avez eu la prévoyance de couper, et, pour ainsi dire, avec tout le sacré bateau, de la quille à la pomme des mâts. Quant à eux, ils se sont trottés[3] ; je ne sais pas où ils sont.

De nouveau, il tira placidement sur sa pipe et reprit :

– Et afin que tu ne te mettes pas dans la tête que tu es compris dans le traité, voici les derniers mots qui furent prononcés : « Combien êtes-vous, que je dis, à partir ? – Quatre, qu'il dit, dont un blessé ; quant à ce garçon, je ne sais pas où il est, qu'il aille au diable, qu'il dit, je n'en ai cure : nous sommes fatigués de lui… » Ce sont là ses paroles.

1. **Fermer tes écoutilles** : te taire.
2. **Jocrisses** : niais.
3. **Trottés** : enfuis.

– Est-ce tout ?

– Oui, c'est tout ce que tu dois savoir, mon fils.

– Et maintenant, il me faut choisir ?

– Et maintenant, il te faut choisir, crois-moi.

– Eh bien, je ne suis pas assez sot pour ne pas très bien savoir ce que j'ai à attendre. Quoi qu'il doive m'arriver, cela m'est égal. J'en ai trop vu mourir depuis que je vous ai rencontré. Mais il y a deux ou trois choses que je dois vous raconter, dis-je, très surexcité à ce moment. Voici la première. Vous êtes dans une mauvaise passe : navire perdu, trésor perdu, hommes perdus : toute votre entreprise a fait naufrage ; et si vous voulez savoir à qui vous le devez, eh bien, c'est à moi ! J'étais dans la barrique de pommes le soir de notre arrivée en vue de terre, et je vous ai entendus, vous John, et vous Dick Johnson, et Hands, qui est présentement au fond de la mer, et j'ai répété sur l'heure[1] jusqu'à la dernière de vos paroles. Et quant à la goélette, c'est moi qui ai coupé son câble, et c'est moi qui ai tué les hommes que vous aviez à son bord, et c'est moi qui l'ai menée là où aucun de vous ne la reverra jamais. Les rieurs seront de mon côté ; j'ai eu, dès le début, la haute main sur vous dans cette affaire ; je ne vous crains pas plus qu'un moucheron. Tuez-moi ou épargnez-moi, à votre gré. Mais je vous dirai encore une chose : si vous m'épargnez, j'oublierai le passé, et quand vous passerez tous en jugement pour piraterie, je vous aiderai de tout mon pouvoir. C'est à vous de choisir. Tuez-en un de plus sans profit pour vous, ou épargnez-moi et gardez ainsi un témoin qui vous sauvera de la potence.

Je m'arrêtai, car, en vérité, j'étais à bout de souffle. À mon grand étonnement, pas un d'entre eux ne broncha, et tous restèrent à

1. **Sur l'heure** : immédiatement.

me considérer tel qu'un troupeau de moutons. Et tandis qu'ils me regardaient encore, je repris :

– Et maintenant, maître Silver, je crois que vous êtes ici le meilleur de tous : si les choses en viennent au pis, je vous serai obligé de faire savoir au docteur la façon dont je me suis comporté.

– Je ne l'oublierai pas, dit Silver avec une intonation si particulière que je n'aurais pu, même au prix de ma vie, décider s'il se raillait[1] de ma requête ou si mon courage l'avait favorablement impressionné.

– J'ajouterai quelque chose à cela, s'écria le vieux marin à teint d'acajou (le nommé Morgan que j'avais vu dans la taverne de Silver, sur les quais de Bristol), c'est lui qui a reconnu Chien-Noir.

– Et tenez, reprit le maître-coq, j'ajouterai encore autre chose à cela, cré tonnerre ! c'est ce même garçon qui a subtilisé la carte à Billy Bones. D'un bout à l'autre, nous nous sommes butés contre Jim Hawkins !

– Alors, voici pour lui ! fit Morgan avec un blasphème.

Et il bondit, en tirant son couteau avec une ardeur juvénile.

– Halte-là ! cria Silver. Que te crois-tu donc ici, Tom Morgan ? Capitaine, hein ? Par tous les diables, je t'apprendrai le contraire ! Mets-toi à ma traverse[2], et tu iras où tant de bons bougres ont été avant toi, du premier au dernier, depuis vingt ans... les uns à bout de vergue, mort de ma vie ! et d'autres par le sabord, et tous à nourrir les poissons. Jamais personne ne m'a regardé entre les deux yeux, qui ait vu ensuite un jour de bonheur, Tom Morgan, je te le garantis.

1. **Raillait** : moquait.
2. **À ma traverse** : en travers de ma route.

Morgan se tut, mais les autres firent entendre un rauque murmure.

– Tom a raison, dit quelqu'un.

– J'ai été embêté assez longtemps par un capitaine, dit un second. Que je sois pendu si je me laisse faire encore par toi, John Silver !

– Y en a-t-il un de vous autres, messeigneurs, qui veut venir s'expliquer dehors avec moi ? rugit Silver de dessus son tonnelet, en avançant fortement le haut du corps et agitant vers eux sa pipe brasillante[1]. Si c'est cela que vous voulez, dites-le : vous n'êtes pas muets, je suppose. Celui qui le désire sera servi. Aurai-je donc vécu tant d'années pour me voir finalement braver en face par un fils d'ivrognesse ? Vous connaissez le système, puisque vous êtes tous gentilshommes de fortune, à vous entendre. Eh bien, je suis prêt. Qu'il prenne un coutelas, celui qui ose, et je verrai la couleur de ses tripes, tout béquillard que je suis, avant la fin de cette pipe.

Personne ne broncha ; personne ne répondit.

– Voilà votre genre, n'est-ce pas ? ajouta-t-il, en portant de nouveau sa pipe à sa bouche. Eh bien, vous êtes rigolos à voir, en tout cas. Mais pas bien fameux pour vous battre, ça non. Mais si je parle anglais comme il faut, vous me comprendrez peut-être. Je suis votre capitaine par élection. Je suis votre capitaine parce que je suis le meilleur de tous, d'un bon mille marin. Vous refusez de vous battre comme le devraient des gentilshommes de fortune ; alors, cré tonnerre ! vous obéirez, je ne vous dis que ça ! J'aime ce garçon, à présent : je n'ai jamais vu meilleur garçon que lui. Il est plus crâne[2] que deux quelconques des capons[3] que vous êtes

1. **Brasillante** : scintillante.
2. **Crâne** : courageux.
3. **Capons** : poltrons, lâches.

tous ici ; et voici ce que je dis : je voudrais voir désormais que quelqu'un porte la main sur lui. Voilà ce que je dis, et vous pouvez vous en rapporter à ça.

Il y eut un long silence. J'étais debout, adossé au mur, et mon cœur battait comme un marteau de forgeron, mais à présent un rayon d'espoir luisait en moi. Silver se laissa aller contre le mur, les bras croisés, la pipe au coin des lèvres, aussi impassible que s'il eût été à l'église ; pourtant son regard allait à la dérobée vers ses fougueux partisans, et il ne cessait de les observer du coin de l'œil. Quant à eux, ils se rassemblaient graduellement vers l'autre extrémité du blockhaus, et leurs confus chuchotements faisaient dans mes oreilles un bruit continu de ruisseau. L'un après l'autre ils levaient les yeux, et la rouge lueur de la torche éclairait pendant une seconde leurs visages inquiets ; mais ce n'était pas vers moi, c'était vers Silver que se dirigeaient leurs regards.

– Vous paraissez en avoir joliment à dire, fit remarquer Silver, en lançant au loin un jet de salive. Chantez-moi ça, que je l'entende, ou sinon mettez en panne.

– Demande pardon, capitaine, répliqua l'un des hommes, tu en prends par trop à ton aise avec certaines de nos règles. Cet équipage est mécontent ; cet équipage n'aime pas l'intimidation plus que les coups d'épissoir[1] ; cet équipage a ses droits comme tous les équipages, je prends la liberté de le dire ; et de tes propres règles, je retiens que nous pouvons causer ensemble. Je te demande pardon, reconnaissant que tu es mon capitaine en ce moment ; mais je réclame mon droit, et je sors pour aller tenir conseil.

1. **Épissoir** : poinçon.

Et avec un correct salut maritime, cet individu, un homme de trente-cinq ans, efflanqué, de mauvaise mine et aux yeux jaunes, se dirigea froidement vers la porte et disparut au-dehors. Tour à tour, les autres suivirent son exemple. Chacun saluait en passant et ajoutait quelques mots d'excuse. « Conformément aux règles », dit l'un. « Conseil de gaillard d'avant », dit Morgan. Et successivement tous sortirent ainsi, et je restai seul avec Silver devant la torche.

À l'instant, le maître-coq lâcha sa pipe.

– Maintenant, attention, Jim Hawkins, me dit-il d'une voix nette, mais si bas que je l'entendais à peine, tu es à deux doigts de la mort et, ce qui est bien pire, de la torture. Ils vont me destituer. Mais, note-le, je te soutiendrai à travers tout. Je n'en avais pas l'intention, certes, jusqu'à l'heure où tu as parlé. J'étais quasi désespéré de perdre toute cette grosse galette, et d'être pendu par-dessus le marché. Mais j'ai vu que tu étais de la bonne sorte. Je me suis dit en moi-même : « Soutiens Jim Hawkins, John, et Hawkins te soutiendra. Tu es sa dernière carte et, par le tonnerre de Dieu, John, il est la tienne. Dos à dos, c'est dit. Tu sauves ton témoin à décharge, et il sauvera ta tête ! »

Je commençais vaguement à comprendre. Je l'interrogeai :

– Vous voulez dire que tout est perdu ?

– Oui, sacrédié, que je le dis ! répondit-il. Le navire parti, adieu ma tête : ça se résume là. Quand j'ai regardé dans la baie, Jim Hawkins, et que je n'ai plus vu la goélette... eh bien, je suis un dur à cuire, mais j'ai renoncé. Pour ce qui est de cette bande et de leur conseil, note-le, ce sont des sots et des couards en plein. Je te sauverai la vie, si cela est en mon pouvoir, malgré eux. Mais attention, Jim : donnant donnant... tu sauves Long John de la corde.

Je n'en revenais pas : cela me semblait d'une telle impossibilité, ce qu'il me demandait là, lui, le vieux flibustier, lui, le meneur d'un bout à l'autre… Je répliquai :

– Ce que je pourrai faire, je le ferai.

– Marché conclu ! s'écria Long John. Tu parles crânement, et j'ai une chance, cré tonnerre !

Il clopina jusqu'à la torche, qui était fichée dans le tas de bois, et y ralluma sa pipe.

– Comprends-moi bien, Jim, dit-il en revenant. J'ai une tête sur mes épaules, moi. Je suis du côté du chevalier, désormais. Je sais que tu as mis ce navire en sûreté quelque part. Comment tu as fait, je n'en sais rien, mais il est en sûreté. Je suppose que Hands et O'Brien ont tourné casaque[1]. Je n'ai jamais eu grande confiance en aucun d'eux. Mais note mes paroles. Je ne pose pas de questions, pas plus que je ne m'en laisse poser. Je reconnais quand une partie est perdue, moi ; et je reconnais quand un gars est de parole. Ah ! toi qui es jeune… toi et moi, que de belles choses nous aurions pu faire ensemble ! Il emplit au tonnelet de cognac une mesure d'étain.

– En veux-tu, camarade ? me demanda-t-il.

Et, sur mon refus :

– Eh bien, moi, je vais boire un coup, Jim. J'ai besoin de me calfater●, car nous allons avoir du grabuge. Et à propos de grabuge, Jim, pourquoi ce docteur m'a-t-il donné la carte ?

1. **Ont tourné casaque** : ont changé de camp.

● **On calfate un navire, c'est-à-dire qu'on bouche les interstices de sa coque avec de l'étoupe. Long John Silver veut dire par là qu'il a besoin de prendre des forces.**

Mon visage exprima un étonnement si sincère qu'il jugea inutile de me questionner davantage. Il reprit :

– Enfin, n'importe, il me l'a donnée. Et il y a sans doute quelque chose là-dessous... sûrement quelque chose là-dessous, Jim... du mauvais ou du bon.

Et il avala encore une goulée de cognac, en secouant sa grosse tête blonde, de l'air de quelqu'un qui n'augure rien de bon.

Chapitre XXIX

Encore la tache noire

Le conseil des flibustiers durait depuis un moment, lorsque l'un d'eux rentra dans la maison, et avec une répétition du même salut, qui avait à mes yeux un sens ironique, demanda à emprunter la torche pour une minute. Silver acquiesça d'un mot, et l'envoyé se retira, nous laissant tous deux dans l'obscurité.

– Voilà le coup de temps qui approche[1], Jim, me dit Silver, qui avait pris alors un ton tout à fait amical et familier.

J'allai regarder à la meurtrière la plus voisine. Les braises du grand feu s'étaient presque consumées, et leur lueur faible et obscure me fit comprendre pourquoi les conspirateurs désiraient une torche. Au bas du monticule, à peu près à mi-chemin de la palissade, ils formaient un groupe. L'un tenait la lumière ; un autre était agenouillé au milieu d'eux, et je vis à son poing la lame d'un couteau ouvert refléter les lueurs diverses de la lune et de la torche.

1. **Voilà le coup de temps qui approche** : voilà le vent qui se lève.

Les autres se penchaient pour suivre ses opérations. Tout ce que je pus distinguer, ce fut qu'il tenait en main, outre le couteau, un livre ; et j'en étais encore à m'étonner de voir en leur possession cet objet inattendu, lorsque l'homme agenouillé se releva, et toute la bande se remit en marche vers la maison.

– Ils viennent, dis-je.

Et je m'en retournai à ma place primitive, car il me semblait au-dessous de ma dignité d'être surpris à les épier.

– Eh ! qu'ils viennent, mon garçon, qu'ils viennent, dit Silver, jovialement[1]. J'ai encore plus d'un tour dans mon sac.

La porte s'ouvrit, et les cinq hommes, s'arrêtant tout à l'entrée en un tas, poussèrent en avant un des leurs. En toute autre circonstance, il eût été comique de le voir marcher avec lenteur, déplaçant un pied après l'autre avec hésitation, et tenant devant lui sa main fermée.

– Avance, mon gars, lui dit Silver. Je ne te mangerai pas. Donne-moi ça, marin d'eau douce. Je connais les règles, voyons : je n'irai pas faire du mal à un émissaire.

Sur cet encouragement, le flibustier accéléra, et après avoir passé quelque chose à Silver, de la main à la main, il s'en retourna vers ses compagnons plus prestement encore.

Le coq regarda ce qu'on lui avait remis.

– La tache noire ! fit-il. Je m'en doutais. Où avez-vous donc pris ce papier ? Aïe ! aïe ! voyez donc : ce n'est pas de chance ! Vous avez été couper ça dans une bible. Quel imbécile a mutilé une bible ?

– Là ! là ! dit Morgan, vous voyez ! Qu'est-ce que je vous disais ? Il n'en sortira rien de bon, c'est certain.

1. **Jovialement** : gaiement.

– Eh bien, c'est maintenant chose réglée pour tous, continua Silver. Vous serez tous pendus, je crois. Quel est le ramolli d'andouille qui possédait une bible ?

– C'est Dick, répondit une voix.

– Dick, vraiment ? Alors, Dick peut se recommander à Dieu. Il a eu sa tranche de bon temps, Dick, vous pouvez en être sûrs.

Mais alors le grand maigre aux yeux jaunes l'interrompit :

– Amarre ça, John Silver. Assez causé. Cet équipage t'a décerné la tache noire en conseil plénier, comme il se doit ; retourne donc le papier, comme il se doit aussi, et vois ce qui est écrit. Alors tu pourras causer.

– Merci, George, répliqua le coq. Tu es toujours actif en affaires, et tu sais les règles par cœur, George, comme j'ai le plaisir de le constater. Eh bien, qu'est-ce que c'est ? voyons donc ? Ah ! Déposé... c'est bien ça, hein ? Très joliment écrit, pour sûr : on jurerait de l'imprimé. Est-ce de ta main, cette écriture, George ? Eh ! eh ! tu es devenu un homme tout à fait en vue dans cet équipage. Tu serais bientôt capitaine que ça ne m'étonnerait pas... Ayez donc l'obligeance de me repasser la torche, voulez-vous ? Ma pipe est mal allumée.

– Allons, voyons, repartit George, ne te moque pas plus longtemps de cet équipage. Tu aimes blaguer, on le sait ; mais tu n'es plus rien maintenant, et tu pourrais peut-être descendre de ce tonneau pour prendre part au vote.

– Je croyais t'avoir entendu dire que tu connaissais les règles, répliqua Silver avec ironie. En tout cas, si tu ne les connais pas, moi je les connais ; et j'attendrai ici... et je suis toujours votre capitaine, à tous, songez-y... jusqu'au moment où vous me sortirez vos griefs et où j'y répondrai ; en attendant, votre tache noire ne vaut pas un biscuit. Après ça, nous verrons.

– Oh ! répliqua George, n'aie crainte, nous sommes tous d'accord. Premièrement, tu as fait un beau gâchis de cette croisière : tu n'auras pas le front de le nier. Deuxièmement, tu as laissé l'ennemi s'échapper de ce piège pour rien. Pourquoi tenaient-ils à en sortir ? Je ne sais pas ; mais il est bien évident qu'ils y tenaient. Troisièmement, tu n'as pas voulu nous lâcher sur eux pendant leur retraite. Oh ! nous te perçons à jour, John Silver : tu veux tricher au jeu, voilà ce qui cloche avec toi. Et puis, quatrièmement, il y a ce garçon-là.

– Est-ce tout ? interrogea tranquillement Silver.

– Et c'est bien suffisant ! riposta George. Nous serons pendus et séchés au soleil pour ta maladresse.

– Eh bien, maintenant, écoutez-moi tous. Je vais répondre sur ces quatre points ; l'un après l'autre, je vais y répondre. J'ai fait un gâchis de cette croisière, hein ? Allons, voyons, vous savez tous ce que je voulais ; et vous savez tous que si on avait fait cela, nous serions cette nuit comme les précédentes à bord de l'*Hispaniola,* tous bien vivants et en bon état, et le ventre plein de bonne tarte aux prunes, et le trésor arrimé dans la cale du bâtiment, cré tonnerre ! Or donc, qui m'a contredit ? Qui m'a forcé la main, à moi, capitaine légitime ? Qui a ouvert le bal en me destinant la tache noire dès le jour où nous avons pris terre ? Ah ! c'est un joli bal… j'en suis avec vous… et il ressemble fort à un rigodon au bout d'une corde sur le Quai des Potences, près la ville de Londres, vraiment. Oui, qui a fait cela ? Mais… Anderson, et Hands, et toi, George Merry ! Et toi, le dernier en loyauté de cette bande de brouillons, tu as la diabolique outrecuidance[1] de te présenter comme capitaine à ma place… toi qui nous as tous coulés ! Mais, de par tous les diables ! ça dépasse les histoires les plus renversantes.

Silver fit une pause, et je vis sur les traits de George et de ses ex-camarades qu'il n'avait pas parlé en vain.

– Voilà pour le numéro un, cria l'accusé, en essuyant la sueur de son front, car il s'était exprimé avec une véhémence qui faisait trembler la maison. Vrai, je vous donne ma parole que ça me dégoûte de causer avec vous. Vous n'avez ni bon sens ni mémoire, et je laisse à penser où vos mères avaient la tête de vous envoyer sur mer. Sur mer, vous ! Vous, des gentilshommes de fortune ! Allons donc ! tailleurs, oui, voilà ce que vous auriez dû être.

– Allons, John, dit Morgan, réponds sur les autres points.

– Ah ! oui ! les autres ! C'est du joli, n'est-ce pas ? Vous dites que cette croisière est gâchée ? Ah ! crédié ! si vous pouviez comprendre à quel point elle l'est !… Nous sommes si près du gibet[2] que mon cou se roidit déjà rien que d'y penser. Vous les avez vus, hein, les pendus, enchaînés, avec des oiseaux voltigeant tout autour… et les marins qui les montrent du doigt en descendant la rivière avec la marée… « Qui est celui-là ? » dit l'un. « Celui-là ? Tiens ! mais c'est Long John Silver ; je l'ai bien connu », dit un autre… Et l'on entend le cliquetis des chaînes quand on passe et qu'on arrive à la bouée suivante. Or donc, voilà à peu près où nous en sommes, nous tous fils de nos mères, grâce à lui, et à Hands, et à Anderson, et autres calamiteux imbéciles d'entre vous. Et si vous voulez savoir ce qui

1. **Outrecuidance** : impertinence.
2. **Gibet** : potence où l'on exécute les condamnés à la pendaison.

concerne le numéro quatre, et ce garçon, mais, mort de mes os ! n'est-il pas un otage ? Allons-nous donc perdre un otage ? Non, jamais : il serait notre dernier espoir que ça ne m'étonnerait pas. Tuer ce garçon ? jamais, camarades ! Et le numéro trois ? Eh bien, il y a beaucoup à dire, sur le numéro trois. Peut-être ne comptez-vous pour rien d'avoir un vrai docteur d'université qui vous visite chaque jour... toi, John, avec ton crâne fêlé... ou bien toi, George Merry, qui tremblais la fièvre il n'y a pas six heures, et qui à la présente minute as encore les yeux couleur peau de citron ? Et peut-être ne savez-vous pas non plus qu'il doit venir une conserve, hein ? Mais cela est ; vous n'aurez pas longtemps à l'attendre, et nous verrons alors qui sera bien aise d'avoir un otage lorsqu'on en sera là. Et quant au numéro deux : pourquoi j'ai conclu un marché... mais vous m'avez supplié à genoux de le faire... car vous vous traîniez à genoux, tant vous étiez abattus... et vous seriez morts de faim, d'ailleurs, si je ne l'avais pas fait... Mais ce n'est là qu'une bagatelle ! tenez, regardez : voilà ma vraie raison !

Et il jeta sur le sol un papier que je reconnus aussitôt : rien moins que la carte sur papier jauni, avec les trois croix rouges, que j'avais trouvée dans la toile cirée, au fond de la malle du capitaine. Pourquoi le docteur la lui avait donnée, je n'arrivais pas à l'imaginer.

Mais, tout inexplicable qu'elle fût pour moi, l'apparition de la carte était encore plus incroyable pour les mutins survivants. Ils sautèrent dessus comme des chats sur une souris. Elle passa de main en main ; on se l'arrachait ; et à entendre les jurons, les cris, les rires puérils dont s'accompagnait leur examen, on aurait cru, non seulement qu'ils palpaient déjà l'or, mais qu'ils étaient en mer avec et, de plus, en sûreté.

– Oui, dit l'un, c'est sûrement celle de Flint. J. F. avec une barre dessous et les deux demi-clefs : il signait toujours ainsi.

– Très joli, dit George. Mais comment allons-nous faire pour emporter le trésor, sans navire ?

D'un bond, Silver se leva, et s'appuyant au mur d'une main, s'écria :

– Cette fois, je te préviens, George. Encore un mot de ce genre, et je te provoque au combat. Comment l'emporter ?... Eh ! est-ce que je sais, moi ? Ce serait plutôt à toi de me le dire... à toi et aux autres qui avez perdu ma goélette par vos manigances, le diable vous grille ! Mais tu en es bien incapable : tu n'as pas plus d'idées qu'un pou. Mais tu peux être poli, et tu le seras, George Merry, sois-en sûr.

– C'est déjà bien, la carte, dit le vieux Morgan.

– Si c'est bien ! je te crois, reprit le coq. Vous perdez le navire ; je trouve le trésor. Qu'est-ce qui vaut le mieux ? Et maintenant, je démissionne, cré tonnerre ! Vous pouvez élire qui vous voudrez comme capitaine : moi, j'en ai plein le dos !

– Silver ! crièrent-ils. Cochon-Rôti pour toujours ! Vive Cochon-Rôti ! Cochon-Rôti capitaine !

– Voilà donc une nouvelle chanson, hein ? triompha le coq. George, m'est avis qu'il te faut attendre une autre occasion, mon ami ; et estime-toi heureux que je ne sois pas vindicatif[1]. Mais ce n'est pas dans mes cordes. Et alors, camarades, cette tache noire ? Elle ne sert plus à grand-chose, hein ? Dick a contrarié sa chance et abîmé sa bible, voilà tout.

1. **Vindicatif** : rancunier.

– Ça comptera encore tout de même, de baiser le livre, pas vrai ? murmura Dick, évidemment inquiété par la malédiction qu'il s'était attirée.

– Une bible où il manque un morceau ! s'exclama Silver, railleur. Que non pas ! Cela n'engage pas plus qu'un volume de chansons.

– Vraiment ? fit Dick, presque joyeux. Eh bien, il me semble que ça vaut la peine de la garder.

– Tiens, Jim, voici une curiosité pour toi, me dit Silver.

Et il me tendit le bout de papier.

C'était une rondelle à peu près grande comme un écu. Un de ses côtés était vierge d'imprimé, car elle provenait du dernier feuillet ; l'autre portait un ou deux versets de l'Apocalypse, ces mots entre autres, qui frappèrent vivement mon esprit : « Dans les ténèbres extérieures sont les infâmes et les meurtriers. » On avait noirci le côté imprimé avec du charbon de bois, qui commençait déjà à s'effacer sous mes doigts ; du côté blanc, on avait écrit avec la même substance l'unique mot : « Déposé. » À l'heure même où j'écris ceci, j'ai cette curiosité sous les yeux : il n'y reste plus d'autre trace d'écriture qu'une simple éraflure, comme en ferait un coup d'ongle.

Ainsi s'acheva cette nuit mouvementée. Peu après, on but à la ronde et on se coucha pour dormir. Silver borna sa vengeance apparente à mettre George Merry en sentinelle et à le menacer de mort s'il n'observait pas fidèlement sa consigne.

Je fus longtemps sans pouvoir fermer l'œil, et Dieu sait si j'avais matière à réflexions : le meurtre que j'avais commis dans l'après-midi, l'extrême danger de ma position, et surtout le jeu peu ordinaire où je voyais Silver engagé... Silver qui maintenait d'une main les mutins, et de l'autre s'efforçait par tous les moyens possibles et impossibles d'obtenir la paix et de sauver sa misérable existence. Il dormait d'un sommeil tranquille, et ronflait bruyamment ; mais j'avais pitié de lui, malgré sa méchanceté, en songeant aux sinistres dangers qui l'environnaient et à l'infâme gibet qui l'attendait.

Chapitre XXX

Sur parole

Je fus réveillé – ou plutôt nous fûmes tous réveillés, car je vis la sentinelle, qui s'était affaissée contre un jambage de la porte, se redresser en sursaut – par une voix vibrante et cordiale qui venait de la lisière du bois.

– Ho ! du blockhaus, oh ! criait-on. Voici le docteur.

C'était lui-même qui nous hélait[1]. Ma joie de l'entendre n'était pas sans mélange. Au souvenir de mon escapade, à la pensée du danger où elle m'avait jeté, je rougissais de confusion et n'osais affronter la vue du nouvel arrivant.

Il avait dû se lever dans le noir, car il faisait à peine jour. Courant à une meurtrière, je l'aperçus debout, comme cette autre fois Silver, et baigné jusqu'à mi-jambe dans un brouillard stagnant.

– Vous, docteur ! Bien le bonjour, monsieur ! s'écria Silver, déjà réveillé complètement et rayonnant d'affabilité. Ça peut s'appeler

1. **Hélait** : appelait.

être actif et matinal ; mais c'est l'oiseau matinal, comme on dit, qui attrape les bons morceaux. George, secoue tes guibolles, mon gars, et aide le docteur Livesey à franchir le plat-bord du bâtiment. Tout va bien, vos patients aussi... tous gais et en bonne voie.

Il bavardait ainsi, debout au haut du monticule, la béquille sous l'aisselle et une main sur la paroi de la maison de rondins : tout à fait l'ancien John, pour le ton, l'allure et la mine.

– Et puis, nous avons une vraie surprise pour vous, monsieur, continua-t-il ; nous avons ici un petit visiteur... hé ! hé !... un nouveau pensionnaire, monsieur, et l'air bien portant et dispos à souhait ; il a dormi comme un subrécargue[1], vrai, tout à côté de John... nous sommes restés bord à bord[2] toute la nuit.

Le docteur Livesey était alors en deçà de la palissade, et assez près du coq. Il demanda d'une voix altérée :

– Ce n'est pas Jim ?

– Si fait, répliqua Silver ; c'est Jim, et plus lui-même que jamais.

Le docteur s'arrêta court, mais sans mot dire, et il resta plusieurs secondes comme paralysé.

– Bien, bien, dit-il enfin, le devoir d'abord et le plaisir ensuite, comme vous diriez vous-même, Silver. Occupons-nous de nos patients.

Un instant plus tard, il pénétrait dans le blockhaus et, m'adressant un signe de tête contraint, il se mit à l'œuvre auprès des malades. Il ne montrait aucune appréhension, bien qu'il dût savoir que sa vie, au milieu de ces traîtres démons, ne tenait qu'à

1. **Subrécargue** : dans la marine, intendant.
2. **Bord à bord** : côte à côte.

un fil ; et il interpellait ses patients comme s'il eût fait une simple visite professionnelle dans un paisible intérieur d'Angleterre. Son attitude, je suppose, réagissait sur les hommes : ils se comportaient avec lui comme s'il ne s'était rien passé... comme s'il était toujours le médecin du navire, et eux des marins de l'avant fidèles à leur devoir.

– Vous allez mieux, mon ami, dit-il à l'individu à la tête bandée. Si jamais quelqu'un l'a échappé belle, c'est bien vous : il faut que vous ayez le crâne dur comme du fer. Et vous, George, comment ça marche-t-il ? Évidemment, vous êtes d'une jolie couleur, mais votre foie, mon brave, est mal arrangé. Avez-vous pris cette médecine ? A-t-il pris sa médecine, les hommes ?

– Si, si, monsieur, il l'a prise, affirma Morgan.

– Parce que, voyez-vous, depuis que je suis docteur de mutins, ou pour mieux dire médecin de prison, continua le docteur Livesey de son ton le plus doux, je me fais un point d'honneur de ne pas perdre un seul homme pour le roi George (que Dieu le bénisse !) et pour la potence.

Les bandits s'entreregardèrent, mais encaissèrent ce coup droit en silence. L'un d'eux prononça :

– Dick ne se sent pas bien, monsieur.

– Est-ce vrai ? répliqua le docteur. Allons, venez ici, Dick, et faites voir votre langue... Certes, je serais étonné s'il se portait bien : il a une langue à faire peur aux Français. Un nouveau cas de fièvre.

– Là, tiens ! fit Morgan. Voilà ce que c'est d'abîmer les bibles.

– Voilà ce que c'est, comme vous dites, d'être des ânes fieffés[1], répliqua le docteur, et de n'avoir pas assez de jugeotte

1. **Fieffés** : parfaits.

pour distinguer le bon air du poison, et la terre ferme d'un vil et pestilentiel bourbier. Il me paraît fort probable (mais, bien entendu, ce n'est là qu'une opinion) que ce sera le diable pour extirper cette malaria de vos organismes. Aussi, aller camper dans une fondrière[1] ! Silver, cela m'étonne de vous. Tout compte fait, vous n'êtes pas des plus sots, mais vous me semblez n'avoir pas la plus rudimentaire notion des règles de l'hygiène.

Après les avoir médicamentés[2] à la ronde – et ils suivaient ses prescriptions avec une docilité bien amusante, plus digne d'écoliers que de pirates – il conclut :

– Eh bien, voilà qui est fait pour aujourd'hui... Et maintenant, j'aimerais, s'il vous plaît, avoir un entretien avec ce garçon.

Et il fit dans ma direction un signe de tête négligent.

George Merry était à la porte, où il crachait le mauvais goût de quelque médecine. À peine le docteur eut-il émis sa requête, qu'il se retourna tout rouge et lança un « non ! » accompagné d'un juron.

Silver frappa le tonnelet du plat de sa main.

– Silence ! rugit-il. (Et il promena autour de lui un vrai regard de lion.) Docteur, continua-t-il de son ton habituel, connaissant votre faible pour ce garçon, j'y ai pensé. Nous vous sommes tous humblement reconnaissants de votre bonté ; et, comme vous voyez, nous avons confiance en vous et avalons vos produits comme si c'était du grog. Et je crois que j'ai trouvé un moyen satisfaisant pour tous. Hawkins, veux-tu me donner ta parole de jeune gentilhomme – car tu l'es, en dépit de ton humble naissance – ta parole de ne pas filer ton nœud[3] ?

1. **Fondrière** : trou marécageux.
2. **Médicamentés** : soignés.
3. **Filer ton nœud** : fuir.

Je fis aussitôt la promesse exigée.

– Alors, docteur, reprit Silver, vous allez sortir du retranchement, et une fois dehors, je vous amène le jeune homme tout contre les pieux, mais en dedans, et m'est avis que vous pourrez causer par les interstices. Je vous souhaite le bonjour, monsieur, et tous nos respects à M. le chevalier et au capitaine Smollett.

Les récriminations unanimes que contenaient seuls les regards menaçants de Silver éclatèrent aussitôt que le docteur eut quitté la maison. Silver fut carrément accusé de jouer double jeu, d'essayer de conclure sa paix séparée, de sacrifier les intérêts de ses complices et victimes ; on l'accusa, en un mot, exactement de ce qu'il faisait. Sa trahison, dans le cas actuel, me parut si évidente que je me demandai comment il allait détourner leur colère. Mais cet homme valait à lui seul deux fois tous les autres réunis, et sa victoire de la nuit précédente lui avait rendu à leurs yeux un nouveau prestige. Il les traita de sots et de butors[1] jusqu'à plus soif, leur dit qu'il était indispensable de me laisser causer avec le docteur, leur brandit la carte sous le nez, leur demanda s'ils allaient rompre le traité le jour même de partir à la chasse au trésor.

– Non, cré tonnerre ! lança-t-il, c'est nous qui déchirerons le traité quand le moment sera venu. Jusque-là, je veux flouer[2] ce docteur, quand je devrais lui graisser les bottes avec du cognac.

Il ordonna ensuite d'allumer le feu, et se mit en marche appuyé sur sa béquille et une main sur mon épaule. Il laissait les mutins en désarroi et réduits au silence par sa volubilité, plutôt que convaincus.

1. **Butors** : grossiers personnages.
2. **Flouer** : tromper.

– Doucement, petit, doucement, fit-il. Ils nous sauteraient dessus en un clin d'œil, s'ils nous voyaient nous hâter.

Très posément donc nous nous dirigeâmes sur le sable vers l'endroit de la palanque où le docteur nous attendait de l'autre côté. Dès que nous fûmes à bonne distance pour nous entretenir, Silver s'arrêta.

– Vous prendrez note de ceci également, docteur. De plus, le jeune homme vous dira comment je lui ai sauvé la vie, et comment j'ai été déposé pour cela. Docteur, quand un homme gouverne aussi près du vent que moi… quand il joue à pile ou face, pour ainsi dire, le dernier souffle de son corps… vous ne croirez pas trop faire, peut-être, de lui dire une parole amicale. Vous voudrez bien vous souvenir que ce n'est plus seulement ma vie, mais celle de ce garçon qui est en jeu à présent ; et vous allez me parler gentiment, docteur, et me donner un peu d'espoir pour continuer, par pitié.

Une fois là dehors et le dos tourné à ses amis et au blockhaus, Silver était un homme tout nouveau ; ses joues semblaient creuses et sa voix tremblait ; il parlait avec un sérieux absolu.

– Voyons, John, vous n'avez pas peur ? lui demanda le docteur Livesey.

– Docteur, je ne suis pas lâche ; non certes… Pas même pour ça (et il claque des doigts). D'ailleurs, si je l'étais, je n'en parlerais pas. Mais je dois reconnaître que je frissonne à l'idée de la potence. Vous êtes un homme sage… un vrai ; je n'ai jamais vu plus sage ! Et vous n'oublierez pas ce que j'ai fait de bien, pas plus que vous n'oublierez le mal. Et je me retire, comme vous voyez, et je vous laisse en tête à tête avec Jim. Et vous témoignerez de cela aussi en ma faveur, car c'est aller loin, certes.

À ces mots, il se recula de quelques pas, de façon à ne plus nous entendre, et s'asseyant sur une souche, se mit à siffler. Il se retournait de temps à autre sur son siège, de façon à nous surveiller, le docteur et moi, alternativement avec ses ingouvernables forbans, qui faisaient la navette sur le sable, entre le feu qu'ils s'occupaient à rallumer, et la maison d'où ils rapportaient du lard et du biscuit pour le déjeuner.

– Ainsi, Jim, me dit tristement le docteur, vous voilà ici. Le vin que vous avez tiré il faut le boire, mon garçon. Dieu sait que je n'ai pas le cœur de vous faire de reproches, mais que cela vous plaise ou non, je vous ferai remarquer ceci : quand le capitaine Smollett était bien portant, vous n'avez pas osé partir ; et vous avez attendu qu'il soit malade et dans l'impossibilité de vous empêcher... Parbleu ! c'est absolument lâche.

J'avoue que je me mis à pleurer.

– Docteur, dis-je, épargnez-moi. Je me suis assez fait de reproches ; ma vie est désormais condamnée, et je serais mort déjà si Silver n'avait pris mon parti. Croyez-moi, docteur, je saurai mourir... et je reconnais que je le mérite... mais je crains la torture. S'ils en viennent à me torturer...

– Jim, interrompit-il, d'un ton tout différent, Jim, je ne veux pas de ça. Sautez la palissade et filons.

– Docteur, j'ai donné ma parole.

– Je sais, je sais... Mais tant pis ! Je prends tout sur mon dos sans hésiter, honte et blâme, mon garçon ; mais que vous restiez ici, non. Sautez ! Un bond, et vous êtes dehors, et nous filerons comme des zèbres.

– Non, repris-je. Vous savez très bien que vous ne le feriez pas vous-même ; ni vous, ni M. le chevalier, ni le capitaine, et je ne le ferai pas non plus. Silver a confiance en moi ; j'ai donné ma parole, et je reste. Mais, docteur, vous ne m'avez pas laissé achever. S'ils en viennent à me torturer, je pourrai laisser échapper un mot et révéler où se trouve le navire ; car j'ai pris le navire, tant par hasard que par audace, et il se trouve dans la baie du Nord, sur le rivage sud, presque au niveau de la haute mer. À mi-marée, il doit être à sec.

– Le navire ! s'écria le docteur.

Je lui exposai brièvement mes aventures, et il m'écouta en silence.

– Il y a comme un sort dans tout cela, me déclara-t-il quand j'eus fini. À chaque pas, c'est vous qui nous sauvez la vie. Croyez-vous donc par hasard que nous allons vous laisser périr ? Ce serait là une piètre récompense, mon garçon ! Vous avez découvert le complot ; vous avez trouvé Ben Gunn… le meilleur coup que vous fîtes jamais, ou que vous ferez, dussiez-vous vivre cent ans… Oh ! par Jupiter, à propos de Ben Gunn ! Vrai, ceci est le comble du malheur… Silver ! appela-t-il ; Silver ! venez, que je vous donne un avis…

Et, quand le coq se fut approché, il continua :

– Pour ce trésor, ne vous hâtez pas trop.

– Ma foi, monsieur, je ferais volontiers traîner les choses, mais je ne puis, sauf votre respect, sauver ma vie et celle du garçon qu'en cherchant le trésor, je vous le garantis.

– Eh bien, Silver, puisqu'il en est ainsi, j'irai plus loin : veillez au grain, lorsque vous le trouverez.

– Monsieur, entre nous soit dit, vous en dites trop ou pas assez. Quel est votre but, en abandonnant le blockhaus, et pourquoi vous me donnez cette carte, je n'en sais rien, moi, hein ? Et pourtant, j'ai fait à votre volonté, les yeux fermés et sans entendre un mot d'espoir. Mais ceci, non, c'est trop. Si vous ne voulez pas m'expliquer nettement ce que cela signifie, avouez-le, et je lâche la barre.

– Non, fit pensivement le docteur. Je n'ai pas le droit d'en dire plus ; ce n'est pas mon secret, Silver, voyez-vous, sinon je vous donne ma parole que je vous l'expliquerais. Mais avec vous j'irai aussi loin que je le puis, et même un peu au-delà, car ma perruque va en entendre du capitaine, si je ne me trompe. Et premièrement, je veux vous donner un peu d'espoir : Silver, si vous et moi nous sortons vivants de ce piège à loups, je ferai de mon mieux pour vous sauver, faux témoignage à part !

Silver rayonnait. Il s'écria :

– Vous ne pourriez mieux parler, j'en suis sûr, monsieur, fussiez-vous ma mère !

– Voilà donc ma première concession, reprit le docteur. Ma seconde est un avis. Gardez bien le petit auprès de vous, et quand vous aurez besoin de secours, hélez. Je m'en vais de ce pas vous le chercher, et cela même vous montre que je ne parle pas en l'air... Au revoir, Jim.

Et le docteur Livesey me serra les mains à travers la palissade, adressa un signe de tête à Silver, et d'un pas rapide s'enfonça dans le bois.

Chapitre XXXI

La chasse au trésor : l'indicateur de Flint

– Jim, me dit Silver quand nous fûmes seuls, si je t'ai sauvé la vie, tu viens de me rendre la pareille, et je ne l'oublierai pas. J'ai vu le docteur te faire signe de filer, je l'ai vu du coin de l'œil ; et je t'ai vu dire non, aussi net que si je l'entendais. Jim, un bon point pour toi. C'est mon premier rayon d'espoir depuis l'attaque manquée, et c'est à toi que je le dois. Et maintenant, Jim, cette chasse au trésor, nous allons nous y mettre, avec des « instructions cachetées » pour ainsi dire, et je n'aime pas ça. Il nous faudra, toi et moi, bien tenir ensemble, quasi dos à dos, afin de sauver nos têtes en dépit des hasards du sort.

À cet instant, un homme nous appela auprès du feu, car le déjeuner était prêt, et nous allâmes nous asseoir sur le sable devant un repas composé de biscuit et de lard frit. Ils avaient allumé un feu à rôtir un bœuf, et ce feu était devenu si ardent qu'on ne pouvait plus l'approcher que du côté du vent, et non sans précaution. Dans le même esprit de gaspillage, ils avaient cuit, je pense, trois fois plus de nourriture que nous ne pouvions en absorber : l'un d'eux, avec un rire stupide, jetait les restes dans le brasier, qui sous cet aliment insolite flamboyait et ronflait de plus belle. Je n'ai jamais vu êtres plus insoucieux du lendemain : la seule expression « au jour le jour » peut qualifier leur manière de vivre ; et tant par la nourriture gâchée que par leurs sentinelles endormies, et bien qu'ils fussent assez hardis pour une brève escarmouche, je pouvais constater leur entière inaptitude à la moindre apparence de campagne prolongée.

Même Silver, qui dévorait avec Capitaine Flint perché sur son épaule, n'eut pas un mot de reproche pour leur insouciance. Et cela m'étonnait d'autant plus qu'il venait de se montrer plus habile que jamais.

– Ah ! oui, les gars, disait-il, vous avez de la veine que Cochon-Rôti soit là pour réfléchir à votre place avec cette caboche que voilà.

J'ai obtenu ce que je voulais, moi. Évidemment, ils ont le navire. Où il est, je ne le sais pas encore ; mais une fois que nous aurons pigé[1] le trésor, il faudra nous grouiller pour le retrouver. Et alors, les gars, puisque nous avons les canots, nous aurons l'avantage.

Il discourait ainsi, la bouche pleine de lard brûlant, et par ce moyen il leur rendait espoir et confiance, et à la fois, je le soupçonne fort, il restaurait en lui ces mêmes sentiments[2].

– Quant à l'otage, continua-t-il, c'est là son dernier entretien avec ceux qu'il aime tant. J'ai obtenu ma part de nouvelles, ce dont je lui rends grâces, mais c'est fini et terminé. Je le tiendrai en laisse pour aller à la chasse au trésor, car nous le garderons comme s'il était en or, pour le cas d'accident, notez, et en attendant mieux. Une fois que nous aurons à la fois navire et trésor et que nous serons repartis en mer comme de gais compagnons, oh ! alors, nous causerons avec M. Hawkins, nous, et lui réglerons son compte, bien sûr, pour toutes ses gentillesses.

Rien d'étonnant si les hommes étaient à présent de bonne humeur. Pour ma part, j'étais horriblement abattu. Si le plan qu'il venait d'esquisser devenait réalisable, Silver, déjà doublement traître, n'hésiterait pas à l'adopter. Il avait encore un pied dans chaque camp, et il n'y avait pas de doute qu'il ne préférât le parti des pirates, avec la richesse et la liberté, au nôtre, où il n'avait rien à attendre de plus que de simplement échapper à la corde.

Et même si la force des choses l'obligeait à tenir sa parole envers le docteur Livesey, même alors, dis-je, quel danger nous attendait ! Quel moment ce serait lorsque les soupçons de ses partisans

1. **Pigé** : localisé.
2. **Il restaurait en lui ces mêmes sentiments** : il se redonnait du courage.

se changeraient en certitude, et que lui et moi nous aurions à défendre nos vies – lui un estropié et moi un enfant – contre cinq matelots robustes et alertes.

Qu'on ajoute à cette double crainte le mystère qui enveloppait encore la conduite de mes amis : leur abandon inexpliqué de la palanque ; l'inexplicable remise de la carte avec, plus incompréhensible encore, le dernier avertissement du docteur Livesey à Silver : « Veillez au grain quand vous le trouverez », et l'on concevra aisément que je déjeunai sans goût et que je me mis en marche avec un serrement de cœur derrière mes geôliers[1] partis à la conquête du trésor.

Nous devions offrir un curieux spectacle : tous en sales habits de marins, et tous, sauf moi, armés jusqu'aux dents. Silver portait deux fusils en bandoulière, un devant et un derrière, outre un grand coutelas à la ceinture, et un pistolet dans chaque poche de son habit à pans carrés. Pour compléter ce singulier équipage, Capitaine Flint se tenait perché sur son épaule, et caquetait des bribes incohérentes de propos maritimes. Une laisse à la ceinture, je suivais docilement le coq, qui tenait l'autre bout, tantôt de sa main libre, tantôt entre ses dents puissantes. J'étais mené littéralement comme un ours apprivoisé.

Les autres personnages étaient diversement chargés. Les uns portaient des pioches et des pelles qu'ils avaient amenées à terre de l'*Hispaniola*, comme objets de toute première nécessité, les autres du lard, du biscuit et de l'eau-de-vie pour le repas de midi. Toutes ces provisions, je le remarquai, provenaient de notre réserve, et je pus constater ainsi la réalité des paroles de Silver, la nuit

1. **Geôliers** : gardiens.

précédente. S'il n'avait pas conclu un marché avec le docteur, la disparition du navire les eût contraints, lui et ses mutins, à subsister d'eau claire et des produits de leur chasse. L'eau n'était guère de leur goût ; un marin n'est pas souvent bon tireur, et au surplus, étant si à court de vivres, ils n'étaient apparemment guère mieux fournis de poudre.

C'est en cet équipage et marchant à la file, que nous nous mîmes tous en route – même l'individu à la tête fêlée, qui eût certes mieux fait de se tenir tranquille – et gagnâmes le rivage, où nous attendaient les deux yoles. Elles aussi témoignaient de la folle ivrognerie des pirates : l'une avait un banc rompu, et toutes deux étaient boueuses et non écopées[1]. Nous devions les emmener l'une et l'autre pour plus de sûreté. Ayant donc réparti notre effectif entre elles, nous nous avançâmes sur la transparence du mouillage.

Tout en ramant, on discutait au sujet de la carte : la croix rouge était bien entendu trop grande pour pouvoir servir de repère, et les termes de la note figurant au verso renfermaient, on va le voir, une certaine ambiguïté. Comme le lecteur s'en souvient peut-être, elle était ainsi conçue :

Grand arbre, contrefort de la Longue-Vue, point de direction N.-N.-E. quart N.

Île du Squelette, E.-S.-E. quart N.

Dix pieds.

Ainsi donc, un grand arbre constituait le principal repère. Or, tout droit devant nous, le mouillage était dominé par un plateau de

1. **Non écopées** : remplies d'eau.

deux ou trois cents pieds d'élévation, qui vers le nord se raccordait par une pente au contrefort méridional de la Longue-Vue, et aboutissait vers le sud aux abruptes falaises formant l'éminence dite du Mât-d'Artimon. Sur le plateau croissaient en foule des pins de hauteurs diverses. Par endroits, quelques pins d'une espèce particulière se dressaient isolément à quarante ou cinquante pieds au-dessus de leurs voisins ; mais, pour déterminer lequel de ceux-ci était bien le « grand arbre » du capitaine Flint, il fallait se trouver sur les lieux et consulter la boussole.

Malgré cela, les embarcations n'étaient pas arrivées à moitié route, que chacun de ceux qui les montaient avait son favori. Le seul Long John haussait les épaules et leur conseillait d'attendre qu'on fût là-haut.

On nageait mollement, par ordre de Silver, qui craignait de fatiguer ses hommes trop tôt ; et après une fort longue traversée, on aborda à l'embouchure de la seconde rivière, celle qui dévale de la Longue-Vue par une ravine boisée. Ce fut de là qu'en appuyant sur la gauche, nous entreprîmes l'ascension de la pente qui menait au plateau.

Tout d'abord, le terrain gras et fangeux, et le fouillis des herbes marécageuses, entravèrent fortement nos progrès ; mais peu à peu la montagne devint plus abrupte et offrit à notre marche un sol rocailleux, tandis que le bois, changeant de caractère, nous offrait plus d'espace libre. C'était en vérité un coin de l'île des plus plaisants que celui où nous pénétrions. Un genêt au parfum entêtant et divers arbustes en fleurs y remplaçaient le gazon. Parmi les verts bouquets de muscadiers[1], des pins mettaient çà et là leurs

1. **Muscadiers** : arbres tropicaux dont la graine du fruit, la *muscade*, est utilisée comme épice.

fûts rougeâtres et leurs vastes ombrages, et le relent épicé des premiers se combinait à l'odeur aromatique des seconds. L'air, d'ailleurs, était vif et frais, ce qui, sous les rais d'un soleil vertical, nous était d'un merveilleux réconfort.

Avec des cris et des bonds, la troupe s'éparpilla en éventail. Vers le centre, et assez loin en arrière, Silver et moi suivions les autres – moi tenu par ma longe, lui labourant à grands ahans les cailloux roulants. De temps à autre, même, je dus lui prêter mon aide pour l'empêcher de faire un faux pas et de redégringoler la pente.

Nous parcourûmes de la sorte environ un demi-mille, et nous allions atteindre le niveau du plateau, lorsque l'individu le plus éloigné sur la gauche se mit à pousser des exclamations d'horreur, en hélant ses compagnons, qui coururent à lui.

– Ce n'est pas possible qu'il ait trouvé le trésor, nous cria le vieux Morgan, qui arrivait de la droite, puisque le trésor est tout en haut.

En effet, comme nous le découvrîmes une fois sur les lieux, il s'agissait de bien autre chose. Au pied d'un fort gros pin, et à demi caché par un buisson vert, qui avait même à demi soulevé plusieurs des petits os, un squelette humain gisait sur le sol, avec quelques lambeaux de vêtements. Un frisson glaça d'abord tous les cœurs.

Plus hardi que les autres, George Merry s'avança pour examiner les restes de vêtements.

– C'était un homme de mer, déclara-t-il. En tout cas, ceci est bel et bien du drap de marin.

– Bon, bon, fit Silver, il y a des chances ; tu ne t'attendais pas à trouver ici un évêque, je suppose. Mais qu'est-ce que ça veut dire, des os ainsi disposés ? Ce n'est pas naturel.

En effet, au second coup d'œil, on ne pouvait réellement croire que le corps fût dans une position naturelle. À part un léger désordre – dû sans doute aux oiseaux qui s'étaient nourris du cadavre, ou à la lente croissance des plantes qui avaient peu à peu enseveli ses restes – l'homme gisait en une position parfaitement rectiligne, les pieds orientés dans un sens, et les bras, allongés au-dessus de la tête comme ceux d'un plongeur, dans l'autre.

– Il me vient une idée dans ma vieille bête de caboche, fit observer Silver. Voici le compas ; voilà le point culminant de l'îlot du Squelette, qui a l'air d'une dent. Prenez donc le relèvement, voulez-vous, sur l'alignement de ces os.

On lui obéit. Le corps était orienté juste dans la direction de l'îlot, et le compas donnait bien E.-S.-E. quart E.

– J'en étais sûr, triompha le coq ; ceci est un indicateur. Par là tout droit se trouvent, et notre étoile polaire, et la belle galette. Mais, cré tonnerre ! ça me fait froid dans le dos de penser à Flint. Car c'est là une blague de lui, il n'y a pas d'erreur. Je le vois ici tout seul avec les six. Il les tue tous jusqu'au dernier, et celui-ci, il l'installe ici, orienté à la boussole, mort de ma vie !... C'est le squelette d'un homme grand, et qui avait des cheveux roux. Hé ! ça pourrait bien être Allardyce. Tu ne te souviens pas d'Allardyce, Tom Morgan ?

– Si, si, répondit Morgan, je me souviens de lui ; il me devait des sous, et en débarquant il m'a emporté mon couteau.

– En parlant de couteau, dit un autre, pourquoi ne trouvons-nous pas le sien à terre ici autour ? Flint n'était pas homme à vider les poches d'un marin ; et les oiseaux, je suppose, ne l'ont pas emporté.

– Par tous les diables, voilà qui est vrai ! fit Silver.

– Il ne reste absolument rien, dit Merry, qui tâtait toujours le sol aux environs des os, pas plus un rouge liard qu'une tabatière. Ça ne me paraît pas naturel.

– Parbleu non, ça n'est pas naturel, renchérit[1] Silver, pas plus que ça n'est gentil, certes. Tonnerre de Dieu ! les gars, si seulement Flint était là en vie, ça chaufferait pour vous et moi. Ils étaient six, tout comme nous, et il ne reste d'eux que des os.

– Je l'ai vu mort, de mes deux yeux, dit Morgan. Billy m'a fait entrer. Il était là couché, avec des pièces de deux sous sur les yeux.

– Mort, oui, bien sûr qu'il est mort et parti là-dessous, fit l'individu au bandage ; mais s'il y a des esprits qui reviennent, celui de Flint doit être du nombre. Car, miséricorde, il a eu une vilaine mort, Flint.

– Pour ça, oui, affirma un autre ; tantôt il délirait, tantôt il hurlait pour avoir du rhum, ou bien il chantait *Nous étions quinze*... C'était son unique chanson, camarades ; et je vous assure, je n'ai plus jamais beaucoup aimé l'entendre, depuis. Comme il faisait une chaleur formidable, le vasistas était ouvert, et j'entendais cette vieille chanson qui sortait nette et claire, tandis que la mort avait déjà le grappin sur lui.

– Allons, allons, amarre ton histoire[2], interrompit Silver. Il est mort, et il ne reviendra pas, que je sache ; en tout cas, il ne reviendra pas en plein jour, vous pouvez en être sûrs. Il n'y a pas de bile à se faire. En avant pour les doublons !

1. **Renchérit** : ajouta.
2. **Amarre ton histoire** : arrête ton histoire.

Nous partîmes ; mais en dépit de l'ardent soleil et du jour éblouissant, les pirates cessèrent de courir à travers bois isolément et de se héler à pleins poumons : ils restaient côte à côte et parlaient à mi-voix. La terreur du flibustier mort s'était emparée de leurs esprits.

Chapitre XXXII

La chasse au trésor : la voix d'entre les arbres

Sous l'influence déprimante de cette crainte, aussi bien que pour laisser reposer Silver et le malade, toute la bande s'assit en arrivant au haut de la montée.

Vu la légère inclinaison du plateau vers l'ouest, le point où nous étions arrivés dominait des deux côtés une vaste étendue. Devant nous, par-delà les cimes des arbres, on découvrait le cap des Bois, frangé d'écume ; derrière, s'étalaient à nos pieds le mouillage et l'îlot du Squelette, et l'on voyait aussi vers l'est – plus loin que la langue de terre et la plaine orientale – un grand espace de mer libre. Au-dessus de nous se dressait la Longue-Vue, tachetée de pins solitaires et striée de sombres crevasses. On n'entendait que le bruit lointain du ressac s'élevant de toutes parts, joint au bourdonnement, dans la brousse, de myriades[1] d'insectes. Pas un être humain, pas une voile en mer : l'immensité de la vue aggravait l'impression de solitude.

Silver s'assit, et releva au compas diverses orientations.

1. **Myriades** : nuées.

– Voilà, dit-il, trois « grands arbres », à peu près dans l'alignement de l'îlot du Squelette. « Contrefort de la Longue-Vue » désigne, je suppose, ce sommet inférieur là. Désormais ce n'est plus qu'un jeu d'enfant de trouver la marchandise. J'ai presque envie de dîner d'abord.

– Je ne suis pas pressé, murmura Morgan. Quand je pense à Flint, je me sens tout chose...

– Ah ! pour ça, mon fils, dit Silver, tu peux remercier ta bonne étoile qu'il soit mort.

– Il était laid comme un diable ! cria un troisième pirate, en frissonnant ; et puis cette figure bleue !...

– C'est le rhum qui l'a emporté, ajouta Merry. Bleu ! oui, j'en conviens, qu'il était bleu. C'est le vrai mot.

Depuis qu'ayant découvert le squelette ils avaient laissé prendre ce cours à leurs pensées, ils avaient parlé de plus en plus bas, si bien qu'ils finissaient par chuchoter presque, et que le bruit de leur conversation troublait à peine le silence du bois. Tout à coup, venant des arbres situés en face de nous, une voix grêle, aiguë et tremblée entonna l'air et les paroles familières :

Nous étions quinze sur le coffre du mort...
Yo-ho-ho ! et une bouteille de rhum !

Jamais je n'ai vu d'hommes plus affreusement émus que nos pirates. Leurs six visages se décolorèrent comme par enchantement. Les uns bondirent sur leurs pieds, les autres se cramponnèrent à leurs voisins. Morgan se débattait sur le sol.

– C'est Flint, de par... ! cria Merry.

Le chant s'arrêta aussi brusquement qu'il avait débuté ; on l'eût dit interrompu net au milieu d'une note, comme si une main s'était posée sur la bouche du chanteur. Venant ainsi des lointains de l'atmosphère claire et ensoleillée, d'entre les verts feuillages, le son me semblait léger et mélodieux ; et l'effet qu'il produisit sur mes compagnons ne m'en parut que plus étrange.

– Allons, dit Silver, remuant péniblement ses lèvres couleur de cendre, allons, ça ne prend pas. Pare à virer. Cette voix fait un drôle d'effet, et je ne peux pas mettre un nom sur elle, mais c'est quelqu'un qui nous fait une blague, quelqu'un en chair et en os, vous pouvez en être sûrs.

Tout en parlant il reprenait courage, et son visage se recolorait. Déjà les autres prêtaient l'oreille à son encouragement, lorsque la même voix retentit de nouveau. Ce n'était plus un chant, cette fois, mais un appel faible et lointain, que répercutèrent encore plus faiblement les échos de la Longue-Vue.

– Darby Mac Graw ! gémissait la voix (si le mot gémir peut s'appliquer à des cris) ; Darby Mac Graw ! Darby Mac Graw ! répété à dix reprises.

Puis elle s'éleva un peu, et lança dans un blasphème que je n'écris point :

– Passe-moi le rhum, Darby !

Les forbans, les yeux hors de la tête, restèrent cloués au sol. La voix s'était tue depuis longtemps qu'ils regardaient toujours devant eux, muets et terrifiés.

– La question est réglée, après ça ! bégaya l'un. Fichons le camp !

– Ce sont là ses dernières paroles, soupira Morgan, ses dernières paroles dans ce monde.

Dick avait tiré sa bible et priait avec ardeur. Car Dick avait été bien élevé, avant de naviguer et de rencontrer de mauvais compagnons.

Mais Silver doutait encore. Je l'entendais claquer des dents, mais malgré cela, il ne se rendait toujours pas.

– Personne dans cette île ne sait rien de Darby, murmura-t-il, personne en dehors de nous autres. (Et puis, faisant un grand effort :) Camarades, cria-t-il, je suis venu ici pour avoir cette marchandise, et je ne reculerai devant homme ni diable. Flint vivant ne m'a jamais fait peur et, par tous les diables ! je le braverai mort. À moins d'un quart de mille d'ici, il y a sept cent mille livres enterrées. Quand donc un gentilhomme de fortune a-t-il jamais tourné la poupe à autant de galette[1], à cause d'un vieux pochard de marin à gueule bleue... et qui est mort, avec ça !

Mais nulle velléité de courage ne se manifestait chez ses partisans : leur terreur, au contraire, semblait accrue par l'impiété de ses paroles.

– Amarre ça, John ! dit Merry. Ne va pas offenser un esprit.

Les autres étaient trop épouvantés pour rien dire. Tous se seraient enfuis chacun de son côté s'ils avaient osé ; mais la peur les tenait rassemblés et serrés tout contre John, dont l'audace les soutenait. Quant à lui, il avait presque entièrement surmonté sa faiblesse.

– Un esprit ? Enfin, soit, dit-il. Mais il y a là-dedans quelque chose de pas clair pour moi. Il y avait un écho. Or, personne n'a jamais vu un esprit avec une ombre ! Eh bien donc, quel besoin aurait-elle d'un écho ? Je voudrais bien le savoir. Ce n'est certes pas naturel.

1. **Galette** : argent (terme familier).

Je trouvai l'argument assez faible. Mais on ne peut jamais savoir d'avance ce qui touchera les gens superstitieux, et, à ma grande surprise, George Merry en fut beaucoup soulagé.

– Au fait, c'est juste, approuva-t-il. Tu as une tête sur tes épaules, John, il n'y a pas d'erreur. À Dieu vat, les gars ! Ce matelot-là se trompe de bordée, que je crois. Et en y réfléchissant, la voix ressemblait un peu à celle de Flint, je vous l'accorde, mais elle avait moins de largue, tout compte fait. On dirait plutôt la voix de quelqu'un d'autre... on dirait celle...

– De Ben Gunn ! par tous les diables ! rugit Silver.

– Oui, c'est bien ça, s'écria Morgan, en se relevant sur les genoux. C'était Ben Gunn !

– Ça ne fait pas grande différence, trouvez-vous pas ? interrogea Dick. Ben Gunn, pas plus que Flint, n'est ici présent dans son corps.

Mais les aînés des matelots accueillirent cette remarque avec dédain.

– Eh ! personne ne craint Ben Gunn, cria Merry. Mort ou vivant, personne ne l'a jamais craint.

Je n'en revenais pas de voir à quel point ils avaient repris courage, et combien leurs visages avaient retrouvé leurs couleurs naturelles. Bientôt ils se remirent à bavarder entre eux, tout en écoutant par intervalles ; et un peu plus tard, n'entendant plus rien, ils rechargèrent les outils sur leurs épaules et se remirent en marche, sous la conduite de Merry, qui portait le compas de Silver pour les maintenir dans l'alignement de l'îlot du Squelette. Merry avait dit vrai : mort ou vivant, personne ne craignait Ben Gunn.

Dick seul tenait toujours sa bible, et tout en marchant lançait autour de lui des regards apeurés, mais il n'éveillait aucune sympathie, et Silver le plaisanta même sur ses précautions.

– Je te l'avais dit, railla-t-il, je te l'avais bien dit, que tu avais gâché ta bible. Si elle ne vaut plus rien pour jurer dessus, crois-tu qu'un esprit va en tenir compte ? Pas ça !...

Et s'arrêtant une seconde sur sa béquille, il fit claquer ses gros doigts.

Mais les encouragements n'avaient point prise sur Dick ; bien plus, je ne tardai pas à voir que ce garçon tenait à peine debout : sous l'influence de la chaleur, de la lassitude et de la crainte, la fièvre prédite par le docteur Livesey montait en lui avec une indéniable rapidité.

Le terrain dégagé rendait la marche facile, sur ce sommet, que notre chemin longeait un peu de flanc, car le plateau s'inclinait vers l'ouest, comme je l'ai déjà dit. Les pins, grands et petits, s'espaçaient largement ; et même entre les bouquets de muscadiers et d'azalées, de vastes clairières dénudées se torréfiaient à l'ardeur du soleil. Comme nous coupions l'île en diagonale vers le quasi nord-ouest, nous nous rapprochions toujours plus des contreforts de la Longue-Vue, d'une part, et de l'autre, nous découvrions toujours plus largement cette baie occidentale où le coracle m'avait naguère ballotté durant des heures d'angoisse.

On atteignit le premier des grands arbres ; mais la boussole montra que ce n'était pas le bon. De même pour le second. Le troisième s'élevait en l'air à près de deux cents pieds au-dessus d'un bois taillis ; ce géant végétal avait un fût rouge aussi épais qu'une maisonnette, et il projetait une ombre assez spacieuse pour y faire manœuvrer une compagnie. On l'apercevait du large, aussi bien à l'est qu'à l'ouest, et il aurait pu figurer comme amer[1] sur la carte.

Mais ce qui impressionnait mes compagnons, ce n'était pas sa taille, mais bien de savoir que sept cent mille livres en or se trouvaient enterrées quelque part dans l'étendue de son ombre. La pensée de l'argent, à mesure qu'ils approchaient, résorbait[2] leurs terreurs de naguère. Leurs yeux flamboyaient, leur pas devenait plus vif et plus léger, leur âme entière était captivée par cette richesse qui les attendait là, et représentait pour chacun d'eux toute une vie de plaisir et de débauche.

Silver sautillait sur sa béquille avec des grognements ; ses narines dilatées frémissaient ; il sacrait[3] comme un fou quand les mouches se posaient sur son visage luisant de sueur ; il secouait rageusement la longe qui me reliait à lui, et de temps à autre tournait vers moi des yeux où luisait un regard assassin. Il ne prenait certes plus la peine de me cacher ses pensées, et je les lisais à livre ouvert. La proximité immédiate de l'or lui faisait oublier tout le reste : sa promesse au docteur comme l'avertissement de celui-ci étaient déjà loin, pour lui, et sans nul doute il comptait bien s'emparer du trésor, retrouver l'*Hispaniola* et l'aborder à la faveur de la nuit, massacrer tout ce qu'elle renfermait d'honnêtes gens, et remettre à la voile suivant ses intentions primitives[4], chargé de forfaits et de richesses.

Ces craintes m'accablaient, et j'avais peine à soutenir l'allure rapide des chercheurs de trésor. À tout moment, je trébuchais ;

1. **Amer** : point de repère (terme de marine).
2. **Résorbait** : faisait disparaître.
3. **Sacrait** : jurait.
4. **Primitives** : premières.

et c'est en ces occasions que Silver secouait si brutalement mon filin et me lançait ses regards meurtriers. Dick, qui marchait maintenant à notre suite et formait l'arrière-garde, parlait tout seul dans l'excitation de sa fièvre croissante, et mêlait les blasphèmes aux prières. Ma détresse s'en augmenta, et pour la couronner, mon imagination évoquait le drame qui s'était autrefois déroulé sur ce plateau, lorsque le flibustier à la face bleue – cet impie qui était mort à Savannah en chantant et réclamant à boire – avait de sa propre main égorgé ses six complices. Je songeais aux hurlements qui avaient dû emplir alors ce bois aujourd'hui si paisible, et je me figurais presque les entendre résonner encore.

Nous arrivâmes à la lisière du taillis.

– Hardi, les gars, tous ensemble ! cria Merry.

Et les plus avancés se mirent à courir.

Ils n'avaient pas fait dix toises[1], que nous les vîmes soudain s'arrêter. Un cri de désappointement retentit. Silver redoubla de vitesse, piochant comme un possédé avec le bout de sa béquille, et un instant plus tard, lui et moi nous arrêtions net également.

Une large excavation s'ouvrait devant nous. Elle datait déjà, car ses parois s'éboulaient, et de l'herbe avait crû au fond. Elle renfermait le manche d'une pioche cassé en deux et les planches éparses de plusieurs caisses. Sur l'une de ces planches je lus, imprimé au fer chaud, le mot *Walrus*, le nom du navire de Flint.

Tout était clair jusqu'à l'évidence. On avait découvert la cache et raflé son contenu : les sept cent mille livres s'en étaient allées.

1. **Toise** : mesure de longueur valant deux mètres.

Chapitre XXXIII

La chute d'un chef

On ne vit jamais dans ce monde pareille subversion. Tous les six, les pirates semblaient frappés de la foudre. Mais Silver eut vite surmonté le coup. Tous les désirs de son âme s'étaient élancés vers cet argent, comme des chevaux de course, et, bien qu'arrêté en une seconde, net, il sut garder son sang-froid, recouvrer son équilibre et modifier ses plans, avant que les autres eussent eu le loisir de bien comprendre leur désappointement.

– Jim, me glissa-t-il tout bas, prends ça, et gare là-dessous au grabuge.

Et il me passa un pistolet à deux coups.

Déjà il s'avançait tout doucement vers le nord, et quelques pas lui suffirent à placer le trou entre nous deux et les cinq autres. Puis il me regarda en hochant la tête, comme pour dire : « Nous voilà dans une sale passe », ce qui était bien mon avis.

Ses allures étaient maintenant tout à fait amicales, et ces changements continuels me révoltaient au point que je ne pus m'empêcher de lui murmurer :

– Ainsi donc vous avez encore une fois changé de parti...

Il n'eut pas le temps de me répondre. Avec des cris et des blasphèmes, les forbans avaient sauté l'un après l'autre dans la fosse, où ils creusaient avec leurs mains, tout en rejetant les planches de côté. Morgan trouva une pièce d'or. Il la leva en l'air dans une vraie trombe de jurons. C'était une pièce de deux guinées : pendant un quart de minute elle passa de main en main.

– Deux guinées ! rugit Merry, en la brandissant vers Silver. Hein, les voilà, tes sept cent mille livres ! Tu t'y connais en fait de marchés, toi ! Tu dis que tu n'as jamais rien gâché, toi, espèce d'andouille, hé ! tête de bois !

– Creusez, garçons, dit Silver avec le plus froid cynisme ; vous trouveriez des truffes que ça ne m'étonnerait pas.

– Des truffes ! répéta Merry avec un cri d'indignation. Vous l'entendez, les gars ! Je vous le dis, moi, cet homme-là savait tout. Regardez-le, c'est écrit sur sa figure.

– Hé, hé ! Merry, remarqua Silver, te voici encore candidat capitaine ? Tu es un garçon d'avenir, pour sûr.

Mais cette fois tous tenaient pour[1] Merry. Ils se mirent à grimper hors de l'excavation, en décochant derrière eux des regards furibonds. Je notai une chose de bon augure pour nous : tous sortaient par le côté opposé à Silver.

Nous restions là, deux d'un côté et cinq de l'autre, avec la fosse entre nous, sans que personne trouvât le courage de porter le premier coup. Silver ne bronchait pas ; bien droit sur sa béquille, il les surveillait d'un air plus impassible que jamais. Indéniablement, il était brave[2].

À la fin, Merry jugea opportun de haranguer ses compagnons.

– Camarades, leur dit-il, en voilà deux devant nous, seuls. L'un est le vieux stropiat[3] qui nous a tous amenés ici et nous a fait tomber dans ce pétrin ; l'autre est ce petit morveux dont je tiens à arracher le cœur. C'est l'instant, camarades...

1. **Tenaient pour** : étaient du côté de.
2. **Brave** : courageux.
3. **Stropiat** : infirme.

Il éleva le bras en même temps que la voix. Mais à la même minute – pan ! pan ! pan ! – trois coups de mousquet jaillirent du fourré. Merry culbuta dans l'excavation la tête la première ; l'homme au bandage, frappé à mort, giroya comme un toton[1], s'abattit d'un bloc sur le flanc, et y resta, agité d'une dernière convulsion ; les trois autres firent volte-face et déguerpirent à toutes jambes.

En un clin d'œil, Long John avait déchargé les deux coups d'un pistolet sur Merry qui se débattait dans son trou, et comme le moribond levait vers lui des yeux agonisants, il lui lança :

– George, il me semble que nous voilà quittes. Cependant, le docteur, Gray et Ben Gunn, au poing leurs mousquets fumants, surgirent des muscadiers et s'approchèrent de nous.

– En avant, mes enfants ! cria le docteur. Et au trot. Il nous faut les empêcher d'atteindre les embarcations.

Et nous partîmes à grande vitesse, enfonçant parfois dans les buissons jusqu'à la poitrine.

Silver, je vous assure, tenait fort à rester avec nous. Le travail que cet homme accomplit, en bondissant sur sa béquille avec une force à faire éclater les muscles de sa poitrine, était un travail que n'égala jamais, de l'avis du docteur, aucun homme valide. Malgré cela, il était déjà de vingt toises en arrière et il n'en pouvait plus, lorsque nous atteignîmes le bord de la déclivité.

– Docteur ! appela-t-il, regardez ! rien ne presse !

À coup sûr rien ne pressait. Là-bas, sur une partie plus dégagée du plateau, nous apercevions les trois survivants qui couraient toujours dans la même direction qu'au début, droit vers le mont

1. **Giroya comme un toton** : tournoya comme une toupie.

du Mât-d'Artimon. Déjà nous étions entre eux et les canots. Aussi nous assîmes-nous tous quatre pour souffler, tandis que Long John, s'épongeant le visage, approchait lentement de nous.

– Mon cordial merci, docteur. Vous êtes arrivé à pic, il me semble, pour moi et pour Hawkins... Et c'est donc toi, Ben Gunn ! Eh bien, tu es gentil, il n'y a pas à dire.

– C'est moi, Ben Gunn, c'est bien moi, répondit le marron[1], qui dans son embarras se tortillait comme une anguille. Et (ajouta-t-il après un silence prolongé) comment allez-vous, maître Silver ? Très bien, je vous remercie, n'est-ce pas ?

– Ben, Ben ! murmura Silver, dire que tu as causé ma perte !...

Le docteur envoya Ben Gunn rechercher une des pioches abandonnées par les mutins lors de leur fuite ; puis, tandis que nous dévalions sans hâte vers l'endroit où se trouvaient les canots, il raconta brièvement ce qui s'était passé. Cette histoire, dont Ben Gunn, le marron quasi imbécile, était le héros d'un bout à l'autre, intéressa profondément Silver.

Au cours de ses longues rôderies sur l'île déserte, Ben avait découvert le squelette, et c'était lui qui l'avait dépouillé. Il avait découvert le trésor ; il l'avait déterré (c'était le manche brisé de sa pioche qui gisait dans l'excavation) ; il l'avait transporté sur son dos, en de nombreux et pénibles voyages, du pied du grand pin jusque dans la grotte qu'il occupait sur la montagne à deux sommets, à la pointe nord-est de l'île, et c'est là que tout cet or était resté emmagasiné depuis deux mois avant l'arrivée de l'*Hispaniola*.

Le docteur lui extirpa ce secret dans l'après-midi de l'attaque. Le lendemain, voyant le mouillage désert, il alla trouver Silver, lui remit

1. **Marron** : matelot abandonné.

la carte, désormais inutile ; lui remit les provisions, car la grotte de Ben Gunn était bien approvisionnée de viande de chèvre salée par lui ; lui remit tout sans exception, pour obtenir de quitter librement la palanque et de se retirer sur la montagne à deux sommets, afin d'y être à l'abri de la malaria et de veiller sur le trésor.

– Quant à vous, Jim, me dit-il, c'était bien à regret, mais j'ai agi au mieux de ceux qui étaient restés fidèles à leur devoir ; et si vous n'étiez pas du nombre, à qui la faute ?

Ce matin-là, en découvrant que je serais englobé dans l'affreuse déconvenue qu'il avait ménagée aux mutins, il avait couru tout d'une traite jusqu'à la grotte, laissant le capitaine sous la garde du chevalier et, prenant avec lui Gray et le marron, il avait traversé l'île en diagonale, pour aller s'embusquer auprès du pin. Mais il s'aperçut bientôt que notre troupe avait de l'avance sur lui. L'agile Ben Gunn fut expédié en éclaireur pour faire de son mieux à lui seul. C'est alors que Ben avait eu l'idée de mettre à profit les superstitions de ses ex-camarades. Il y réussit à un tel point que Gray et le docteur eurent le temps d'arriver et de s'embusquer avant la venue des chercheurs de trésor.

– Ah ! docteur, fit Silver, j'ai eu de la chance d'avoir Hawkins avec moi. Vous auriez laissé tailler en pièces le vieux John sans lui accorder une pensée.

– Pas une, répondit le médecin avec jovialité. Nous étions arrivés aux yoles. S'armant de la pioche, le docteur démolit l'une d'elles, et tout le monde s'embarqua dans l'autre, pour gagner par eau la baie du Nord.

C'était un trajet de huit à neuf milles. Silver, bien que déjà épuisé de fatigue, fut mis à un aviron, comme les autres, et nous glissâmes prestement sur une mer d'huile. Le goulet franchi, nous doublâmes la pointe sud-est de l'île, autour de laquelle nous avions, quatre jours plus tôt, remorqué l'*Hispaniola*.

En doublant la montagne à deux sommets, nous aperçûmes l'orifice obscur de la grotte de Ben Gunn, et auprès un personnage debout, appuyé sur son mousquet. C'était le chevalier. On agita un mouchoir, en poussant trois hourras auxquels Silver unit sa voix aussi vigoureusement qu'un autre.

Trois milles plus loin, à l'embouchure même de la baie du Nord, devinez ce que nous rencontrâmes !... L'*Hispaniola*, voguant à l'aventure. La dernière marée l'avait remise à flot, et y eût-il eu beaucoup de brise, ou un fort jusant[1], comme dans le mouillage sud, nous ne l'aurions jamais revue, ou du moins elle se serait échouée sans remède. En réalité, à part la grand-voile en loques, il y avait peu de dégât. On para une autre ancre, et l'on mouilla par une brasse et demie de fond. Nous repartîmes à l'aviron jusqu'à la crique du Rhum, point le plus rapproché du trésor de Ben Gunn ; puis Gray s'en retourna seul avec la yole jusqu'à l'*Hispaniola*, où il devait passer la nuit à veiller.

Du rivage à l'entrée de la grotte, on accédait par une pente douce. Au haut de celle-ci le chevalier nous attendait. Aimable et affectueux avec moi, il n'eut pour ma fugue pas un mot de reproche ni d'éloge. Aux salutations polies de Silver, il s'échauffa quelque peu.

– John Silver, lui dit-il, vous êtes une canaille et un fourbe sans nom... oui, un fourbe inouï. On m'a dissuadé de vous faire condamner. Je m'en abstiendrai donc. Mais les cadavres, monsieur, pèsent à votre cou telles des meules de moulin.

1. **Jusant** : marée descendante.

– Mon cordial merci, monsieur, répliqua John, en s'inclinant à nouveau.

– Je vous défends de me remercier, lança le chevalier, car c'est là un outrageux abandon de mes devoirs. Retirez-vous !

Nous pénétrâmes dans la grotte. Spacieuse et bien aérée, elle renfermait une petite source et une mare d'eau claire, où se miraient[1] des fougères. Sur le sol de sable, devant un grand feu, reposait le capitaine Smollett ; et dans le fond, où atteignaient à peine quelques reflets du foyer, j'entrevis d'énormes empilements de monnaies et des pyramides de lingots d'or. C'était là ce trésor de Flint que nous étions venus chercher si loin, et qui avait déjà coûté la vie à dix-sept hommes de l'*Hispaniola*. À quel prix l'avait-on amassé, combien de sang et de douleurs il y avait fallu, combien de beaux navires coulés à fond, combien de braves gens lancés à la mer, combien de coups de canon, combien de hontes, de mensonges et de forfaits, nul au monde n'eût pu le dire. Mais ils étaient encore trois sur cette île – Silver, le vieux Morgan et Ben Gunn – qui avaient chacun pris leur part de ces crimes, comme ils avaient eu le vain espoir de participer à la récompense.

– Entrez, Jim, me dit le capitaine. Vous êtes un bon garçon dans votre genre, Jim, mais je ne pense pas que nous naviguerons encore ensemble, vous et moi. Vous êtes, à mon goût, trop enfant gâté... C'est vous, John Silver ? Qu'est-ce qui vous amène ici, matelot ?

– Je rentre dans le devoir, monsieur, répondit John.

– Ah ! dit le capitaine.

Et il borna là ses commentaires.

1. **Se miraient** : se reflétaient.

Quel souper agréable je fis ce soir-là, entouré de tous mes amis ! Comme je goûtai ce repas, composé de viande de chèvre salée par Ben Gunn, avec quelques friandises et une bouteille de vin vieux provenant de l'*Hispaniola* ! Jamais on ne vit, j'en suis sûr, gens plus gais ni plus heureux. Et Silver était là, assis à l'écart, presque en dehors de la lumière du foyer, mais mangeant de bon appétit, prompt à s'élancer quand on désirait quelque chose, joignant même en sourdine son rire aux nôtres… le même marin placide, poli, obséquieux[1] qu'il avait été durant tout le voyage.

Chapitre XXXIV

Et dernier…

Le matin venu, on se mit au travail de bonne heure. Il s'agissait de faire parcourir à tout cet or, d'abord près d'un mille par terre jusqu'au rivage, et ensuite trois milles par mer jusqu'à l'*Hispaniola* ; c'était là une tâche considérable pour un si petit nombre de travailleurs. Les trois bandits qui erraient encore sur l'île ne nous troublaient guère : une simple sentinelle postée sur la hauteur suffisait à nous prémunir contre une attaque soudaine, et nous pensions d'ailleurs qu'ils n'avaient plus aucune envie de se battre.

On se mit activement à la besogne. Gray et Ben Gunn faisaient la navette avec le canot, et les autres profitaient de leur absence pour entasser les richesses sur la plage. Deux lingots, noués aux deux

1. **Obséquieux** : d'une politesse exagérée, flatteur.

Georges Roux (1855-1929), gravure pour L'Île au trésor, Édition Hetzel, 1885.

bouts d'une corde, constituaient une bonne charge pour un adulte, et encore, il lui fallait marcher lentement. Quant à moi, étant de peu d'utilité pour le transport, on m'occupa toute la journée dans la grotte à emballer dans des sacs à pain les espèces monnayées.

Elles formaient une collection singulière, analogue à la réserve de Billy Bones pour la diversité des pièces, mais tellement plus abondante et variée que je crois n'avoir jamais eu plus de plaisir qu'à les assortir.

Pièces anglaises, françaises, espagnoles, portugaises, georges et louis, doublons, doubles guinées, moïdores et sequins, aux effigies de tous les rois d'Europe depuis un siècle, bizarres pièces orientales marquées de signes qu'on eût pris pour des pelotons de ficelle ou des fragments de toiles d'araignée, pièces rondes et pièces carrées, pièces avec un trou au milieu, comme des grains de collier – presque toutes les variétés de monnaie du monde figuraient, je crois, dans cette collection ; et quant à leur nombre, elles égalaient sûrement les feuilles d'automne, car j'en avais mal aux reins de me baisser, et mal aux doigts de les trier.

Ce travail dura plusieurs jours : chaque soir une fortune se trouvait entassée à bord, mais une autre attendait son tour pour le lendemain ; et de tout ce temps-là les trois mutins ne donnèrent pas signe de vie.

À la fin – ce devait être le troisième soir – je flânais avec le docteur sur la montagne à l'endroit où elle domine les basses terres de l'île, lorsque du fond des épaisses ténèbres le vent nous apporta un son qui tenait du chant et du hurlement. Un seul lambeau en parvint à nos oreilles, et le silence primitif se rétablit.

– Le ciel leur pardonne ! dit le docteur ; ce sont les mutins.

– Et tous ivres, monsieur, prononça derrière nous la voix de Silver.

Silver, je dois le dire, jouissait d'une entière liberté, et quoiqu'on le rabrouât[1] chaque jour, semblait se considérer de nouveau tout à fait comme un subalterne favorisé de privilèges et d'égards. Je m'étonnais de le voir supporter si bien ces mépris et s'efforcer avec son inlassable politesse de rentrer en grâce auprès de tous. Mais personne ne le traitait guère mieux qu'un chien ; sauf peut-être Ben Gunn, qui gardait toujours une peur affreuse de son ancien quartier-maître, ou encore moi-même, qui avais envers lui de réels motifs de gratitude, bien que sur ce point j'eusse des raisons de penser de lui plus de mal que n'importe qui, après l'avoir vu sur le plateau méditer une nouvelle traîtrise. En conséquence, ce fut d'un ton fort bourru, que le docteur lui répliqua :

– Ivres ou dans le délire...

– Vous avez raison, monsieur, reprit Silver, et peu nous importe lequel des deux, à vous comme à moi.

Avec un ricanement le docteur repartit :

– Vous ne prétendez sans doute pas au titre d'homme humain, maître Silver ? Aussi mes sentiments vous surprendront peut-être. Mais si j'étais certain qu'ils délirent – et je suis moralement sûr que l'un d'eux, au moins, est malade de la fièvre – je quitterais ce camp et risquerais ma peau afin de leur porter les secours de mes lumières.

– Sauf votre respect, monsieur, vous auriez bien tort, déclara Silver. Vous y laisseriez votre précieuse vie, soyez-en sûr. Je suis de votre côté, à présent, nous sommes de mèche, et je ne désire

1. **Rabrouât** : traitât durement.

pas voir notre parti diminué, surtout de votre personne, après ce que je vous dois. Non, ces hommes-là sont incapables de tenir leur parole, même à supposer qu'ils le veuillent ; et, de plus, ils ne croiraient pas que vous sauriez, vous, tenir la vôtre.

– Évidemment, fit le docteur, vous êtes, vous, celui qui tient sa parole, nous savons ça.

Ce furent à peu près les dernières nouvelles que nous eûmes des trois pirates. Une seule fois seulement nous entendîmes un coup de feu très lointain : ils chassaient probablement. On tint conseil, et – à la jubilation de Ben Gunn, je regrette de le dire, et avec la pleine approbation de Gray – on décida de les abandonner sur l'île. Nous leur laissâmes de la poudre et des balles en bonne quantité, le plus gros de la chèvre salée, quelques médicaments et autres objets de nécessité, des outils, des vêtements, une voile de rechange, deux ou trois brasses de corde, et, sur les instances du docteur, une jolie provision de tabac.

Il ne nous restait plus après cela qu'à quitter l'île. Déjà nous avions arrimé le trésor et embarqué de l'eau, avec le restant de la viande de chèvre, pour parer à toute éventualité. Finalement, un beau matin, on leva l'ancre – ce qui était presque au-dessus de nos forces – et nous sortîmes de la baie du Nord, sous le même pavillon que le capitaine avait hissé et défendu à la palanque.

Les trois hommes nous observaient de plus près que nous ne pensions, et nous en eûmes bientôt la preuve. Car en sortant du goulet il nous fallut côtoyer de très près la pointe sud, et ils étaient là tous trois, agenouillés l'un à côté de l'autre sur le sable et nous tendant des mains suppliantes. Nous avions tous le cœur serré, je pense, de les abandonner dans cette triste condition ; mais on ne pouvait risquer une nouvelle mutinerie ; et les ramener chez eux pour les envoyer à la potence eût été un genre de bonté plutôt cruel. Le docteur les héla et leur expliqua où ils trouveraient les provisions laissées pour eux. Mais ils ne cessaient de nous appeler par nos noms, nous suppliant pour l'amour de Dieu d'avoir pitié et de ne pas les abandonner à la mort en un tel lieu.

Enfin, voyant que le navire poursuivait sa course rapide et allait arriver hors de portée de la voix, l'un d'eux – j'ignore lequel – sauta sur ses pieds avec un cri sauvage, épaula vivement son mousquet, et une balle vint siffler par-dessus la tête de Silver et transpercer la grand-voile.

Après cela, nous nous tînmes à l'abri des bastingages, et lorsque je regardai de nouveau, ils avaient disparu de la pointe, qui déjà se perdait dans l'éloignement. C'en était du moins fini avec eux ; et avant midi, à ma joie indicible, le plus haut sommet de l'île au trésor s'était enfoncé sous le cercle bleu de l'horizon marin.

Nous étions si à court d'hommes que tout le monde à bord devait travailler, à l'exception du capitaine qui donnait ses ordres couché à l'arrière sur un matelas ; car, malgré les progrès de sa guérison, il avait encore besoin de repos. Comme nous ne pouvions sans un nouvel équipage tenter le voyage de retour, nous mîmes le cap sur le port le plus prochain de l'Amérique espagnole. Quand nous y atteignîmes, après des vents contraires et quelques violentes brises, nous étions déjà tous à bout de forces.

Ce fut au coucher du soleil que nous jetâmes l'ancre au fond d'un très beau golfe abrité, où nous fûmes aussitôt entourés par des embarcations pleines de nègres, d'Indiens du Mexique, de mulâtres[1], qui vendaient des fruits et des légumes, ou offraient

1. **Mulâtres** : personnes de couleur nées de l'union d'un Blanc avec une Noire (ou d'un Noir avec une Blanche).

de plonger pour une pièce de monnaie. La vue de tant de visages épanouis – et en particulier des Noirs – la saveur des fruits tropicaux, et surtout les lumières qui s'allumaient dans la ville, formaient un contraste enchanteur avec notre séjour sur l'île, sinistre et sanglant. Le docteur et le chevalier, me prenant avec eux, s'en allèrent passer la soirée à terre. Là, ils rencontrèrent le capitaine d'un vaisseau de guerre anglais, qui lia connaissance avec eux et les emmena à bord de son navire ; bref, le temps passa si agréablement que le jour se levait lorsque nous accostâmes l'*Hispaniola*.

Ben Gunn était seul sur le pont, et en nous voyant monter à bord, il se mit à se tortiller fantastiquement et nous fit un aveu. Silver avait fui. Le marron l'avait aidé à s'échapper dans un canot quelques heures plus tôt, et il nous assura qu'il l'avait fait uniquement pour sauvegarder nos existences, qui eussent sans nul doute été compromises, « si cet homme à une jambe était demeuré à bord ». Mais ce n'était pas tout. Le coq ne s'en allait pas les mains vides. Il avait subrepticement percé une cloison, et emporté un des sacs de monnaie, valant peut-être trois ou quatre cents guinées, pour subvenir à ses besoins ultérieurs.

Je crois bien que nous fûmes tous heureux d'être quittes de lui à si bon marché.

Enfin, pour abréger cette longue histoire, nous embarquâmes plusieurs matelots, fîmes un bon voyage, et M. Blandly s'apprêtait justement à armer notre conserve quand l'*Hispaniola* rentra à Bristol. De tous ceux qui étaient partis avec elle, il ne restait plus que cinq hommes. « La boisson et le diable avaient expédié les autres », impitoyablement ; mais à vrai dire nous n'étions pas tout à fait aussi mal en point que le navire de la chanson :

Avec un seul survivant de tout l'équipage
Qui avait pris la mer au nombre de soixante-quinze.

Nous eûmes tous notre large part du trésor, que chacun employa sagement ou follement selon sa nature. La capitaine Smollett est aujourd'hui retiré de la navigation. Gray non seulement sut garder son argent, mais, soudain mordu par l'ambition, il étudia son métier ; et il est aujourd'hui second sur un beau navire dont il possède une part ; marié, en outre, et père de famille. Quant à Ben Gunn, il reçut mille livres, qu'il dilapida en trois semaines – ou plus exactement en dix-neuf jours, car il revint à sec le vingtième. Alors, on lui donna une loge de portier à garder, tout comme il l'avait craint sur l'île ; et il vit encore, très admiré des enfants du pays, qui en font aussi un peu leur plastron[1], et chanteur distingué à l'église les dimanches et jours de fête.

De Silver nous ne savons plus rien. Ce redoutable homme de mer à une jambe a enfin disparu de ma vie ; mais je pense qu'il a retrouvé sa vieille négresse, et peut-être vit-il toujours, heureux avec elle et Capitaine Flint. Il faut l'espérer, du moins, car ses chances de bonheur dans l'autre monde sont des plus faibles.

Les lingots d'argent et les armes sont toujours enfouis, que je sache, là où Flint les a mis ; ce n'est certes pas moi qui irai les chercher. Un attelage de bœufs ne réussirait pas à me traîner dans cette île maudite ; et les pires de mes cauchemars sont ceux où j'entends le ressac tonner sur ses côtes et où je me dresse en sursaut dans mon lit à la voix stridente de Capitaine Flint qui me corne[2] aux oreilles :

– Pièces de huit ! pièces de huit !

1. **Plastron** : souffre-douleur.
2. **Corne** : hurle.

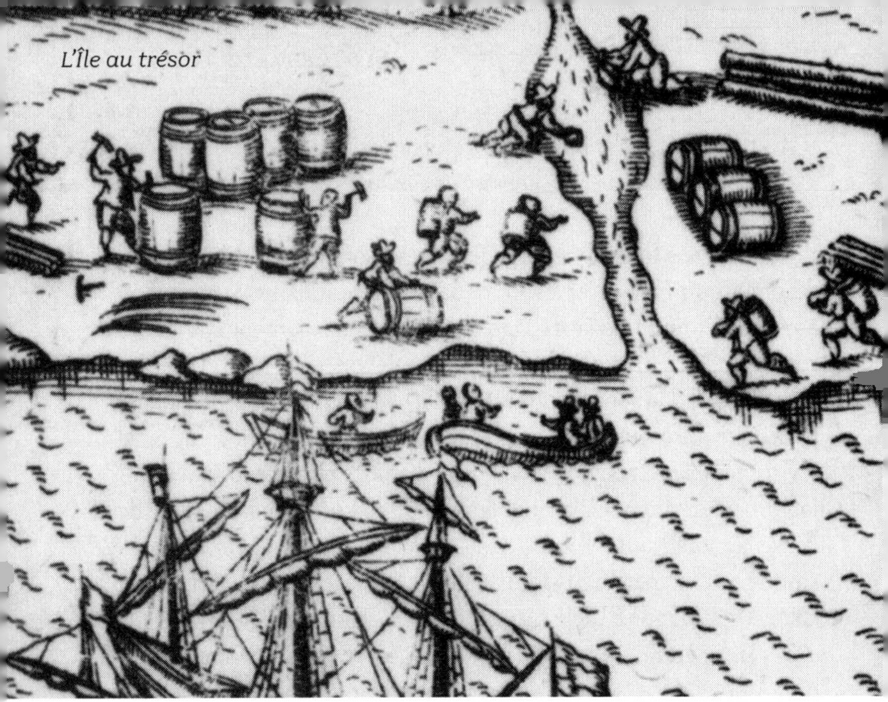

Île de San Sebastian, carte du XVIe siècle.

LE DOSSIER

L'Île au trésor

Un roman d'aventures chez les pirates

REPÈRES

PARCOURS DE L'ŒUVRE

TEXTES ET IMAGE

Qu'est-ce qu'un roman d'aventures ?

Dès sa parution,* L'Île au trésor *est perçu comme un classique du roman d'aventures*. On le compare à l'*Odyssée *et au* Robinson Crusoé *de Daniel Defoe. Comment peut-on définir le genre du roman d'aventures ? Quelle place occupe-t-il dans la littérature européenne du XIXe siècle ?

● LE HÉROS

Le roman d'aventures–type met en scène un jeune héros* ; celui-ci devient un aventurier un peu par accident mais ses aventures, en le confrontant à de terribles épreuves, le font mûrir. Parce qu'il incarne des valeurs nobles – la générosité, le courage, la détermination... –, le jeune lecteur s'identifie aisément à lui. Le héros est presque toujours un garçon ; les jeunes filles sont rares dans les romans d'aventures et les idylles n'y ont pas leur place.

● LES PÉRIPÉTIES

L'action est au cœur du roman d'aventures : les péripéties* s'y enchaînent à un rythme soutenu. Le héros affronte des personnages redoutables mais souvent aussi une nature hostile : la jungle, les océans, les déserts constituent ainsi les cadres de prédilection de maints récits d'aventures.

● PERSONNAGES ET CADRE SPATIOTEMPOREL*

Les personnages du roman d'aventures se répartissent en adjuvants et en opposants. Les adjuvants – militaires, médecins... – représentent l'autorité, la science, l'ordre, tandis que les opposants, des individus sans scrupules – voleurs, pirates, aventuriers, brigands, chasseurs de trésor... –, incarnent des valeurs à l'opposé de celles du héros.

Le roman d'aventures transporte le héros – et le lecteur avec lui – dans de vastes espaces : la forêt, l'océan, les immensités glacées..., ou dans des contrées méconnues : la Caraïbe, l'Afrique, l'Asie... Il se déroule souvent à une époque riche en événements : la France de Louis XIII pour les romans de cape et d'épée, la Caraïbe des flibustiers au XVIIIe siècle pour les romans de piraterie.

• L'ESSOR DU GENRE DANS LA LITTÉRATURE DU XIXᵉ SIÈCLE

« Le danger est la matière première de ce genre de roman », écrit Stevenson. C'est parce que l'action est mise au premier plan, qu'il s'agit d'une littérature d'évasion, que le héros est souvent jeune, que le roman d'aventures suscite un engouement croissant chez les jeunes lecteurs tout au long du XIXᵉ siècle, grâce, notamment, à des auteurs comme Alexandre Dumas, Jules Verne et Robert-Louis Stevenson.

Dans ses romans historiques, comme *Les Trois Mousquetaires* (1844), Alexandre Dumas multiplie les péripéties et les rebondissements.

Athos, Aramis, Porthos et d'Artagnan, amis inséparables et mousquetaires du roi Louis XIII, sont tous les quatre généreux et hommes d'action. Dans leur lutte contre Richelieu, le Premier ministre du roi, ils vont vivre de multiples et fougueuses aventures, sur lesquelles plane l'ombre de la terrible Milady qui, entre autres forfaits, empoisonne la douce Constance Bonacieux dont s'est épris d'Artagnan.

Avec ses « Voyages extraordinaires », Jules Verne crée un univers tout à fait original où se mêlent science et aventures. Dans ses romans les plus célèbres, comme *Voyage au centre de la Terre* (1864), *Vingt Mille Lieues sous les mers* (1870), ses héros parcourent des mondes inconnus à bord de machines révolutionnaires.

Une expédition a pour mission de prendre en chasse un gigantesque monstre marin dont la présence a été signalée dans diverses mers. Ce monstre s'avère être un sous-marin, le Nautilus, *construit et piloté par l'énigmatique capitaine Némo. Dans les profondeurs de l'océan, les héros vont vivre d'extraordinaires aventures : ils passent au large de la mystérieuse Atlantide et de ses trésors engloutis, s'aventurent sous l'Antarctique, affrontent des poulpes géants et des cannibales, chassent dans les forêts sous-marines...*

Avec *L'Île au trésor*, Stevenson renoue avec les romans de piraterie. Il met aux prises un jeune héros avec un équipage de pirates, et le lance sur les traces du fabuleux trésor du capitaine Flint...

Le film d'aventures au XXᵉ siècle

*Dès les années 1920-1930, des dizaines de films réalisés à partir de romans d'aventures voient le jour à Hollywood. L'une des meilleures adaptations du roman de Stevenson est celle de Victor Fleming en 1934 (*Treasure Island*), grâce à une alliance très réussie entre le rêve, l'aventure et une atmosphère lourde de dangers. Grâce aussi à l'acteur Wallace Beery qui incarne un Long John Silver haut en couleur et parvient à rendre toute la dualité du pirate, gredin de la pire espèce en même temps que personnalité attachante.*

Qu'est-ce qu'une robinsonnade ?

Stevenson avait lu* Robinson Crusoé *de Daniel Defoe avant de rédiger* L'Île au trésor *et – par bien des aspects – son roman évoque celui de son illustre prédécesseur. Il s'inscrit dans une catégorie du roman d'aventures qu'on nomme « robinsonnade* ». Mais que signifie précisément ce terme ?

● L'ORIGINE DU MOT

Le mot « robinsonnade » a été construit à partir du nom de Robinson Crusoé, le héros créé par Daniel Defoe (*Aventures véritables de Robinson Crusoé*, 1719), inspiré par l'histoire du marin Alexander Selkirk. Il désigne le récit de la survie, sur une île déserte, d'un individu ou d'un groupe d'individus, contraint de faire face à la nature et aux éléments. C'est un sous-genre du roman d'aventures.

En 1704, le marin irlandais Alexander Selkirk, après une querelle avec son capitaine, est abandonné avec quelques objets (une Bible, un fusil, une hache) sur l'île déserte de Juan Fernandez, au large du Chili. En 1709, le capitaine Woodes Rogers, parti faire le tour du monde, le découvre et le recueille. Selkirk deviendra le modèle de Defoe pour Robinson Crusoé *en 1719.*

Si Robinson n'est pas le premier héros de la littérature condamné à organiser sa survie sur une île, c'est avec lui qu'apparaissent les motifs qui vont devenir les invariants du genre.

● LES INVARIANTS DU GENRE

Le héros quitte sa famille à la suite d'une rupture. Il s'embarque, fait naufrage et, seul survivant, échoue sur une île déserte. Dans une nature tantôt bienveillante, tantôt malveillante, il organise son quotidien grâce à son ingéniosité. Il se défend contre les indigènes hostiles des environs, et civilise un « sauvage » rejeté par les siens. Et, finalement, il retrouve la civilisation.
Ce schéma narratif n'est pas immuable : il comporte de nombreuses variantes. Le point de vue, également, peut varier : dans *Robinson Crusoé*, le narrateur* est le naufragé lui-même ; dans *Deux ans de vacances*, de Jules Verne (1886), c'est un narrateur omniscient*.

LES THÈMES ABORDÉS

La rupture avec la famille, la solitude et la rencontre avec l'autre sont des thèmes clés de la robinsonnade. La rupture du héros avec sa famille peut être interprétée comme une rupture avec la société. La solitude oblige le héros à faire preuve d'ingéniosité pour survivre. C'est en organisant sa vie au quotidien qu'il découvre la générosité de la nature, réfléchit sur les origines du monde… La rencontre avec l'autre pose la question du rapport entre la civilisation et la sauvagerie.

LA POSTÉRITÉ DE ROBINSON

Les aventures vécues par Robinson Crusoé inspirent de nombreux auteurs au XIXe siècle et font évoluer le genre. La survie sur l'île n'est plus le fait d'un personnage seul, mais d'une famille, comme dans *Le Robinson suisse* du pasteur J. D. Wyss (1812), d'un groupe d'aventuriers ou d'enfants, comme dans *Deux Ans de vacances* de Jules Verne (1886). Mais instruction, énergie, croyance en la science et au progrès restent les valeurs qui permettent à ces héros de triompher de la nature.

Le Robinson suisse *raconte les aventures d'une famille suisse qui, alors qu'elle faisait voile vers l'Australie, s'échoue sur une île perdue d'Indonésie à la suite d'un naufrage.*

Dans Deux Ans de vacances, *quinze garçons de 8 à 14 ans se retrouvent sur une île déserte après une tempête. Pour survivre, ils ne peuvent compter que sur leur courage, chassant, pêchant, inventant des pièges, cultivant…*
Ils devront aussi affronter des bandits sans foi ni loi, lutte qui va mettre à mal la cohésion du groupe. Mais tout est bien qui finit bien puisque, après ces deux ans de « grandes vacances », les enfants, grandis par leur expérience, rentreront chez eux.

Deux exemples de robinsonnade

Dans **Sa Majesté des mouches** *(1958),* ***William Golding*** *offre une robinsonnade très sombre. Livrés à eux-mêmes sur une île déserte, des enfants tentent d'organiser leur quotidien. Mais, très tôt, des rivalités apparaissent. La colonie vire au cauchemar et se solde par la mort de l'un des enfants.*
Dans **Vendredi ou la Vie sauvage** *(1978),* ***Michel Tournier*** *offre une image radicalement différente de la robinsonnade. La nature est célébrée dans toute sa beauté et sa générosité. Le rapport entre Robinson et Vendredi s'inverse. C'est Vendredi qui fait découvrir son univers à Robinson. La vie sauvage apparaît supérieure à la vie civilisée.*

Étape 1 • Entrer dans un roman d'aventures

SUPPORT • Chapitres I à VI (p. 14-62)

OBJECTIF • Mettre en évidence les caractéristiques du roman d'aventures*.

As-tu bien lu ?

1 Où l'action commence-t-elle ? Quels éléments te l'indiquent ?

2 Que redoute le « capitaine » ?

3 Qu'est-ce que la « tache noire » ?
- ☐ une tache de mazout
- ☐ une tache d'encre
- ☐ un avertissement

4 Qu'advient-il du capitaine et de ceux qui en ont après lui ?

5 Que contiennent les papiers du capitaine que Jim et sa mère découvrent dans son coffre ?
- ☐ un cahier et un rouleau de papier scellé
- ☐ une carte
- ☐ un livre de comptes

Un singulier pensionnaire

6 Dans le chapitre I, quelle phrase annonce que des événements étranges vont se produire ? Quel personnage fait son entrée en scène ?

7 Quel est le nom de ce personnage ? Qu'apprend-on sur lui ?

Description physique	
Vêtements	
Biens	
Chanson	

8 Quels éléments font de lui un personnage énigmatique ?

La mise en place de l'intrigue

9 Dans les chapitres II et III, quels personnages viennent demander le capitaine et pourquoi ?

10 Comment le capitaine réagit-il physiquement à chaque fois ?

La langue et le style

11 Relève quelques mots et expressions appartenant au lexique des pirates.

12 Trouve deux phrases indiquant que le narrateur* s'adresse au lecteur. Pourquoi l'auteur a-t-il fait ce choix ?

Faire le bilan

13 Quels sont les éléments qui annoncent un roman d'aventures ? Résume en quelques lignes ces six premiers chapitres. Que peut-on attendre de la suite de l'aventure ?

14 Fais l'inventaire de ce que Jim Hawkins et sa mère trouvent sur le corps de Billy Bones, dans ses poches et dans son coffre.

	Ce que Jim et sa mère trouvent
sur son corps	
dans ses poches	
dans son coffre	

À toi de jouer

15 « Ses histoires étaient ce qui effrayait le plus les gens… » En employant des termes et expressions appartenant au lexique des pirates, des phrases exclamatives et des adresses au public, imagine en une vingtaine de lignes l'une de ces histoires.

Étape 2 • Caractériser une figure de pirate : Long John Silver

SUPPORT • Chapitre VIII, de « Durant mon hésitation » à « l'innocence de Long John » (p. 71-75) et chapitre X, de « C'était le grand confident » à « que je jugeais des plus édifiantes » (p. 87-89)

OBJECTIF • Caractériser un personnage et analyser sa fonction dans l'évolution de l'intrigue.

As-tu bien lu ?

1 À quoi Jim Hawkins reconnaît-il immédiatement Long John Silver sitôt qu'il pénètre dans l'auberge de *La Longue-Vue* ?

2 Quels éléments le font immédiatement apparaître comme un personnage plutôt sympathique aux yeux de Jim ?

3 Quels éléments font penser à Jim qu'il ne s'agit pas du matelot à une jambe que redoutait Billy Bones et qui hantait ses cauchemars ? Relève une phrase qui l'indique.

4 Quel surnom l'équipage a-t-il attribué à Long John Silver ?
- ☐ Cochon-Bouilli
- ☐ Cochon-Rôti
- ☐ Cochon-Farci

5 Quelle expression indique que Long John Silver est, en dépit de son apparence, un personnage cultivé ?

Un maître-coq sympathique

6 Pour quelles raisons Long John Silver apparaît-il aimé et respecté par tout l'équipage ?

7 Qu'est-ce qui fait de lui un personnage comique sur le pont du navire et dans sa cuisine ?

Un pirate qui cache bien son jeu

8 Comment Long John Silver explique-t-il la fuite soudaine de Chien-Noir ?

9 Relève une phrase indiquant que, dans un premier temps, Jim Hawkins ne soupçonne pas un seul instant Long John Silver d'être de mauvaise foi lors de l'épisode de la fuite de Chien-Noir.

10 Quels éléments appartenant à la figure traditionnelle du pirate telle qu'elle apparaît dans la littérature, les illustrations et au cinéma, retrouve-t-on dans le portrait que Jim Hawkins brosse de Long John Silver ?

Description physique	
Vêtements	
Attributs	
Langage	

11 Quels éléments indiquent qu'en dépit de sa béquille, Long John est un redoutable combattant craint par tout l'équipage ?

La langue et le style

12 À quoi le narrateur* compare-t-il le visage de Long John Silver ? Relève la phrase qui l'indique. Comment nomme-t-on cette figure de style ?

13 Quels termes et expressions employés par Long John tranchent avec l'idée que Jim et le lecteur peuvent se faire du langage d'un marin ?

Faire le bilan

14 Pour quelles raisons Stevenson a-t-il choisi de présenter le portrait de Long John Silver en deux temps ?

À toi de jouer

15 Au fur et à mesure que Jim Hawkins fait connaissance avec Long John Silver, il voit en lui « un compagnon de bord inestimable ». En quoi Long John Silver peut-il effectivement apparaître comme tel à ce moment de l'aventure ?

Étape 3 • Étudier un temps fort du roman : l'attaque des mutins

SUPPORT • Chapitre XXI (p. 163-171)

OBJECTIF • Analyser l'épisode de l'attaque du fortin par les mutins : les événements et la manière dont ils sont narrés.

As-tu bien lu ?

1 Pourquoi le capitaine Smollett se met-il en colère après le départ de Long John Silver ?

2 Pourquoi le capitaine Smollett a-t-il des raisons de craindre une attaque rapide de la part de Silver et de ses hommes ?

3 Comment le capitaine Smollett organise-t-il la défense du fortin ? Quelles sont les tâches dévolues à chacun ?

Personnages	Tâches dévolues à chacun
Docteur Livesey	
Trelawney	
Hunter	
Gray	
Jim Hawkins	
Capitaine Smollett	

4 D'après les premiers coups de feu échangés, d'où le narrateur* déduit-il que l'attaque va venir ?

☐ du nord
☐ de l'est
☐ de l'ouest
☐ du sud

La défense des assiégés

5 Dessine un plan sur lequel tu feras apparaître le fortin, l'organisation de la défense mise en place par le capitaine Smollett et l'attaque telle qu'elle a été conçue par Long John Silver. Attention à ne pas oublier d'y faire figurer les points cardinaux !

L'attaque des mutins

6 Qu'est-ce qui indique que ce sont les assiégés qui prennent d'abord l'avantage ?

7 Relève la phrase qui montre que la situation vient brutalement de basculer.

8 Qu'est-ce qui traduit la confusion régnant dans le fortin ? En quoi cela sauve-t-il momentanément les assiégés ?

9 Comment les assiégés reprennent-ils l'avantage alors que tout semblait perdu ?

La langue et le style

10 Relève plusieurs passages qui montrent la rapidité avec laquelle se déroule l'attaque.

11 Dans les passages que tu as relevés, indique deux procédés employés par l'auteur pour accélérer le rythme du récit.

12 À quoi les mutins sont-ils comparés ? Pour quelle raison le narrateur a-t-il choisi de recourir à cette comparaison ?

Faire le bilan

13 Quelles sont les forces en présence de part et d'autre avant l'attaque ? Qu'en est-il après l'attaque ? Comment le narrateur a-t-il ménagé le suspens ?

À toi de jouer

14 Dans le chapitre précédent, on lit : « Tout ce que Silver venait de lui dire était pour lui de l'hébreu, mais on ne l'aurait jamais cru à son intonation. Quant à moi, je commençais à deviner. Les derniers mots de Ben Gunn me revinrent à la mémoire. Je compris qu'il avait rendu visite aux flibustiers pendant qu'ils gisaient tous ivres morts autour de leur feu [...] » (p. 160). Explique dans un court paragraphe ce que l'intervention de Ben Gunn a modifié.

Étape 4 • Analyser l'évolution du narrateur

SUPPORT • Chapitre XXVI (p. 199-210)

OBJECTIF • Étudier la manière dont Jim Hawkins s'affirme en tant que héros.

As-tu bien lu ?

1 Quelle était la fonction d'Israël Hands à bord de l'*Hispaniola* avant la mutinerie ?

- ☐ capitaine
- ☐ pilote
- ☐ maître-coq
- ☐ quartier-maître

2 Relève deux éléments qui indiquent qu'Israël Hands cherche à tout prix à éloigner Jim pour demeurer seul un instant.

3 Par quel stratagème Jim parvient-il à surprendre les agissements d'Israël Hands ?

4 De quoi Israël Hands s'empare-t-il pendant l'absence de Jim ?

- ☐ une bouteille
- ☐ un pistolet
- ☐ une corde
- ☐ un couteau

5 Pour quelle raison Jim estime-t-il qu'Israël Hands ne peut le tuer pour l'instant ? Quel est leur intérêt commun ?

Israël Hands passe à l'action

6 Comment Jim Hawkins t'apparaît-il avant ce chapitre ? Fait-il preuve de qualités hors du commun ?

7 Dans quel sens peut-on dire qu'il n'a rien d'un héros au sens qu'on attribue généralement à ce terme ?

Jim Hawkins, héros malgré lui ?

8 Jim Hawkins tente de faire feu sur Israël Hands. Pour quelle raison le coup ne part-il pas ? Qu'est-ce que cela révèle sur Jim ?

9 Comment Jim se comporte-t-il tout au long de cet épisode ? En quoi peut-on dire qu'il devient un héros « malgré lui » ?

La langue et le style

10 « Quand nos yeux se rencontrèrent, nous poussâmes tous deux un grand cri ; mais tandis que le mien était le cri aigu de la terreur, le sien fut le beuglement de furie d'un taureau qui charge » (p. 205). Cherche dans un dictionnaire la définition des mots « cri » et « beuglement », et trouve deux synonymes pour chacun.

11 À quelle image Jim Hawkins recourt-il pour décrire la situation dans laquelle il se trouve ? Comment appelle-t-on ce type d'image ?

12 Ce chapitre est plein d'humour. Indique dans le tableau suivant ce qui relève du comique de situation et ce qui relève du comique de mots.

Comique de situation	Comique de mots

Faire le bilan

13 Quelles sont, traditionnellement, les qualités d'un héros ? Dans quel sens peut-on dire que Jim est devenu un héros malgré lui ?

À toi de jouer

14 Imagine en une trentaine de lignes le récit que Jim Hawkins pourrait faire de la fin d'Israël Hands à ses compagnons.

Étape 5 • Étudier le dénouement du roman

SUPPORT • Chapitre XXVIII à XXXIV (p. 218-275)

OBJECTIF • Analyser l'enchaînement des péripéties et la chute.

As-tu bien lu ?

1 Qui Jim Hawkins a-t-il la surprise de découvrir dans le fortin ?

2 Pour quelles raisons les pirates remettent-ils une tache noire à Long John Silver ? Qu'exigent-ils de lui ? Comment Long John Silver parvient-il à retourner la situation ? Complète le tableau ci-dessous.

Griefs des pirates	Réponses de Long John Silver

3 Quel pacte Long John Silver noue-t-il avec le docteur ? et avec Jim Hawkins ?

4 Qu'est-ce que les pirates ont la surprise de trouver sous le « Grand arbre » du Capitaine Flint ?

5 À qui la voix qui surgit d'entre les arbres appartient-elle ?
- ☐ au fantôme du Capitaine Flint
- ☐ au perroquet Capitaine Flint
- ☐ à Ben Gunn

La chasse au trésor

6 Quelle indication mentionne l'emplacement du trésor ?

7 Qu'est-ce qui constitue l'« indicateur de Flint » ? Relève la phrase qui indique que la peur s'est emparée du petit groupe.

8 Que découvrent les pirates à l'emplacement du trésor ?

Un dénouement* inattendu

9 À quels retournements de situation assiste-t-on dans l'avant-dernier chapitre ?

10 Quel est le héros inattendu de l'histoire ? Pourquoi ?

La langue et le style

11 Relève, dans le chapitre XXXII, plusieurs mots et expressions qui montrent que la peur s'est emparée des pirates et qu'elle va croissant.

Faire le bilan

12 À plusieurs reprises, songeant à ses amis, Jim Hawkins évoque « leur abandon inexpliqué de l'enclos, leur inexplicable cession de la carte » et « plus incompréhensible encore, le dernier avertissement du Dr Livesey : "Veillez au grain quand vous le trouverez." » (chap. XXXI). À la fin, on découvre que la cache est vide : comment peut-on expliquer rétrospectivement l'attitude du docteur et de ses compagnons ?

13 Où se trouvait finalement le trésor ? Relève le passage énumérant le nombre de malheurs que sa recherche et sa découverte ont occasionnés.

14 Pour quelles raisons le petit groupe décide-t-il d'abandonner sur l'île les trois derniers mutins ? Ces derniers sont-ils livrés à leur sort ?

À toi de jouer

15 « La pensée de l'argent, à mesure qu'ils approchaient, résorbait leurs terreurs de naguère. Leurs yeux flamboyaient, leur pas devenait plus vif et plus léger, leur âme entière était captivée par cette richesse qui les attendait là, et représentait pour chacun d'eux toute une vie de plaisir et de débauche » (chap. XXXII).
Imagine à quoi chacun des pirates peut bien songer employer sa part du trésor une fois revenu au pays.

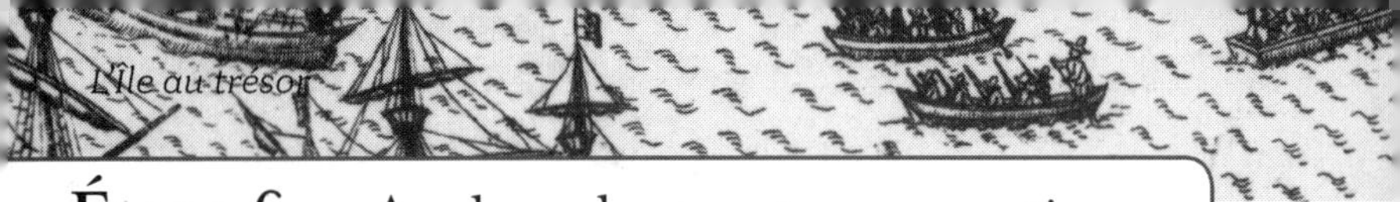

Étape 6 • Analyser la structure narrative de l'ensemble du roman

SUPPORT • L'ensemble du roman

OBJECTIF • Revenir sur la structure, les personnages, les thèmes clés du roman d'aventures.

As-tu bien lu ?

1 Complète le tableau suivant. Résume en quelques lignes chaque partie du roman en veillant à bien mettre en évidence les principales péripéties*, de manière à faire apparaître la structure narrative de la situation initiale à la situation finale.

Parties	Principales péripéties
I. Le vieux flibustier	
II. Le maître-coq	
III. Mon aventure à terre	
IV. La palanque	
V. Mes aventures en mer	
VI. Le capitaine Silver	

Le changement de narrateur

2 Quel personnage prend en charge le récit au début de la quatrième partie du roman ?

3 Comment s'effectue le retour au récit de Jim Hawkins ?

4 Pour quelle raison Stevenson a-t-il choisi de changer temporairement de narrateur ?

L'évolution des personnages

5 Indique en quelques lignes comment Jim Hawkins a évolué tout au long du roman.

6 Long John Silver a-t-il changé ou est-il toujours resté le même tout au long de l'aventure ?

7 Qu'advient-il de chacun des personnages à la fin du roman ? Complète ce tableau.

Personnages	Ce qu'ils sont devenus...
Long John Silver	
Smollett	
Gray	
Ben Gunn	

La langue et le style

8 Relève quelques mots et expressions typiques du lexique des pirates.

9 De quoi est-il principalement question dans les chants que les uns et les autres reprennent tout au long du roman ? En quoi ces éléments sont-ils représentatifs de l'univers des pirates ?

Faire le bilan

10 En quoi retrouve-t-on dans *L'Île au trésor* les éléments caractéristiques du roman d'aventures ? Complète le tableau suivant.

Quelles sont les principales péripéties ?	
Qui sont les principaux personnages ?	
Où l'intrigue se déroule-t-elle ?	
Quand l'intrigue se déroule-t-elle ?	

À toi de jouer

11 Quels sont les éléments de *L'Île au trésor* qu'on va retrouver dans les romans et les films de pirates ?

12 Le narrateur ne nous dit rien de ce qu'il est advenu de lui. Imagine en une quinzaine de lignes, dans un texte à la troisième personne raconté par un de ceux qui l'ont connu, ce que Jim Hawkins est devenu.

Étape 7 • Exploiter les informations de l'enquête : la piraterie

SUPPORT • Le roman et l'enquête

OBJECTIF • Poursuivre l'enquête en recherchant des informations complémentaires.

As-tu bien lu ?

1 Quelle est la différence entre un pirate, un corsaire et un flibustier ?

2 Où et quand la piraterie est-elle née ?
- ☐ en Méditerranée dans l'Antiquité
- ☐ dans la mer des Caraïbes au XVIIe siècle
- ☐ dans la mer de Chine au XIXe siècle

3 Pour quelle raison n'y a-t-il pas d'abordage dans *L'Île au trésor* ?

4 Qu'arrive-il aux mutins dans le dernier chapitre ? Quel sort les attendait en Angleterre ?

5 Où les pirates d'aujourd'hui opèrent-ils ?
- ☐ au large des côtes somaliennes
- ☐ en Méditerranée
- ☐ dans la mer des Caraïbes

La figure du pirate

6 Quels attributs traditionnels du pirate retrouve-t-on chez Billy Bones et Long John Silver ?

7 Quels éléments indiquent que c'est autant l'aventure – sinon plus – que la recherche du trésor de Flint qui motive Long John Silver ?

L'univers des pirates

8 En quoi la taverne de *La Longue-vue* constitue-t-elle un véritable repère de pirates ?

9 À l'exception de Ben Gunn, le Capitaine Flint a massacré tous ceux qui l'avaient accompagné pour enterrer le trésor. Comment s'effectuait d'ordinaire le partage du butin entre pirates ?

10 Pourquoi Long John Silver passe-t-il un accord avec Jim Hawkins ?

La langue et le style

11 Qu'est-ce qui caractérise la langue des pirates ?

Faire le bilan

12 En quoi les pirates sont-ils des hommes d'honneur ?

13 Qu'est-ce qui rend les pirates de *L'Île au trésor* sympathiques, en dépit du fait que ce sont des hors-la-loi et des criminels ?

14 Quels points communs et quelles différences peut-on observer entre les pirates de *L'Île au trésor*, et ceux du *Trésor de Rakham le Rouge* et de *Pirates des Caraïbes* ?

Points communs	Différences

À toi de jouer

15 Long John Silver est reparti pour de nouvelles aventures. Imagine en une trentaine de lignes la lettre qu'il pourrait adresser à Jim Hawkins pour lui remémorer le bon vieux temps et lui raconter sa nouvelle vie.

Seul sur une île : groupement de documents

OBJECTIF • Comparer plusieurs documents sur le thème de la robinsonnade.

DOCUMENT 1 DANIEL DEFOE, *Robinson Crusoé*, 1719.
Traduction Petrus Borel.

Robinson quitte son île en laissant aux mutins qui ne peuvent rentrer en Angleterre tout ce qu'il a édifié et en leur expliquant comment survivre.

Quand ils eurent tous manifesté leur bonne disposition à rester, je leur dis que je voulais les initier à l'histoire de mon existence en cette île et les mettre à même de rendre la leur agréable. Conséquemment je leur fis tout l'historique du lieu et de ma venue en ce lieu. Je leur montrai mes fortifications ; je leur indiquai la manière dont je faisais mon pain, plantais mon blé et préparais mes raisins ; en un mot je leur enseignai tout ce qui était nécessaire pour leur bien-être [...].

Je leur laissai mes armes à feu, nommément cinq mousquets et trois fusils de chasse, de plus trois épées, et environ un baril de poudre que j'avais de reste ; car après la première et la deuxième année j'en usais peu et n'en gaspillais point.

Je leur donnai une description de ma manière de gouverner mes chèvres, et des instructions pour les traire et les engraisser, et pour faire du beurre et du fromage.

En un mot, je leur mis à jour chaque partie de ma propre histoire et leur donnai l'assurance que j'obtiendrais du capitaine qu'il leur laissât deux barils de poudre à canon en plus, et quelques semences de légumes, que moi-même, leur dis-je, je me serais estimé fort heureux d'avoir. Je leur abandonnai aussi le sac de pois que le capitaine m'avait apporté pour ma consommation, et je leur recommandai de les semer, qu'immanquablement ils multiplieraient [...].

Ensuite, à la marée haute, j'allai au rivage avec la chaloupe chargée des choses promises aux exilés et auxquelles, à mon intercession, le capitaine avait donné l'ordre qu'on ajoutât leurs coffres et leurs vêtements, qu'ils reçurent avec beaucoup de reconnaissance. Pour les encourager je leur dis que, s'il ne m'était point impossible de leur envoyer un vaisseau pour les prendre, je ne les oublierais pas.

Quand je pris congé de l'île j'emportai à bord, comme reliques, le grand bonnet de peau de chèvre que je m'étais fabriqué, mon parasol et mon perroquet. Je n'oubliai pas de prendre l'argent dont autrefois je fis mention, lequel était resté si longtemps inutile qu'il s'était terni et noirci ; à peine aurait-il pu passer pour de l'argent avant d'avoir été quelque peu frotté et manié. Je n'oubliai pas non plus celui que j'avais trouvé dans les débris du vaisseau espagnol.

C'est ainsi que j'abandonnai mon île le 19 décembre 1686, selon le calcul du navire, après y être demeuré vingt-huit ans, deux mois et dix-neuf jours. De cette seconde captivité je fus délivré le même jour du mois que je m'étais enfui jadis dans le Barco-Longo, de chez les Maures de Sallé.

Sur ce navire, au bout du long voyage, j'arrivai en Angleterre le 11 juin de l'an 1687, après une absence de trente-cinq années.

DOCUMENT 2 MICHEL TOURNIER, « La fin de Robinson Crusoé », dans *Le Coq de Bruyère*, 1978. © Éditions Gallimard.

Robinson et Vendredi sont rentrés en Angleterre. Robinson s'est marié. Après avoir tenu bon, Vendredi s'est mis à boire. La naissance de deux enfants métis lui ressemblant étrangement et le vol d'une importante somme d'argent chez Robinson attirent les soupçons sur lui. Cependant, au moment de l'interroger, Vendredi demeure introuvable…

– Il y est retourné, oui, j'en suis sûr, il y est ce voyou à cette heure !

Car il était vrai qu'un ineffable secret l'unissait à Vendredi, et ce secret, c'était une certaine tache verte qu'il avait fait ajouter dès son retour par un cartographe du port sur le bleu océan des Caraïbes. Cette île, après tout, c'était sa jeunesse, sa belle aventure, son splendide et solitaire jardin ! Qu'attendait-il sous ce ciel pluvieux, dans cette ville gluante, parmi ces négociants et ces retraités ?

Sa jeune femme, qui possédait l'intelligence du cœur, fut la première à deviner son étrange et mortel chagrin.

– Tu t'ennuies, je le vois bien. Allons, avoue que tu la regrettes !

– Moi ? Tu es folle ! Je regrette qui, quoi ?

– Ton île déserte, bien sûr ! Et je sais ce qui te retient de partir dès demain, je le sais, va ! C'est moi !

Il protestait à grands cris, mais plus il criait fort, plus elle était sûre d'avoir raison.

Elle l'aimait tendrement et n'avait jamais rien su lui refuser. Elle mourut. Aussitôt il vendit sa maison et son champ, et fréta un voilier pour les Caraïbes.

Des années passèrent encore. On recommença à l'oublier. Mais quand il revint de nouveau, il parut plus changé encore qu'après son premier voyage.

C'était comme aide-cuisinier à bord d'un vieux cargo qu'il avait fait la traversée. Un homme vieilli, brisé, à demi noyé dans l'alcool.

Ce qu'il dit souleva l'hilarité générale. In-trou-vable ! Malgré des mois de recherche acharnée, son île était demeurée introuvable. Il s'était épuisé dans cette exploration vaine avec une rage désespérée, dépensant ses forces et son argent pour retrouver cette terre de bonheur et de liberté qui semblait engloutie à jamais.

– Et pourtant, elle était là ! répétait-il une fois de plus ce soir en frappant du doigt sur sa carte.

Alors un vieux timonier se détacha des autres et vint lui toucher l'épaule.

– Veux-tu que je te dise, Robinson ? Ton île déserte, bien sûr qu'elle est toujours là. Et même, je peux t'assurer que tu l'as bel et bien retrouvée !

– Retrouvée ? Robinson suffoquait. Mais puisque je te dis…

– Tu l'as retrouvée ! Tu es passé peut-être dix fois devant. Mais tu ne l'as pas reconnue.

– Pas reconnue ?

– Non, parce qu'elle a fait comme toi, ton île : elle a vieilli ! Eh oui, vois-tu, les fleurs deviennent fruits et les fruits deviennent bois, et le bois vert devient bois mort. Tout va très vite sous les tropiques. Et toi ? Regarde-toi dans une glace, idiot ! Et dis-moi si elle t'a reconnu, ton île, quand tu es passé devant ?

Robinson ne s'est pas regardé dans une glace, le conseil était superflu. Il a promené sur tous ces hommes un visage si triste et si hagard que la vague des rires qui repartait de plus belle s'est arrêtée net, et qu'un grand silence s'est fait dans le tripot.

As-tu bien lu ?

1 Document 1 :
Robinson projette-t-il de revenir sur son île ?
Justifie ta réponse.

2 Document 2 :
Pourquoi Robinson est-il convaincu que Vendredi est retourné sur son île ?

3 Pourquoi Robinson part-il à son tour ? Qu'est-ce qu'il peut bien aller rechercher sur « son » île ?

4 Pour quelles raisons Robinson n'a-t-il pas retrouvé « son » île ? Pourquoi se fait-il un grand silence dans le tripot ?

5 Pour quelles raisons le retour à la civilisation est-il aussi difficile ?

Des situations comparables ?

6 Dans les deux documents proposés, quel est le personnage qui décide de retourner sur l'île ? Qu'est-ce qu'il va y rechercher ?

7 L'intrigue de *Robinson Crusoé* et celle de « La fin de Robinson Crusoé » se déroulent au XVIIIe siècle. Si les technologies ont évolué, qu'est-ce qui ne change pas pour les naufragés revenus à la civilisation ?

DOCUMENT 3 *Illustration pour* Robinson Crusoé *(1719), de Daniel Defoe.*

Le personnage de Robinson Crusoé. Page de garde de l'édition de 1720.

L'expérience de la solitude

8 Dans le document 1, qu'est-ce que Robinson a tiré de son expérience de la solitude ? Quel message d'espoir délivre-t-il à ceux à qui il lègue tout ce qu'il a édifié sur l'île ?

9 Dans le document 2, Robinson Crusoé est rentré parmi les siens. Pourquoi ne parvient-il pas à être de nouveau heureux ?

10 En quoi tous sont-ils marqués par l'expérience qu'ils ont vécue ?

11 En quoi l'île peut-elle préfigurer un véritable paradis terrestre ?

Lire l'image

12 Décris le costume de Robinson. De quoi se compose-t-il et quels matériaux a-t-il employés pour le confectionner ?

13 Comment caractériseriez-vous le cadre/l'environnement dans lequel se trouve Robinson ?

14 Qu'est-ce que le costume de Robinson révèle de son adaptation à cet environnement ?

15 En quoi, sur cette image, l'homme et la nature sont-ils en harmonie ?

16 Quels éléments indiquent que Robinson est resté très attaché à la civilisation ?

Donne ton avis

17 Quels sont les avantages et les inconvénients de mener une vie sauvage ?

Avantages	Inconvénients

18 Pourrais-tu vivre seul sur une île déserte, complètement coupé de la civilisation ? Si tu pouvais conserver cinq objets, lesquels choisirais-tu d'emporter et pourquoi ?

Écumeurs des mers, les corsaires, pirates et flibustiers font fureur en Méditerranée, dans les Caraïbes et dans la mer de Chine aux XVIIe et XVIIIe siècles. Tous ne ressemblent pas à Billy Bones, Long John Silver ou Israël Hands. Loin de là ! On trouve même parmi eux de vrais gentilshommes… Qui sont les pirates ? Retour sur quelques pages tumultueuses de l'histoire de la piraterie et de la flibuste.

L'ENQUÊTE

Pirates, corsaires et flibustiers

1 Quelle est la différence entre pirates, corsaires et flibustiers ?

Pirates, corsaires et flibustiers : même combat ? Pas vraiment. Ces trois termes, même s'ils sont souvent confondus à l'instar de « piraterie » et « flibuste », ne sont pas synonymes. Ils renvoient à des individus qui n'exercent pas les mêmes activités, qui n'ont pas les mêmes pratiques et qui ne servent pas les mêmes intérêts.

• LES PIRATES : DES AVENTURIERS SANS SCRUPULES

Les pirates sont d'abord des aventuriers qui sillonnent les mers pour s'emparer de navires et les piller. Qui sont-ils ? Principalement des gens de mer aguerris, mais aussi des hommes désœuvrés, des pêcheurs, à l'occasion, quand les temps se font difficiles, des artisans, des paysans dans les temps de misère et de famine, qui apprennent le métier sur le tas.

• LES CORSAIRES : AU SERVICE DU ROI

Les corsaires sont des marins qui servent sur des navires armés par des particuliers pratiquant la course[1] au service du roi. Ils s'en prennent aux navires marchands battant pavillon d'une nation

Jean Bart

Jean Bart est l'un des plus illustres corsaires français. Né en 1650 à Dunkerque dans une famille parlant flamand, il s'engage très tôt comme mousse sur un navire de contrebande. Il passe ensuite dans la marine hollandaise où on lui confie le commandement d'un brigantin[2], puis, quand éclate la guerre contre la Hollande, il rejoint la marine française pour pratiquer la course. Après avoir enregistré un nombre impressionnant de prises de navires ennemis, et participé en tant que capitaine à divers conflits opposant la France à ses voisins, il meurt dans son lit d'une pleurésie en 1702.

1. **Pratiquer, faire la course :** en termes de piraterie, parcourir les mers à la recherche de butin. Voir note 2 page 306.

2. **Brigantin :** navire à deux mâts et à voiles carrées.

ennemie. Le butin pris à l'issue de la capture du navire va pour partie aux corsaires et pour partie dans les caisses de l'État.

● LES FLIBUSTIERS : MEMBRES D'UNE ASSOCIATION

Les flibustiers sont membres d'une association de pirates des mers d'Amérique. Mais il ne s'agit pas d'une association caritative et ce ne sont pas des gentilshommes en manchettes ! Le terme « flibustier » désigne les pirates qui sévissent dans la mer des Caraïbes. Ils œuvrent pour leur compte et rejettent l'autorité. Ils sont réputés pour leur manque de scrupules, à tel point que le terme va très tôt être employé comme synonyme de « bandit », de « brigand » et de « voleur de grand chemin ».

Jean Bart, lors de l'abordage d'un vaisseau hollandais, fait prisonnier le capitaine. Gravure du XIXe siècle.

2 Où et quand la piraterie est-elle née ?

Popularisée par Defoe, Stevenson et la vogue des romans d'aventures, la piraterie reste associée aux combats dans la Caraïbe des XVIIe-XVIIIe siècles. Mais elle est fort ancienne, et n'a pas toujours été considérée comme une pratique condamnable...

● UNE PRATIQUE FORT ANCIENNE

La piraterie remonte à l'Antiquité. L'*Iliade* et l'*Odyssée*, les deux poèmes d'Homère (VIIIe siècle av. J.-C.), fourmillent de pirates : qu'il s'agisse de Ménélas, d'Achille ou d'Ulysse, aucun ne répugne à s'adonner de temps à autre à la piraterie... Celle-ci est par ailleurs une activité tout à fait légale dès lors qu'elle est exercée contre des étrangers. En revanche, elle est condamnable dès qu'elle touche des citoyens grecs.

● LES PIRATES TYRRHÉNIENS

Les pirates les plus redoutés sont les Tyrrhéniens[1]. Ils rançonnent les navires et sèment la terreur. Forts de la peur qu'ils inspirent, ils étendent progressivement leur domination à tout le bassin méditerranéen jusqu'à ce qu'au VIe siècle av. J.-C., les Athéniens, qui se sont dotés d'une flotte redoutable, mettent un terme à cette hégémonie grandissante et déclarent les actes de piraterie illégaux. N'étant pas membres de la cité, les pirates ont le même

Naissance de la course

Aux XIVe et XVe siècles, en Méditerranée, les pirates catalans, siciliens et maltais font la chasse aux navires italiens qui acheminent dans les ports de Gênes et Venise les richesses de l'Orient. C'est alors que se développe la course. À défaut de pouvoir lutter efficacement contre la piraterie, les États la codifient en créant les lettres de course aussi appelées lettres de marque[2]. Désormais, les pirates œuvrent pour des rois ou des princes. Dès lors qu'ils remplissent leurs caisses, les souverains ferment les yeux sur les écarts de conduite des pirates... C'est à cette même époque que la piraterie se développe dans la mer du Nord, dans la Manche et dans l'Atlantique.

1. **Tyrrhéniens :** peuple de marins de la côte ouest de l'Italie, baignée par la mer Tyrrhénienne.

2. La lettre de course ou de marque est signée par un souverain qui autorise un capitaine et son équipage à s'emparer et à piller tout navire, où qu'il se trouve.

statut que les étrangers. La piraterie cesse donc temporairement. Elle effectuera son grand retour avec la fin de la démocratie athénienne.

• LES PIRATES CRÉTOIS

C'est aux IIIe et IVe siècles av. J.-C. que, pour lutter contre la misère et la famine, les rois hellénistiques recrutent des pirates crétois. Ceux-ci feront régner la terreur sur les mers jusqu'à ce que les Romains, au Ier siècle av. J.-C., mettent un terme à leurs agissements. Les pirates crétois disparaissent donc, mais pas pour très longtemps : ils feront de

Le flibustier

« Flibustier est aussi le nom donné aux marins des navires des corsaires, navires armés en guerre par un ou plusieurs particuliers pour courir sus à l'ennemi. C'est là ce qui a souvent créé une confusion entre corsaires et pirates. Le flibustier n'est autre qu'un corsaire particulier aux Antilles et au XVIIe siècle. » Alexandre-Olivier Oexmelin, *Histoire de la Flibuste et des aventuriers et boucaniers qui se sont signalés dans les Indes*, 1678.

Jean Leon Gerome Ferris (peintre américain, 1863-1930), le duel entre le pirate Edward Teach, dit Barbe-Noire, et le lieutenant Robert Maynard. Huile sur toile.

La lettre de marque

« [Le flibustier] *est armé par un particulier et pourvu d'une commission, qui n'est autre que le nouveau nom des* lettres de marque *ou représailles qui se concèdent par le roi, prince, potentat ou seigneurs souverains en leurs terres : "Quand, hors le fait de guerre, les sujets des diverses obéissances ont pillé, ravagé les uns sur les autres, et que par voie de justice ordinaire, droit n'est rendu aux intéressés, ou que par temporisation ou délais justice leur est déniée, le seigneur souverain n'obtenant satisfaction à sa réclamation procède par 'voie d'armes'."* »
Alexandre-Olivier Oexmelin, Histoire de la Flibuste et des aventuriers et boucaniers qui se sont signalés dans les Indes, *1678.*

nouveau parler d'eux lors de la chute de l'Empire romain, après 476.

● LA PIRATERIE EN MÉDITERRANÉE

Tout au long du XVIe siècle, les États qui entourent la Méditerranée étant impliqués dans des guerres sans fin, les pirates reprennent le pouvoir et font de nouveau régner la terreur. Au XVIIe siècle, c'est la course barbaresque[3] qui connaît un essor remarquable. Leur méthode favorite est la razzia[4] et leur commerce favori, le trafic d'esclaves. Mais les barbaresques ne dédaignent pas d'attaquer des navires marchands pour leur compte. Pour contrer cette nouvelle forme de piraterie, les souverains n'hésitent pas à passer des accords avec ces pirates pour qu'ils s'en prennent aux navires des nations avec lesquelles ils sont en guerre. À la guerre comme à la guerre...

● LA PIRATERIE DANS LA CARAÏBE

Le développement rapide des marines de guerre anglaise, hollandaise et française apportant la paix en Méditerranée, dans l'Atlantique, dans la Manche et dans la Mer du Nord, les pirates sont contraints de trouver de nouveaux espaces pour sévir. Comme il se raconte que l'Espagne rapporte du Nouveau Monde de l'or par galions entiers, c'est sur la Caraïbe que les pirates vont jeter leur dévolu.

Alessandro Lonati (XXe siècle), Pirate des Caraïbes regardant l'horizon. *Dessin.*

3. Barbaresque : de Barbarie, nom désignant à l'époque les contrées musulmanes du bassin méditerranéen.

4. Razzia : capture rapide et violente d'hommes ou de bétail en terre étrangère.

3 Comment se déroule la prise d'un navire ?

Les pirates ont sévi en divers lieux et à diverses époques. Cependant, s'il est une chose qui n'a jamais vraiment changé, c'est la manière de s'emparer d'un navire. D'une mer à l'autre, on retrouve peu ou prou la même technique.

• LA TECHNIQUE D'APPROCHE

Bien informés, les pirates opèrent toujours non loin des côtes et à proximité de leur repaire pour surgir de manière inopinée et pouvoir s'échapper rapidement. Ils se déplacent à bord de navires légers et rapides, équipés de canons courts et faciles à manœuvrer – des sloops[1] ou des brigantins –, qui leur permettent d'approcher leur proie en un temps record : une fois placés juste derrière elle, ils se faufilent sur l'un de ses côtés, puis déclenchent une salve et lancent cordes et grappins pour passer à l'abordage[2]. Si le pilote attend le dernier moment pour se placer le long du vaisseau à aborder, c'est pour échapper à sa puissance de feu, laquelle est souvent très supérieure à celle des navires pirates.

À l'abordage !

Face au renforcement des défenses des navires marchands en hommes et en artillerie, la meilleure alliée des pirates pour aborder un navire est la ruse. Pour éviter de recevoir une salve, ils hissent un pavillon ami, simulent une situation de détresse ou, parfois, se déguisent même en femmes...

• L'ABORDAGE

L'abordage est assurément l'un des temps forts des romans de piraterie et des films de flibuste. Armés de mousquets et de sabres, les pirates investissent le navire qu'ils ont arraisonné en se balançant sur le pont à l'aide de cordes. Ils comptent sur leur rapidité, leur

1. Sloop : petit navire à un seul mât.

2. C'est cette technique que décrit le capitaine Haddock dans une scène célèbre du *Trésor de Rackham le Rouge*.

expérience, leur aisance dans le combat au corps à corps et surtout sur leur nombre pour l'emporter. Si l'équipage du navire attaqué n'a pas réussi à endommager ou à couler le navire des pirates, son salut réside dans sa capacité à repousser leurs assauts. Le combat, souvent bref, est sans merci.

Le pirate Jean Lafitte (1780-1826) aborde le navire Queen East *de la Compagnie des Indes. Gravure extraite de* The Pirate own Book, *1837.*

PAS DE QUARTIER !

Les pirates s'embarrassent rarement d'otages ; les survivants sont abandonnés sur le navire et celui-ci laissé au milieu de la mer à la merci des vents. Lorsque le combat a été rude et que les pirates ont perdu nombre de leurs compagnons, ils ne font pas de quartier. L'expression signifie que tous les survivants sont achevés. Ils sont parfois exécutés avant que leurs corps soient jetés à la mer mais ils y sont souvent précipités vivants.

Le droit de pacotille

Tous les pirates étaient sous contrat. Ils obéissaient à des devoirs et avaient des droits, notamment en ce qui concerne le butin : c'était leur code d'honneur. Quelle que fût sa nature, une partie du butin leur revenait de droit : c'est ce qu'on appelait le « droit de pacotille ». Or, il n'était pas rare que le contrat ne soit pas respecté et qu'une des parties exige de recevoir plus que sa part, ce qui déclenchait des rixes lors du partage au repaire. Ainsi est-il arrivé plus d'une fois que le capitaine conserve les plus belles pièces ou qu'il prenne la fuite avec une grande partie du butin.

En outre, comme les prises des pirates consistaient en marchandises variées (ballots de laine, épices, étoffes, vin, bois...), ils devaient les écouler dans un grand port contre des espèces « sonnantes et trébuchantes ». Et, entre les autorités et les pirates, les relations étaient donc loin d'être claires...

4 Qu'arrive-t-il aux pirates capturés ?

Les pirates ne l'emportent pas toujours. Au fil du temps, les navires marchands apprennent à se défendre, leurs hommes d'équipage s'aguerrissent et, surtout, ils ont de plus en plus de canons. Les pirates faisant rarement de quartier, le traitement infligé à ceux qui sont capturés doit être exemplaire pour décourager les vocations.

• PEU D'ESPOIR DE SALUT...

Pour le pirate capturé, il y a peu d'espoir de salut. Dans la Grèce antique, dans le meilleur des cas, il est précipité les poings liés dans la mer du haut d'une vergue, ou sur le pont pour que son corps s'y disloque ou que sa tête s'y brise. Il arrive également qu'il soit crucifié[1] à l'entrée d'une cité ou d'un port pour servir d'exemple.

Au Ier siècle av. J.-C., après avoir longtemps manqué de fermeté à l'égard de la piraterie, Rome la réprime violemment sur les côtes d'Asie Mineure : des galères pirates ont en effet poussé jusqu'à Ostie et saccagé le port, fleuron de l'Empire. Les pirates capturés ont le choix entre se rendre ou être crucifiés.

• DES EXÉCUTIONS PUBLIQUES

Au Moyen Âge, la piraterie se développe à une vitesse telle et les actions des pirates sont si violentes que, lorsqu'elles parviennent à les capturer, les autorités organisent des exécutions publiques au terme de procès exécutifs[2] afin de bien marquer les esprits.

• DES EXÉCUTIONS EFFICACES ?

Au XVIe siècle, le long des côtes de l'Atlantique et de la mer du Nord, les pirates capturés sont pendus. Mais certaines autorités n'entendent pas se contenter de morts si « douces ». Les pirates uscoques[3] qui perturbent le commerce maritime de Venise avec l'Empire ottoman sont coupés en morceaux lorsqu'ils sont capturés et leurs villages sont mis à

1. Crucifié : attaché ou cloué sur une croix jusqu'à ce que mort s'ensuive.
2. Procès exécutif : procès rapidement mené.
3. Uscoques : nom donné aux populations slaves fuyant la domination ottomane.

feu à sang. Mais loin de décourager la piraterie, ces exécutions la revivifient en exacerbant la haine contre les Vénitiens. Au XVIIe siècle, dans les Antilles, les contrebandiers hollandais capturés sont condamnés aux galères et leurs capitaines pendus.

Le pirate Bannister pendu à un mât. Gravure extraite de The Pirate own Book, *1837.*

Le sort réservé aux corsaires

Agissant conformément aux indications portées sur la lettre de course ou de marque que lui a remise son employeur et s'en prenant aux navires ennemis en temps de guerre, le corsaire connaît un sort différent. S'il est capturé, il est traité comme un prisonnier de guerre.

La fin de Klaus Störtebeker

Au XIVe siècle, les Vitalienbrüder (« frères de victuailles »), pirates de la mer Baltique, mettent à mal le commerce des cités de la Hanse[4]. Organisés en bandes très efficaces et bénéficiant de diverses protections, les Vitalienbrüder deviennent incontrôlables. Dans les années 1380, devant la dégradation de la situation économique, la Hanse décide de mettre un terme à leurs agissements. Et en 1400, le chef des Vitalienbrüder, le redoutable Klaus Störtebeker, est enfin arrêté. Au terme d'un procès retentissant, lui et 71 de ses compagnons sont condamnés à mort et décapités à Hambourg. On raconte que Störtebeker aurait demandé au maire de la ville de laisser la vie sauve à tous les compagnons devant lesquels il pourrait marcher une fois sa tête coupée. Toujours selon la légende, son corps décapité aurait marché devant onze d'entre eux (ils furent néanmoins exécutés) avant d'être arrêté par le bourreau. Les têtes des pirates, empalées sur des piques, resteront exposées sur la place du marché des semaines durant.

4. La Hanse : association de marchands puis de villes de l'Europe du Nord, la Hanse connut son apogée entre la fin du XIIIe siècle et celle du XVe siècle.

5 Les pirates dans la littérature, au cinéma et dans la bande dessinée

Dans la lignée de* L'Île au trésor*, les histoires de pirates ont connu une grande fortune à la fin du XIXᵉ siècle et au XXᵉ siècle, non seulement dans la littérature, mais aussi au cinéma et dans la bande dessinée. Petit tour d'horizon…

• DANS LA LITTÉRATURE

Impossible de passer en revue tous les pirates de la littérature ! Bien avant Stevenson, nombreux sont les auteurs qui choisissent un pirate comme héros, tels Daniel Defoe dans *La Vie, les aventures et les pirateries du capitaine Singleton* (1720), Alain-René Lesage dans *Les Aventures du Chevalier de Beauchêne* (1732), Honoré de Balzac dans *Argow le pirate* (1824) ou encore Edgar Alan Poe dans *Le Scarabée d'or* (1843).

Après *L'Île au trésor*, qui donne une nouvelle impulsion au roman de piraterie, vont paraître de nombreux textes qui reprennent tous les ingrédients du genre ou les parodient, comme le fait par exemple Pierre Mac Orlan dans *Les Clients du Bon Chien jaune* (1946).

Les pirates continuent de faire recette…

Parmi les plus grands succès de ces vingt dernières années figurent en effet *Hook* de Steven Spielberg et *Pirates des Caraïbes* de Gore Verbinski, avec un Johnny Depp hilarant…
Le succès de ce dernier film a été tel que trois autres *Pirates des Caraïbes* ont été tournés. En attendant à présent un *Pirates des Caraïbes* 5 ? Preuve que les pirates ont encore de beaux jours devant eux…

• AU CINÉMA

À Hollywood, les réalisateurs, comprenant que les codes du roman d'aventures pouvaient aisément être transposés au cinéma et qu'ils avaient un public tout trouvé avec les lecteurs de ce type de roman, adaptent très tôt les succès de Stevenson et de Jules Verne – sans pour autant négliger des œuvres plus mineures.

La première adaptation de *L'Île au trésor* au cinéma, par Jacques Tourneur, date de 1920 ! Victor Fleming en livrera une nouvelle adaptation en 1934. Mais l'adaptation la plus célèbre est sans doute celle réalisée par les studios Disney en 1950.

• DANS LA BANDE DESSINÉE

Après le roman et le cinéma, les pirates s'invitent tout naturellement dans la bande dessinée. L'une des plus célèbres BD mettant en scène une chasse au trésor est le onzième album des aventures de Tintin, *Le Secret de la Licorne* (Hergé, 1943), dont l'histoire se poursuit et se dénoue dans *Le Trésor de Rackham le Rouge* (1944).

L'Île au trésor a fait l'objet d'un nombre incalculable d'adaptations ou de suites en BD, et on ne compte plus les pirates du futur écumant la galaxie à la recherche d'improbables trésors, tel le pirate de l'espace Cobra, héros créé par le dessinateur japonais Terasawa Buichi.

Johnny Depp dans Pirate des Caraïbes, *film de Gore Verbinski, 2006.*

Petit lexique littéraire

Cadre spatiotemporel	Lieu et époque auxquels se déroule le roman.
Dénouement	Fin du roman, moment où le héros a triomphé de toutes les péripéties.
Discours direct	Le lecteur a directement accès aux paroles prononcées par les personnages. *Discours indirect* : les propos des personnages sont introduits par des verbes de parole. *Discours narrativisé* : les propos des personnages sont résumés par le narrateur.
Fiction	Récit de faits inventés.
Héros	Personnage autour duquel se concentre l'action.
Incipit	Début du roman. Moment où l'intrigue se met en place.
Narrateur	Celui qui raconte le roman. *Narrateur extradiégétique* : l'histoire est racontée par un narrateur extérieur. *Narrateur intradiégétique* : l'histoire est racontée par un narrateur intérieur à elle, qui vit les événements qu'il relate. *Narrateur omniscient* : on parle de narrateur omniscient lorsque le roman est raconté à la troisième personne par un narrateur totalement extérieur à l'intrigue et « qui voit tout et sait tout ».
Péripétie	Obstacle que doit surmonter le héros.
Rebondissement	Événement inattendu qui change le cours de l'action.
Robinsonnade	Récit narrant les circonstances dans lesquelles un individu se retrouvant seul sur une île déserte parvient à survivre grâce à son intelligence, son ingéniosité et son courage.
Roman d'aventures	Récit dans lequel le héros doit triompher de péripéties dans un univers singulier ou un environnement hostile.

Petit glossaire des termes de marine

Alizés	Vents réguliers soufflant toute l'année dans l'océan Atlantique.
Bâbord	Partie gauche d'un navire.
Beaupré	Mât placé horizontalement à la proue d'un navire.
Bossoirs	Pièces situées à la proue d'un navire et servant à la manœuvre de l'ancre.
Brigantin	Petit navire à deux mâts et à voiles carrées.
Cabestan	Treuil.
Corsaire	Marin se livrant à des actes de piraterie pour le compte d'un prince ou d'un roi.
Cotre	Navire de petite taille à un seul mât.
Coursive	Couloir étroit dans le sens de la longueur du navire.
Dunette	Partie arrière du navire, aménagée de manière à accueillir les officiers et les passagers.
Flibustier	Pirate sévissant dans la mer des Caraïbes. Souvent employé comme synonyme de « brigand ».
Forban	À l'origine, synonyme de « pirate ». Souvent employé comme synonyme de « brigand ».

Gaillard d'avant	Partie surélevée à l'avant du pont supérieur d'un navire.
Goélette	Navire léger à deux mâts.
Homme de barre	Pilote, appelé aussi timonier.
Lof	Côté du navire frappé par le vent.
Maître-coq	Cuisinier.
Pirate	Aventurier écumant les mers en quête de butin et œuvrant pour son propre compte.
Poupe	Partie arrière d'un navire.
Proue	Partie avant d'un navire, souvent ornée d'une figure sculptée.
Quartier-maître	Officier chargé du groupe.
Sloop	Petit navire à un seul mât.
Tillac	Pont supérieur d'un navire.
Tonneau	Unité de volume employée pour déterminer la capacité des navires.
Tribord	Partie droite d'un navire.

À lire et à voir

UN AUTRE ROMAN DE PIRATES

Pierre Mac Orlan
L'Auberge du Bon Chien jaune (1946)
GALLIMARD, COLL. « FOLIO », 1982

Que se passe-t-il à *L'Auberge du Bon Chien jaune* ? À quel étrange trafic les tenanciers se livrent-ils ? Qui sont les mystérieux clients qui fréquentent l'auberge ? C'est en voulant le découvrir que le héros est entraîné dans une bien étrange aventure.

SUR ROBINSON CRUSOÉ

Daniel Defoe
Robinson Crusoé (1719)
GALLIMARD, COLL. « FOLIO », 1991

Jeté par une une tempête sur une île déserte, Robinson Crusoé doit apprendre à s'organiser pour y vivre le mieux possible. Le roman à l'origine du mythe. À découvrir.

Michel Tournier
Vendredi ou la Vie sauvage (1971)
GALLIMARD, COLL. « FOLIO », 2000

Une relecture et une réécriture du mythe de Robinson, qui accorde une place prépondérante à Vendredi. Un très bel hommage à la luxuriance et à la générosité de la nature. À découvrir également.

SUR L'UNIVERS DES PIRATES

Philippe Jacquin
Sous le pavillon noir. Pirates et flibustiers
GALLIMARD, COLL. « DÉCOUVERTES AVENTURES », 1988

Dans ce petit volume passionnant et richement illustré, l'auteur retrace l'histoire de la piraterie, de ses origines à son déclin, en accordant une large place à son apogée.

LES PIRATES EN BD

Hergé

Le Secret de la Licorne (1943), *Le Trésor de Rackham le Rouge* (1944)

CASTERMAN, 1970

Pourquoi deux antiquaires, un collectionneur, un acheteur obstiné cherchent-ils tous à reprendre à Tintin le modèle réduit de la licorne qu'il a offert à son ami le capitaine Haddock ? C'est au terme de bien des péripéties que Tintin et le capitaine le découvriront.

LES PIRATES À L'ÉCRAN

L'Île au trésor

Film de Byron Haskin (1950)

Avec Bobby Driscoll, Robert Newton, Walter Fitzgerald.

Ce classique, qui a beaucoup vieilli, est le plus fidèle à l'œuvre de Stevenson. À voir.

Hook

Film de Steven Spielberg (1991)

Avec Dustin Hoffman, Robin Williams et Julia Roberts.

Peter Pan a grandi et a tout oublié de son enfance. Il doit pourtant retourner sur son île pour aider les Garçons perdus et Clochette à renverser Crochet qui, de retour, est plus que jamais décidé à se venger de Peter Pan. À voir aussi.

Pirates des Caraïbes

Film de Gore Verbinski (2008)

Avec Johnny Depp, Orlando Bloom et Keira Knightley.

Entre aventures et science-fiction, une superproduction décoiffante sur les traces du trésor maudit de Cortez avec un Johnny Depp au sommet de sa forme. À voir absolument.

Table des illustrations

2	ph © SuperStock / Leemage
8	Coll. Archives Hachette
305	ph © Gusman / Leemage
307	ph © SuperStock / Leemage
308	ph © SuperStock / Leemage
310	ph © Costa / Leemage
312	ph © Costa / Leemage
314	ph © Emmevi / Leemage

7, 39, 121, 170, 209, 269, 276 à 301
ph © Archives Hatier

Iconographie : Hatier Illustration
Principe de maquette : Marie-Astrid Bailly-Maître & Sterenn Heudiard
Suivi éditorial : Luce Camus
Illustrations intérieures : Martin Maniez
Mise en pages : Facompo

PAPIER À BASE DE FIBRES CERTIFIÉES

Hatier s'engage pour l'environnement en réduisant l'empreinte carbone de ses livres. Celle de cet exemplaire est de :
800 g éq. CO_2
Rendez-vous sur www.hatier-durable.fr

Achevé d'imprimer par Grafica Veneta SpA - Italie
dépôt légal n° 95423-8/08 - Juillet 2018